MICHEL JÜRGENSEN

MITTENDRIN - IRAN

WIE WIR MIT DEM FAHRRAD UND EINEM KÜKEN QUER DURCH DAS LAND REISTEN

ILLUSTRIERT VON OLGA BOROVLEVA

Albert-Schweitzer-Str. 16, 25709 Marne, Deutschland

Illustrationen und Covergestaltung von Olga Borovleva

Veröffentlichung November 2019

ISBN. 978-1-7006 1172 7

www.rausgefahren.de

Für unsere Familien,
die uns immer in all unseren Vorhaben unterstützen.

INHALT

VORWORT

Dieses Buch ist im Verlauf der letzten zwei Jahre während unserer Fahrrad-Weltreise entstanden. Nach unserem Iran Aufenthalt haben wir zwei längere Pausen gemacht, in denen Großteile des Skriptes geschrieben und die Illustrationen fertiggestellt wurden. Anfang 2018 waren wir für drei Monate in Goa, Indien, wo wir in einer kleinen Strandhütte aus Palmen gelebt und gearbeitet haben. Im Februar und März 2019 haben wir uns für ein paar Wochen in der Stadt Chiang Mai in Thailand niedergelassen und konnten dort das erste Grundgerüst des Skriptes fertigstellen. Von dort an haben wir uns fast jeden Morgen in unserem Zelt an das Buch gesetzt und es gelesen, korrigiert und verfeinert.

Es ist jetzt Anfang Oktober 2019 und während ich diese Zeilen schreibe, befinden wir uns in Wladiwostok in Russland. Hier nehmen wir nun die letzten Korrekturen vor und formatieren das Skript für die Veröffentlichung. Olga stellt die letzten Illustrationen fertig, dann werden wir mit einer Fähre nach Südkorea fahren. Während wir dort sind, wird das Buch veröffentlicht.
Seit dem Iran sind wir insgesamt durch 12 weitere Länder gereist und haben von dort an diesem Buch gearbeitet. Eine lange und intensive Arbeitszeit geht damit zu Ende und wir sind stolz darauf, unser Werk endlich fertig gestellt zu haben.

Wir wünschen all unseren Lesern und Leserinnen viel Spaß bei der Lektüre.

Olga und Michel, Oktober 2019

UNSERE ROUTE

WICKLE DICH NICHT SO MIT DEINEM KOPFTUCH EIN

»Olga bist du fertig? Haben wir Ausweise, Geld, Dokumente dabei? Hast du dein Kopftuch schon ausprobiert?«

»Ja, ich sehe aus wie eine russische Oma! Kuck doch mal!«, antwortet Olga etwas lachend, während sie das erste Mal in ihrem Leben einen Hijab, also ein Kopftuch trägt und dabei noch nicht ganz die richtige Wickeltechnik raus hat. Wir wissen nicht genau, ob wir das für die iranische Botschaft wirklich brauchen, wollen aber lieber auf Nummer Sicher gehen.

»Ja, sieht sehr gut aus!«, antworte ich schmunzelnd. »Die Botschaft macht in einer Stunde auf, lass uns los, damit wir nicht so lange warten müssen!«

»Gut, dann los! Ich glaube wir haben alles!«, erwidert Olga entschlossen.

Es ist Mitte Juli 2017 und die Sonne scheint kräftig auf die Dächer der alten sowjetischen Bauten in Bischkek, der Hauptstadt des zentralasiatischen Landes Kirgistan. Vor ein paar Tagen sind wir mit unseren Rädern von Kasachstan über die Grenze nach Kirgistan gekommen und nun stehen wir vor der Aufgabe, unsere Iran-Visa zu beantragen.

Wir befinden uns im fünften Stockwerk in einem der unzähligen Reihenhäuser aus alten Zeiten. Für ein paar Tage haben wir uns hier in einer gemütlichen, alt eingerichteten Wohnung eingemietet. Neben dem Schlafzimmer gibt es zwei weitere Zimmer, zwei Balkone, die Küche und ein Bad. Vor den Fenstern hängen schwere, leicht vergilbte Vorhänge, in einem Zimmer steht ein riesiger, handgeschnitzter Schrank, auf dem Boden liegen mehrere dicke Teppiche und die Federkernmatratze in unserem Bett ist ziemlich durchgelegen.

Eine sehr authentische Wohnung, sagen wir mal, aber für unsere Zwecke ist sie absolut perfekt. Hinzu kommt, dass wir lediglich 10 € pro Nacht für diese Unterkunft zahlen. Unsere Räder haben in der Ecke des Wohnzimmers jetzt ein paar Tage Pause und wir können uns in Ruhe um unsere Visa kümmern.

Eigentlich haben wir die letzten Wochen schon ziemlich viel dafür in die Wege geleitet, denn einfach und problemlos ist die Beantragung leider nicht. So mussten wir erstmal recherchieren, welche Unterlagen benötigt werden, aber insbesondere brauchten wir auch eine sogenannte Referenznummer, mit der man dann in der Botschaft sein eigentliches Visum beantragen kann. Diese Referenznummer bekommt man mittlerweile auch über das E-Visa-System des Irans, aber 2017 war es noch notwendig, dafür eine Reiseagentur im Iran zu kontaktieren. Dieser Agentur müssen wir auch eine Reiseroute vorlegen und genau angeben, in welchen Hotels wir schlafen wollen und welche Städte wir besuchen werden. Da wir aber individuell mit dem Fahrrad reisen wollen, denken wir uns einfach eine glaubwürdige Route aus und schreiben diese in den Antrag. Ein paar Tage Teheran, ein paar Tage Schiras und dann noch Isfahan.

Offiziell dürfen wir auf dem Landweg gar nicht mit dem Fahrrad einreisen, also vermeiden wir es strikt, unsere Räder zu erwähnen. Glücklicherweise funktioniert aber alles ohne Probleme und wir bekommen schlussendlich die Zahlungsaufforderung per Email. An das angegebene PayPal-Konto sollen wir 33 $ pro Person bezahlen und bekommen zusätzlich den eindringlichen Hinweis, die Wörter »Iran«, »Iran Visa« oder »Pars Tourist« in dem Zahlungsvorgang unbedingt zu vermeiden, da die Zahlung von PayPal ansonsten verweigert wird.

Ein paar Tage später kommen die Referenznummern dann per Email. Auf dem Dokument sind unsere Passfotos, unsere Namen, Ort der Beantragung und der Visatyp »Tourist« angegeben. Auch der Preis für die Visa ist hier schon genannt. Für mich sind es mit meinem deutschen Pass 50 € und für Olga mit ihrem russischen Pass 40 €. Mit diesen Referenznummern können wir jetzt also zur Botschaft gehen und unsere Visa beantragen.

Nach der ersten Nacht in unserem Appartement in Bischkek wollen wir das auch direkt in Angriff nehmen und so stehen wir früh auf, um uns auf den Weg zu der Botschaft zu machen. Im Innenhof spielen schon ein paar Kinder auf den verrosteten Klettergerüsten, während die Mütter gemeinsam auf einer Bank sitzen und die neuesten Nachrichten austauschen. Wir laufen aus dem Hinterhof auf die Straße und dann entlang von grünen Alleen, etwa drei Kilometer bis zur iranischen Botschaft. Da wir pünktlich sein wollen, um mögliche Wartezeiten zu umgehen, laufen wir mit etwas schnelleren Schritten als normalerweise durch den lauten Morgenverkehr Bischkeks.

Eine halbe Stunde später stehen wir dann vor der drei Meter hohen Außenmauer der Botschaft und einer kleinen Tür, die den Eingang markiert. Niemand außer uns ist da und wir lehnen uns gegen die weiße Wand und warten ab. Olga zupft dabei an ihrem Kopftuch und versucht sich mit der neuen Kleiderordnung zu arrangieren. Irgendwann wird die Tür von innen geöffnet und etwa 10 Minuten später werden wir über eine Fernsprechanlage herein gebeten. Der Raum ist relativ klein, etwa 3x6 Meter. In der Mitte steht ein Tisch mit Magazinen und Prospekten aus dem Iran, daneben zwei Stühle und eine Couch. An der Wand hängt ein Bild von Ali Khamenei, dem obersten Führer des Irans und Ruhollah Khomeini, dem Revolutionsführer der islamischen Revolution im Jahre 1979. Dieses Bild werden wir auf unserer Reise durch den Iran noch tausende Male sehen, da es an jedem Regierungsgebäude, jeder Schule und jeder Universität hängt und zusätzlich auf unendlich vielen Propagandapostern abgebildet ist.

Am Ende des Raumes ist ein Schalter mit Glasschutz, an dem eine junge Frau mit leicht über die braunen Haare gelegtem Kopftuch sitzt. Wir stellen fest, dass das Kopftuch für Olga vielleicht keine schlechte Idee war. Die Frau spricht russisch und so übernimmt Olga den Großteil der Konversation. Wir erkundigen uns zunächst, ob eine Expressbearbeitung möglich sei.

»Nein, Express geht im Moment leider nicht«, antwortet die Frau bestimmend.

»Aber wir haben im Internet gelesen, dass es hier möglich sei, wir haben nicht so viel Zeit und können nicht so lange in Bischkek warten«, erklärt Olga unsere Situation.

»Okay, einen Moment, ich frage kurz den Botschafter. Setzt euch bitte auf die Stühle!«

Nach ein paar Minuten kommt sie wieder und sagt, dass es für einen Aufpreis möglich wäre, die Visa in vier Tagen auszustellen. Zwar nicht ganz so schnell, wie wir erhofft haben, aber immerhin!

Olga reicht ihr unsere Unterlagen und sie überprüft, ob alles vollständig ist. Ausweiskopien, Ausweise, zwei Passfotos, Krankenversicherungsbestätigung und das Dokument mit der Referenznummer.

Nach einem kurzen Check erklärt sie uns, dass es ein Problem mit unserer Referenznummer gebe. Diese sei zwar im System, sei aber noch nicht zur Visa-Beantragung freigegeben. Sie könne uns heute nicht weiterhelfen, sagt sie dann und verweist uns darauf, morgen wiederzukommen. »Nur noch eine Sache, wickle dich beim nächsten Mal nicht so mit deinem Kopftuch ein, Mädel! Du siehst etwas komisch aus«, erklärt sie Olga dann noch mit strenger Stimme, hat dabei aber irgendwie doch ein Lächeln auf den Lippen. Olga kommt etwas verwirrt vom Schalter zurück und gemeinsam gehen wir raus.

»Hast du verstanden was sie gerade noch gesagt hat?«, fragt Olga dabei.

»Nee, ich habe fast kein Wort verstanden. Was war denn?«

Olga berichtet also lachend über diesen ersten Vorgeschmack des Irans. Etwas niedergeschlagen wegen der nicht funktionierenden Bürokratie gehen wir durch die Alleen zurück zu unserer Wohnung. Dabei überlegen wir uns, welche Alternativen wir noch haben, aber schlussendlich ist der einzige Plan, geduldig abzuwarten, bis unsere Nummer im System freigegeben wird.

Am nächsten Morgen stehen wir also wieder pünktlich vor der Tür und der Fernsprechanlage und warten auf die Dame.

»Ja, jetzt habe ich hier etwas. Ich glaube, wir können mit der Bearbeitung anfangen. Die Visa sollten dann in fünf Tagen fertig sein«, erklärt uns dieselbe Frau wie am Vortag. Olga, heute mit etwas lockerer gewickeltem Kopftuch, antwortet, dass sie gestern aber eine Bearbeitungszeit von vier Tagen angegeben hätte und ob sich da jetzt was geändert habe.

»Ja, vielleicht auch vier Tage, ich weiß es auch nicht! Aber ihr müsst jetzt sowieso bezahlen. Ein kleines Stückchen die Straße entlang findet ihr die Bank of Pakistan. Dort müsst ihr den Betrag in bar einzahlen und mir dann die Bescheinigung bringen«, antwortet sie, nun etwas genervt.

Also verlassen wir die Botschaft und stehen ein paar Minuten später vor der Bank of Pakistan. Es herrscht reges Treiben und interessanterweise stapeln sich hinter den Glasscheiben förmlich riesige Berge von Geldbündeln aus 100 $ und 50 € Noten. Keine Ahnung, was hier für Geschäfte getrieben werden, aber wir blenden die skurrile Szenerie aus und gehen zu einem der Schalter. Wir wollen in Euro zahlen und reichen der Dame zwei 50 € Scheine und die Einzahlungsaufforderung von der Botschaft. Einer der Scheine hat leider einen kleinen Fleck und die Dame erklärt uns, sie könne diesen nicht annehmen. Wir diskutieren ein bisschen hin und her und schlussendlich zahlen wir einen Teil in Euro und den anderen in Dollar und bekommen unsere Einzahlungsbestätigung. Zurück in der Botschaft geben wir diese ab, fragen nochmals nach, ob nun alles in Ordnung sei und verabschieden uns danach freundlich. Alles scheint aber noch nicht geklärt, denn beim Hinausgehen ruft uns die Dame hinterher: »Und noch was, Mädel! Kauf dir ein Kleid, das deinen Hintern bedeckt, bevor du in den Iran kommst!«

Vier Tage später stehen wir wieder grinsend vor der uns nun doch ziemlich sympathischen Frau und nehmen unsere Pässe mit gestempelten Visa entgegen. Es geht wirklich in den Iran! Wir haben es geschafft!

»Jetzt brauchen wir nur noch neue Klamotten für dich!«, stelle ich schmunzelnd fest und lachend laufen wir wieder durch die Alleen zurück zu unserer Wohnung, zurück zu unseren Fahrrädern.

WELCOME TO IRAN

Knapp drei Monate später, etwa Mitte Oktober 2017, liegt ein weiter Weg hinter uns. Wir sind über die wundervollen, grünen Berge Kirgistans, die epischen Weiten des Pamir Gebirges in Tadschikistan, durch die alten Städte der Seidenstraße in Usbekistan und schlussendlich mit einer Fähre über das Kaspische Meer nach Aserbaidschan gefahren. Dort stehen wir jetzt mit unseren Rädern vor dem Grenzübergang in den Iran, in der Grenzstadt Astara.

»Bist du aufgeregt?«, frage ich Olga.

»Ja, ich glaube schon. Ich lege jetzt wohl lieber schon mal mein Kopftuch an«

»Ja, kann wohl nicht schaden ...«

Der Grenzübergang auf der aserbaidschanischen Seite funktioniert problemlos, und ein vorerst letztes Mal können wir uns mit den Beamten problemlos verständigen, da sie alle Russisch sprechen. Dann tauchen die wilden Schriftzeichen auf und wir sind in einer anderen Welt. An der Grenze hängt auch sogleich ein Bild von Ali Khamenei und Ruhollah Khomeini, die uns mit ihren einzigartigen Blicken im Iran begrüßen.

»Wo wollt ihr hin?«, fragt der Beamte.

Ich rattere die auswendig gelernte Route unserer Hotelübernachtungen runter, welche wir ebenfalls bei der Visa-Beantragung angeben haben. Sie macht nicht wirklich viel Sinn, und alle sehen auch unsere Fahrräder. Aber im Iran läuft das halt alles ein bisschen anders. Freundlich segnet der Mann unsere Route ab und ignoriert, genauso wie bei tausenden von anderen Radfahrern, dass es eigentlich nicht vorgesehen ist, mit dem Fahrrad über Land einzureisen.

»Wo arbeitest du?«, worauf ich souverän einen meiner alten Arbeitgeber angebe.

»Wir brauchen noch eure Telefonnummern«

»Wir haben keine iranische, geht auch eine deutsche?«

»Ja, das sollte kein Problem sein«

»Verdammt, wieso wollen die das alles wissen?«, fragt Olga etwas unsicher.

»Keine Ahnung, aber er schreibt auf jeden Fall alles auf einen kleinen Schmierzettel, siehst du?«

Der Beamte hat tatsächlich einen kleinen, abgerissen Zettel genommen, auf dem er alle unsere Informationen aufschreibt und nach ein paar Zeilen immer kleiner schreiben muss, da sich der Platz schon bald dem Ende neigt.

»Na, das kann ja irgendwie nicht so wichtig sein, oder?«, stellt Olga schmunzelnd fest, aber geduldig geben wir dem Mann alle Informationen, die er haben will. Ein paar Minuten später bekommen wir dann unsere Einreisestempel und sind nun offiziell im Iran! Fast zumindest, denn hinter dem kleinen Kasten, in dem der Mann sitzt, wartet schon der nächste Beamte, der uns nochmals kurz ausfragt.

»Kennt ihr jemanden im Iran?«, fragt er mit scharfen Blicken.

»Nein!« Wer würde da auch schon ja antworten? Wir überlegen kurz, aber sind uns dann ziemlich sicher, dass es sogar tatsächlich die Wahrheit ist.

Wir fahren mit unseren Fahrrädern in ein uns komplett unbekanntes Land, in dem wir niemanden kennen und welches in den Medien häufig durch negative Schlagzeilen, Menschenrechtsverletzungen und Verbindungen zum internationalen Terrorismus glänzt. Vor der Grenze haben uns ein paar Aserbaidschaner zusätzlich noch gewarnt, dass der Iran viel gefährlicher sei als Afghanistan und wir es uns nochmal überlegen sollten, ob wir wirklich dorthin wollen.

Der letzte Beamte steht vor einem großen Scanner und fragt uns, ob wir etwas Verbotenes dabeihaben.

»Nein!«, antworten wir aus einem Munde und sind uns ziemlich sicher, dass auch dies wieder die Wahrheit ist.

»Gut, gut, dann leg doch mal bitte diese Tasche auf das Band!«, sagt er und zeigt auf meine große Packtasche, in der unser Zelt und die Isomatten sind.

»Okay, alles in Ordnung! Wenn ihr gleich rauskommt, warten dort ein paar Geldwechsler auf euch, die geben einen nicht so guten Kurs, geht lieber in eine der vielen Wechselstuben. Die sind ein Stückchen weiter auf der Hauptstraße«, gibt uns der Beamte dann noch mit auf den Weg und verabschiedet sich freundlich von uns.

Wir rollen unsere Räder aus der Grenzstation und werden überwältigt von der Masse an Eindrücken. Wildes Gehupe, eine Kolonne von alten Autos schlängelt sich durch die Straßen der Grenzstadt und überall sind bunte Schilder mit Schriftzeichen, die wir nicht entziffern können. Eine Menschentraube, jeder von ihnen einen großen Batzen Geldscheine in der Hand haltend, kommt wild redend auf uns zu.

»Danke, wir wollen kein Geld wechseln!«, rufen wir den Männern etwas überfordert zu.

»Lass uns lieber in der nächsten Stadt was wechseln, hier ist mir alles gerade zu viel. Lass uns das lieber ganz ruhig angehen!«, sagt Olga.

»Ja, du hast recht! Komm, wollen wir losfahren?«

Wir steigen auf unsere Räder, schauen uns tief in die Augen, lächeln uns zu und fahren dann los, ohne zu wissen, was uns hier erwarten wird und ohne zu wissen, dass wir in etwa sechs Wochen ein kleines Küken am Straßenrand finden werden ...

Jetzt geht es durch die sehr belebte Stadt in Richtung Süden, auf die Hauptstraße entlang des Kaspischen Meeres. Begleitet werden wir dabei von den wilden Zurufen der Iraner: »Welcome to Iran!«, »Hello my friend!«, »How are you?«, »Okay, Okay, Okay!« und natürlich »Maschallah!«, was so viel wie »Was Gott will« heißt. Einmal halten wir an, schauen nach dem Weg und werden umgehend von zwei jungen Iranern nach einem Selfie gefragt. Wir erreichen die Hauptstraße und müssten gleich aus der Stadt raus sein – fast geschafft!

Plötzlich und mit quietschenden Reifen bremst dann aber neben uns ein weißes Auto und der Beifahrer lässt sein Fenster runter. »Wo kommt ihr her? Wie geht es euch? Ich bin ein TV Produzent! Kann ich euch interviewen? Wartet bitte kurz!«, ruft er uns breit grinsend zu. Verwirrt fahren wir rechts ran und stehen, wie uns dann auffällt, mitten in einem Kreisverkehr. Das scheint aber niemanden allzu sehr zu stören und der weiße Wagen hält links neben uns, so dass der halbe Kreisverkehr blockiert ist.

»Hallo, wie geht's euch? Also ich bin vom lokalen TV-Sender und möchte euch interviewen, ist das okay?«, fragt er uns in sehr gutem Englisch.

»Das geht ja alles wild los hier, wir haben doch gerade beschlossen

Okay, Okay, Okay!
Hello, Mister
!?
How are you?

alles ruhig anzugehen?«, frage ich an Olga gerichtet, während wir beide in ein kapitulierendes Lachen verfallen.

»Okay, ja machen wir natürlich gerne!«, antworte ich dann also dem Reporter.

Mittlerweile hat sich eine Menschentraube um uns gebildet, und mehrere Mitarbeiter vom Sender sind aufgetaucht. Einer filmt mit seinem iPhone, der nächste macht Notizen und ein anderer hält uns ein Mikrofon entgegen. Diverse andere Smartphones sind ebenfalls auf uns gerichtet.

»Also gut, fertig? 3, 2, 1! Könnt ihr euch bitte vorstellen und erzählen, was ihr hier macht?«

»Hallo, wir sind Olga und Michel aus Deutschland. Wir sind seit knapp 1,5 Jahren auf Fahrradweltreise und gerade vor zehn Minuten im Iran angekommen! Davor waren wir in Aserbaidschan und jetzt wollen wir den Iran von Norden nach Süden durchqueren. Wir sind in Deutschland losgefahren, durch Westeuropa, nach Portugal und danach entlang des Mittelmeers nach Italien, den Balkan und in die Türkei. Von dort nach Georgien und Russland, dann durch Kasachstan nach Zentralasien – also Kirgistan, Tadschikistan und Usbekistan. Vor einer Woche sind wir mit einer Fähre über das Kaspische Meer bis nach Aserbaidschan gefahren. Jetzt werden wir weiter am Kaspischen Meer entlangfahren, in die Hauptstadt Teheran, und dann Richtung Süden nach Isfahan, Schiras und ganz in den Süden nach Bandar Abbas!«, erklären wir dem Reporter abwechselnd und beantworten noch ein paar weitere Fragen, z.B. ob uns der Iran denn gefallen würde – schwer zu sagen nach gut 10 Minuten Aufenthalt.

»Danke, willkommen im Iran!«, schließt er dann nach etwa fünf Minuten das Interview ab.

Ein paar Tage später sollten wir eine Nachricht von einer unserer Followerin auf Facebook erhalten, die unser TV Interview von Freunden aus Bandar Abbas, ganz im Süden des Irans, zugesandt bekommen hat. Das Interview wurde dementsprechend wahrscheinlich im nationalen Fernsehen ausgestrahlt und so sind wir nach nur zehn Minuten Aufenthalt im Iran anscheinend schon im ganzen Land bekannt!

Lachend stehen wir im Kreisverkehr, während sich die Filmcrew verabschiedet und sich die Menschenmenge auflöst. Ein paar Leute fragen uns noch nach Selfies, »Axe, Axe?« und dann sitzen wir wieder auf unseren Rädern und fahren aus der Stadt heraus.

Bei einem Restaurant fragen wir nach Wasser und begeben uns dann auf eine kleine Nebenstraße, um uns einen Campingspot zu suchen.

»Na, das war doch ein ruhiger Start, so wie wir es uns vorgestellt haben, oder?«, stelle ich belustigt fest, nachdem wir unsere Räder durch ein paar Büsche geschoben haben.

»Oh je, ich bin echt kaputt. Lass uns schnell das Zelt aufbauen«, antwortet Olga sichtlich erschöpft von den Eindrücken des Tages.

Wir befinden uns jetzt auf einer kleinen Granatapfelplantage und schlagen unser Zelt in einer leichten Vertiefung auf. Nachts fängt es jedoch an zu regnen und wir werden daran erinnert, dass es niemals eine gute Idee ist, sein Zelt in einer Vertiefung aufzubauen. Wir schlafen daher etwas unruhig, gehen aber glücklicherweise nicht unter und am nächsten Morgen scheint uns die Sonne entgegen, als wir wieder aus unserem Zelt kriechen.

WIE KANN ICH IHNEN WEITERHELFEN?

Wir bereiten uns auf unserem Campingkocher einen Kaffee zu und essen Haferflocken mit Wasser, Zucker und Granatäpfeln. Gegen 9 Uhr fangen wir dann an, unsere Sachen zusammen zu packen. Schlafsäcke in Olgas Hintertaschen, Klamottensäcke obendrauf. Das Kochgeschirr in meine Vordertaschen, Ausweise und Geld in die Lenkertaschen, das Zelt und die Matratzen in die gelbe Packtasche und diese quer auf meinen Gepäckträger.

Wir sind mittlerweile schon sehr routiniert, etwa eine halbe Stunde später sitzen wir wieder auf den Rädern und fahren zurück auf die Hauptstraße, in die nächste größere Stadt, um dort unser Geld zu wechseln. Auf der Straße ist relativ viel Verkehr, es ist schon anstrengend, hier zu fahren. Aber die Leute grüßen uns die ganze Zeit freundlich, mehr als einmal bekommen wir Granatäpfel, Wasser oder Kekse in die Hand gedrückt. Sehr beliebt sind hier sogenannte »Digestive-Cookies« mit vielen Ballaststoffen, welche die Verdauung anregen sollen. Das Ganze ist aber eher ein Marketing Gag, da sie zum Großteil einfach nur aus Zucker bestehen und so lassen wir uns die süßen Kekse schmecken. Wie wir im Verlauf unserer Reise noch herausfinden sollen, ist in fast allen Süßigkeiten im Iran so viel Zucker enthalten, dass es einem beim Essen förmlich die Zähne zusammenklebt.

Bald taucht vor uns eine etwas größere Stadt auf und wir sehen sogleich eine Bank.

»Super, ich geh kurz rüber und wechsle unser Geld!«, sage ich zuversichtlich, steige vom Rad und betrete das Gebäude.

»Hallo, kann ich bei Ihnen Geld wechseln?«

»Einen Moment bitte«, antwortet die junge Frau. Sie ist stark geschminkt, trägt ein enges Kopftuch und wie alle anderen Mitarbeiter auch, eine dunkelgrüne Uniform. Sie telefoniert kurz und sagt dann, dass es nicht möglich sei, hier Geld zu wechseln.

»Warum? Das ist doch eine Bank oder nicht?«

»Es ist leider nicht möglich, Mister«

»Okay, Danke, auf Wiedersehen!«, ende ich etwas genervt, ohne zu wissen, dass es für Ausländer in fast keiner Bank möglich ist, Geld zu wechseln. In der nächsten Bank wiederholt sich also das gleiche Spiel und die Leute sagen uns, wir können nur in Astara wechseln. Mist, das ist die Grenzstadt, aus der wir gestern so schnell raus wollten und nun sind wir schon 50 km weitergefahren. Wir haben glücklicherweise noch ein paar Vorräte und auch der Fakt, dass die Leute uns die ganze Zeit Essen schenken, wird uns schon vor dem Verhungern retten. Im Iran kann man als Ausländer kein Geld an Geldautomaten abheben, da es aufgrund von Sanktionen keine Unterstützung für Visa und Mastercard gibt. Man muss daher sein gesamtes Reisebudget für den Iran in Bar mitbringen. Dass man dieses dann aber nur in einigen auserwählten Städten wechseln kann, hat uns leider niemand erzählt.

Abends finden wir kurz vor einer kleinen Stadt einen schönen Wald, in dem wir unser Nachtlager aufschlagen wollen. Es ist noch nicht ganz so spät, wir legen uns auf unsere Zeltunterlage und lesen ein bisschen. Nach einer Weile laufen ein paar Kühe und Schafe an uns vorbei, einen Moment später folgen zwei Hirten. Die beiden kommen interessiert zu uns und mit ein paar Fetzen Farsi, die wir sprechen können, kommt tatsächlich so etwas wie eine Konversation zustanden. Hände und Füße finden dabei aber mehr als einmal Anwendung und nachdem sie uns eingeladen haben, bei ihnen zu essen, was wir höflich ablehnen, schlendern sie langsam weiter, ihren Schafen hinterher. Danach bauen wir routiniert unser Zelt auf und kochen uns eine große Portion Reis mit buntem Gemüse. Dazu gibt es noch zwei Granatäpfel, die wir von den beiden Hirten geschenkt bekommen haben.

»Guck mal, morgen kommen wir in Hashtpar an. Das ist auf der Karte schon etwas größer, da werden wir doch wohl Geld wechseln können, oder?«

»Tja, wir werden sehen, ansonsten müssen wir von den Granatäpfeln leben!«, antwortet Olga, wieder mit einem Lächeln im Gesicht.

Nach einer ruhigen und regenfreien Nacht bereiten wir uns ausgeruht auf den Tag vor. Zum Frühstück gibt es wieder Haferflocken und Kaffee, dann schieben wir unsere Räder zurück auf die Straße und fahren weiter in Richtung Hashtpar. Nach ein paar Minuten werden wir von Farid angehalten.

»Hey ihr seid Olga und Michel, oder? Ich folge euch auf Instagram! Schön euch zu treffen! Ich bin Englisch Lehrer und wohne hier in der Gegend, ich treffe viele Radfahrer! Seid ihr eigentlich in der »Warmshowers Iran«-Telegram-Gruppe? Ich kann euch einladen, da findet ihr immer jemanden, bei dem ihr übernachten könnt!«, empfängt er uns überschwänglich und schüttelt uns ausgiebig die Hände.

»Cool, vielen Dank, gerne!«, antworten wir verdutzt und unterhalten uns dann ein paar Minuten über unsere ersten Tage im Iran. Telegram ist eine Nachrichten App, ähnlich wie WhatsApp und die Einladung von ihm in die Gruppe ist der Anfang unserer unzähligen netten Begegnungen mit Menschen, die uns zu sich nach Hause eingeladen haben, um bei ihnen zu übernachten.

Nur ein paar Minuten später, als wir gerade an einem stehenden LKW vorbeifahren wollen, winkt der Fahrer uns zu und gibt uns zu verstehen anzuhalten. »Salam!«, ruft er uns zu, dann stellen wir fest, dass er kein Englisch sprechen kann. Aber irgendwie merken wir, wie interessiert er ist und dass er unbedingt mit uns kommunizieren und uns helfen möchte. Kurzerhand nimmt er sein Handy und ruft einen Freund an. Einen Moment später gibt er mir dann das Handy und macht ein paar ermutigende Handzeichen.

»Hallo?«

»Hallo, wo seid ihr?«

»Kurz vor Hashtpar!«

»Ah, sehr schön, der Mann, der euch angehalten hat, ist ein Freund von mir, er möchte wissen, ob ihr etwas braucht! Entschuldigung, dass er kein Englisch kann. Wo kommt ihr her?«

»Wir kommen aus Deutschland, wir haben alles, was wir brauchen, vielen Dank!«

»Deutschland also, sehr schön, Danke! Willkommen im Iran! Gibst du das Telefon zurück?«

Die beiden telefonieren noch einen kurzen Moment und dann schenkt uns der Mann zwei weitere Granatäpfel.

»Mamnoon!«, was Danke auf Farsi bedeutet, wiederholen wir mehrmals und winken dem Mann zum Abschied zu.

In der 80.000-Einwohnerstadt Hashtpar finden wir direkt wieder ein paar Banken, doch wir bleiben weiterhin erfolglos beim Geldwechseln. Frohen Mutes gehe ich aber in eine weitere Bank und dort sollte uns dann endlich weitergeholfen werden.

»Hallo, ich habe Euros und Dollar und möchte diese gegen Rial tauschen, ist das möglich?«

Der grauhaarige, hochgewachsene Mitarbeiter lächelt freundlich zurück und antwortet: »Leider ist es hier nicht möglich, aber komm mal mit, ich kenne da jemanden!« Gemeinsam gehe ich mit ihm aus der Bank, um eine Ecke und dann zu einem Juwelier Geschäft. »Hier kannst du Geld wechseln!«, erklärt der Mann, verabschiedet sich dann freundlich und wünscht uns eine gute Reise.

Im Laden sage ich dann zu dem Inhaber, dass ich 100 € wechseln möchte und frage wie viel Rial ich dafür bekommen würde.

»Du bekommst einen Kurs von 40.000 Rial/Euro«, klärt er mich auf.

»Das ist ein bisschen wenig, gibst du mir 50.000 Rial/Euro?«

»Nein, 45.000 okay?«, erwidert der Mann nach kurzer Überlegung.

»46.500?«, versuche ich noch ein bisschen mehr rauszuholen und der Mann lacht und willigt ein. Super, endlich haben wir Bargeld! Der offizielle Kurs lag damals bei ca. 42.000 Rial/Euro. Allerdings gibt es zusätzlich den nicht offiziellen Kurs, der zum Wechseln von Geld herangezogen wird. Im Jahr 2019 liegt der inoffizielle Wechselkurs bei ca. 120.000 Rial/Euro. Die Inflation ist eines der großen Probleme im Iran.

Während Olga bei den Fahrrädern wartet, hat sich schon eine große Menschentraube neugieriger Iraner um sie versammelt und interessiert unsere Räder begutachtet. Dazu gehört dann die händische Überprüfung der Sattelhärte, des Reifendruckes und für die ganz Interessierten, durch kurzes Hochheben, das Gewicht unserer Räder.

»Was ist denn hier los? Bist du jetzt berühmt?«, rufe ich und wedle lachend mit dem Bündel Geldscheinen. »Wir sind übrigens reich!«

»Ja, ich glaube schon! Ziemlich verrückt alles hier! Gut, dass wir Geld haben!«, antwortet Olga aus der Mitte der Menschentraube.

Danach müssen wir erstmal für Selfies posieren und die Fragen der neugierigen Iraner beantworten.

»Maschallah! Wo kommt ihr her? Willkommen im Iran! Wie können wir euch weiterhelfen? Habt ihr Hunger?«

Die Menschen sind so unglaublich freundlich und uns fällt ein, dass wir unsere SIM-Karte noch checken müssen und unser Guthaben für das Internet aufgeladen werden muss. Ich halte einfach mein Telefon hoch und sage: »Internet, Internet!«

Ein paar Leute verstehen und zeigen auf die andere Straßenseite, wo sich ein Handyladen befindet.

»Ah ja, das war einfach!«, stelle ich zufrieden fest und gehe rüber zu dem Laden.

Die SIM-Karte haben wir schon vor der Einreise in den Iran von einem anderen Reisenden geschenkt bekommen und das Aufladen funktioniert problemlos. Jetzt haben wir auch wieder Internet. Zumindest, wenn wir unseren VPN anschalten, denn im Iran sind viele Seiten wie Wikipedia, YouTube und Twitter von der Regierung geblockt. Mit einem VPN, einem virtuellen privaten Netzwerk, kann man diese Blockade aber leicht umgehen und da die Iraner sehr geübt darin sind, können sie uns problemlos helfen, die entsprechende App einzurichten.

»Eben, als du im Handyladen warst, war jemand da, der uns eingeladen hat, bei ihm zu übernachten. Ich glaub er hieß Sadjiv. Er meinte, die Leute haben ihn angerufen, weil hier ein paar Ausländer seien, die Hilfe benötigten und er ja Englischlehrer sei. Ich habe gesagt, dass alles okay ist!«, berichtet Olga dann über die neuesten Ereignisse.

»Ja, gut, gut, ziemlich wild hier, oder?«, antworte ich, während wir für weitere Fotos mit der Menschenmasse posieren. »Sag mal, ich brauche doch auch noch eine Iranflagge für mein Fahrrad, oder? Die kriegen wir doch bestimmt auch hier, das ist doch die Chance!« Ich zeige also auf meine kleine Flaggen-Sammlung am Hinterrad meines Fahrrads und frage die Umstehenden: »Iran, Iran!?«

Ein alter Mann scheint zu verstehen, nimmt mich bestimmend an die Hand und führt mich weg.

Nach ein paar hundert Metern ohne ein Wort, stehen wir zusammen vor einem Elektronikladen.

»Oh, ich glaube sie haben mich falsch verstanden!«, stelle ich etwas verwundert fest.

»Komm, komm!«, ist die knappe und einfache Antwort.

Im Laden sitzt ein älterer Herr und nach einem kurzen Gespräch zwischen den beiden auf Farsi, fragt der Mann auf akzentfreiem Deutsch: »Guten Tag, wie geht es Ihnen?«

Ibrahim ist etwa 60 Jahre alt, stämmig gebaut, hat einen schicken

schwarzen Anzug und zu einem Seitenscheitel gekämmte, graue Haare. Er wohnte 10 Jahre lang in Wien und hat dort Deutsch gelernt. Das Gespräch verläuft zunächst über die Wirtschaftslage in Deutschland und im Iran. Er meint, dass es im Iran viele Probleme gebe. Seitdem die Mullahs nach der Revolution Ende der 70er die Macht übernommen haben, werde das Land immer korrupter. Alles werde teurer, die Menschen haben weniger Geld und die Inflation sei eine Katastrophe. Er sagt, dass er zum ersten Mal seitdem er vor 10 Jahren in den Iran zurückgekommen sei, wieder Deutsch spreche.

Unglaublich, er spricht komplett ohne Akzent und benutzt dabei sogar noch diverse Fremdwörter. Ibrahim ist ein sehr intelligenter Mann. Warum er hier in einem kleinen Elektronikladen zwischen Waschmaschinen und Kühlschränken sitzt, werden wir wohl nie herausfinden ...

»Wie kann ich Ihnen weiterhelfen?«, fragt Ibrahim darauf.

»Nun ja ...«, sage ich und komme mir etwas blöd vor.

»Ich brauche so eine kleine Iran-Flagge für mein Fahrrad«

»Das ist alles? Kein Problem! Kommen Sie bitte mit!«

Gemeinsam geht es durch ein paar kleine Gassen und schlussendlich gibt es in einem Laden eine schöne, etwas größere Flagge.

»Was soll die denn kosten?«

»Nein, Nein! Die bezahle selbstverständlich ich!«, besteht Ibrahim mit fester Stimme.

Glücklich und lachend komme ich zurück und Olga steht immer noch zwischen einer kleinen Menschenmenge.

»Unglaublich, was ich gerade erlebt habe! Da war ein Typ, der super gut Deutsch sprechen konnte und wir haben gemeinsam eine Flagge gekauft!« Ich halte die Flagge stolz hoch und die umstehenden Männer fangen an zu jubeln und zu lachen. Als ich den Versuch starte, die Flagge anzubauen, sind jedoch sofort drei Iraner da, die mir die Arbeit abnehmen wollen. Nachdem die Jungs die Flagge angebaut haben und wir ein letztes Bild gemacht haben, verabschieden wir uns dankend von der Gruppe und fahren weiter in die Stadt hinein. Wie sich später herausstellen sollte, haben sie die Flagge verkehrt herum angebaut und niemandem ist es aufgefallen ... Trotzdem, danke für eure Hilfe!

MEIN LETZTER GAST BLIEB EINEN MONAT BEI MIR

»Wir müssen uns noch ein bisschen Obst kaufen!«, ruft Olga und zeigt nach vorne. »Da ist ein Obstverkäufer, lass uns dort anhalten!«

Olga geht zu dem Verkäufer und sucht ein paar Orangen, Bananen und Granatäpfel aus. Während dessen fährt ein Auto an mir vorbei und der Fahrer hält an.

»Hallo, ich bin es, Sadjiv! Ich musste eben weg, als ich mit deiner Frau gesprochen habe! Ich möchte euch gerne zum Essen einladen!«

Bei Einladungen im Iran sollte man immer zunächst etwas vorsichtig und zurückhaltend sein. Im Iran gibt es nämlich eine tief verankerte Höflichkeitsform, die sich Taarof nennt. Dabei geht es kurz gesagt darum, dass kein Mensch sein Gesicht vor einem anderen verliert. Taarof beschreibt die Konvention, eine Einladung nicht wirklich ernst zu meinen bzw. diese zunächst einmal sporadisch abzulehnen, egal ob man sie in Wirklichkeit annehmen oder ablehnen möchte. Erst wenn der Einladende seine Einladung mehrmals wiederholt, darf man zusagen. So hat jeder Mensch im Iran die Möglichkeit, Freunde, Familie und Reisende zu sich nach Hause einzuladen, obwohl er vielleicht gar nicht die finanziellen Mittel dazu hat oder womöglich gar keine Zeit hat. Die Eingeladenen lehnen, wie nach Konvention, die Einladung zunächst ab, und alle sind glücklich und insbesondere der Einladende konnte seine Großzügigkeit zeigen, ohne Verpflichtungen einzugehen oder sein Gesicht zu verlieren. Dies beschränkt sich aber nicht nur auf private Einladungen, sondern hat in wirklich vielen Bereichen des alltäglichen Lebens Bedeutung. So wurde uns z.B. öfters gesagt, dass wir im Supermarkt nichts zahlen sollen. Erst nach zwei- oder dreimaligem Nachfragen wurde dann eine Summe gesagt. Im Iran ist das der ganz normale Alltag und man findet viele Beispiele: Kostenlose Taxifahrten,

Geschenke, gratis Hotelübernachtungen, Einladungen und so weiter. Achtung, auch die Aussage, dass das Angebot kein Taarof sei, kann in Wirklichkeit ebenfalls Taarof sein! Am einfachsten ist es tatsächlich, wenn man sporadisch erst einmal alles ablehnt, was man angeboten bekommt. Hört sich blöd an, aber so funktioniert das Land! Tatsächlich wurde uns gegenüber aber oft gesagt, dass Taarof auch eher ein Relikt aus älteren Zeiten sei und die modernen Iraner es nicht mehr so viel verwenden. Insbesondere auch gegenüber Ausländern. Aber Vorsicht, im nächsten Satz wurde es dann teilweise doch schon wieder verwendet! Ziemlich verwirrend und umständlich für uns, doch wir müssen es so annehmen – andere Länder, andere Sitten!

Aber nun zurück zu Sadjiv! Wir wissen natürlich Bescheid und lehnen aufgrund der Höflichkeitsform dankend ab.

»Nein, Nein, ich möchte euch wirklich einladen!«

»Nein, danke ist schon okay!«

»Nein, bitte kommt mit zum Essen!«

»Oh, das war jetzt dreimal, oder?«, fragt Olga, die mittlerweile vom Einkaufen zurückgekommen ist.

»Ja, ich glaube auch! Sehr schön!«

»Okay, wir kommen gerne mit! Danke!«, antworte ich dann schlussendlich an Sadjiv gerichtet.

Ein verrückter Dialog, aber während unserer Zeit im Iran werden wir noch hunderte von diesen führen und irgendwie ist es ja auch ganz witzig und interessant!

Nachdem wir etwa einen Kilometer hinter Sadjiv hergefahren sind, kommen wir bei seiner Wohnung an. Wir stellen unsere Räder in die Garage und gehen ins erste Stockwerk des Wohnblocks. In der 3-Zimmer-Wohnung wohnt Sadjiv zusammen mit seiner Frau Mässu, ihrem 5-jährigen Sohn Mohammed und ihrer 1-jährigen Tochter Martha. Sadjiv ist 35 Jahre alt und die ganze Zeit gut gelaunt. Er trägt ein kurzes Hemd, 3-Tage-Bart und sein glattes, schwarzes Haar wird langsam zu einer Halbglatze.

Mässu hat ein schwarzes Kopftuch angelegt und ihre Gesichtszüge verraten uns, dass sie etwas jünger als Sadjiv sein muss. Olga ist sich unsicher, ob sie ihr Kopftuch abnehmen darf oder nicht und behält es zunächst an. Kurz darauf sagt Sadjiv aber, dass sie es gerne abnehmen dürfe. »Du bist doch keine Muslimin! Dann nimm das Tuch doch ab!«

No!
No!
Nein
Nein
...
...
Ja!
Ja!

Die beiden sind Englischlehrer und haben ihr eigenes Englischinstitut etwas außerhalb der Stadt. Wir müssten unbedingt dort mit hinkommen und mit den Schülern reden, beratschlagen die beiden aufgeregt.

»Definitiv, eine gute Idee, oder?«, fragt Sadjiv. »Und morgen können wir uns dann die Stadt angucken und übermorgen vielleicht ans Meer oder in die Berge! Wir sind so glücklich, dass ihr hier seid!«

Ja, und auch diese Situation sollten wir noch öfter im Iran erleben. Wir wurden, wie oben geschrieben, ja eigentlich nur zum Essen eingeladen, aber sofort war eigentlich klar, dass wir länger bleiben würden.

»Mein letzter Gast war aus Australien, der war über einen Monat bei uns und ich habe mit ihm zusammen sogar extra sein Visum verlängert, damit er länger bleiben konnte!«, berichtet Sadjiv dann weiter.

»Haha, jetzt bleiben wir auch erstmal einen Monat hier?«, scherzt Olga, ist aber doch etwas verunsichert, ob es womöglich wirklich so sein wird.

»Haha, ja bestimmt! Scheinen aber ziemlich nett zu sein, vielleicht bleiben wir doch ein oder zwei Nächte, das könnte spannend sein!«, antworte ich, während ich mich gemütlich auf dem Teppich im Wohnzimmer ausbreite.

»Erstmal gibt es jetzt etwas zum Mittag! Was mögt ihr denn?«, fragt uns Sadjiv dann.

»Nun ja, wir essen keine tierischen Produkte, also kein Fleisch, Eier, Milch und Käse. Vielleicht ein bisschen Reis mit Gemüse?«, antworten wir und versuchen dabei immer so wenig Probleme wie möglich für unsere Gastgeber zu bereiten. Tatsächlich sind wir aber im ganzen Iran immer auf Verständnis gestoßen und haben überall köstliche Mahlzeiten bekommen. Und so antwortet auch Sadjiv freundlich und zuvorkommend: »Oh, ihr seid Veganer? Gar kein Problem! Wir haben Reis, und können dazu zwei Gemüseeintöpfe machen, mögt ihr das?«

»Danke! Ja, das hört sich perfekt an!«, antwortet Olga, doch Sadjiv winkt nur mit den Armen und antwortet: »Nein, ich habe zu danken, dass ihr meine Gäste seid!«

Nach dem köstlichen Mahl unterhalten wir uns weiter und Sadjiv erklärt uns, dass er sehr gerne Touristen zu sich einlädt, da er so auf einfache Weise seine Englischkenntnisse verbessern kann.

»Also, in einer Stunde müssen wir in unser Institut und unterrichten, wollt ihr mitkommen?«, fragt er uns dann, woraufhin wir begeistert zusagen. Auf dem Weg zum Institut bringen wir Mohammed zu seinen Großeltern. Mässu meint, dass er zu aktiv sei und sie ihn nicht mit ins Institut nehmen können. Also sitzen wir danach zu fünft im Auto und fahren etwa 10 km Richtung Norden aus der Stadt heraus, vorbei an unserem Campingspot von letzter Nacht. Wir halten noch an einem kleinen Laden an und Sadjiv fragt, was wir gerne essen und trinken, er möchte noch etwas für uns einkaufen. Beladen mit ein paar Snacks und Getränken fahren wir dann weiter.

Im Institut gibt es zwei Klassen, zuerst sind die jüngeren Mädchen dran, die noch nicht so gut Englisch sprechen, danach dann eine ältere, gemischte Gruppe, die nach Sadjiv »fortgeschritten« Englisch spreche. Wir sind gespannt, denn wir würden unsere Englischkenntnisse ebenfalls als fortgeschritten einstufen und so werden wir uns wohl auf einem angenehmen Level mit den Schülern unterhalten können. Wir warten die erste Stunde ab und am Ende werden wir noch in den Klassenraum gebeten, um kurz mit den Mädels zu reden. Wir stellen uns vor und es kommen ein paar Fragen.

»Wo kommt ihr her?«

»Aus Deutschland und Russland«

»Wie gefällt euch der Iran?«

»Bisher sehr gut, allerdings sind wir erst seit drei Tagen hier!«

»Was ist euer Lieblingsessen im Iran?«

»Hmm, vorhin haben wir gute Gemüseeintöpfe bei eurer Lehrerin gegessen! Das war lecker!«

»Wo wollt ihr jetzt hinfahren?«

»Einmal durch den ganzen Iran, bis in den Süden nach Bandar Abbas!«

Die Fragen kommen mehr oder weniger von Mässu und wir glauben, die Schüler verstehen uns nicht wirklich, aber trotzdem ist es nett, gemeinsam zu kommunizieren und zu lachen.

Etwa eine halbe Stunde später kommen dann die Schüler der fortgeschrittenen Klasse und wir bilden einen großen Kreis mit den etwa 15 Schülern, um eine Diskussionsrunde zu starten. Das Englisch ist zwar etwas besser, aber unserer Meinung nach bei weitem noch nicht fortgeschritten.

Trotzdem können wir mit Hilfe von Sadjiv und Mässu eine ganz gute Diskussion führen. Die etwa 16-jährigen Schüler sind auf jeden

Fall neugierig und wollen viele Dinge über Deutschland wissen. Im Gegenzug wird aber auch immer wieder gefragt, was wir denn vom Iran halten würden.

Kurz wird auch über Religion und die Gesetze im Iran diskutiert. Die Frauen sind sich einig, sie mögen es nicht, ein Kopftuch tragen zu müssen.

»Seid ihr eigentlich verheiratet?«

»Ja, sind wir!«

»Gab es ein großes Fest?«

»Nein, wir sind nur zur Behörde gegangen und haben ein paar Unterschriften gesetzt. Ganz für uns allein, nichts Großes!«

»Was?! Unglaublich, im Iran ist das eine ganz große Nummer! Es wird dreimal gefeiert! Erst bei der Familie des Mannes, dann bei der Familie der Frau und natürlich auch im Standesamt! Danach gibt es viele Geschenke, alles ist genau aufgeteilt. Die Familie der Frau muss das Geschirr und die Einrichtung für die gemeinsame Wohnung kaufen. Die Familie des Mannes muss für das Haus oder die Wohnung sorgen. Und dann gibt es natürlich auch noch viel Gold!«, erzählen uns die jungen Frauen und schwärmen von den großartigen Festen. Nachdem wir noch weiter ausgefragt wurden, steht Sadjiv stolz auf und erklärt, dass dies das Beste sei, was er als Lehrer machen könne. »Die Menschen müssen sich miteinander austauschen, um zu lernen, dass wir alle gleich sind. Nur so kann es auf der Welt Frieden geben!«, erklärt er uns und seinen Schülern und alle stimmen ihm eifrig zu.

Das war eine wirklich schöne Erfahrung, die wir hier genießen durften und es war sehr spannend, die Meinungen der neuen Generation zu hören. Allerdings hat sich auch gezeigt, dass im Iran noch vieles falsch läuft, – wie z.B. der Englischunterricht. Die Schüler machen zum Teil nicht wirklich Fortschritte. So waren einige dabei, die nachdem sie seit über zwei Jahren Englisch lernen, immer noch Probleme hatten, sich vorzustellen. Trotzdem haben sie das Zertifikat »Fortgeschritten«, da die Tests immer gleich sind und man so viele Versuche hat, wie man möchte. Irgendwann ist man dann »Muttersprachler«, ohne wirklich ein Wort Englisch sprechen zu können. Zusätzlich müssen die Eltern große Summen für den privaten Englischunterricht ausgeben, da vom Staat zu wenig Geld in die Bildung investiert wird und es in der öffentlichen Schule nicht einmal Englischunterricht gibt.

Wir sollten auf unserer Reise auf jeden Fall noch öfter feststellen, dass manche Iraner gerne mit ihren sehr guten Englischkenntnissen prahlen, aber dann zum Teil nicht einmal einfachste Fragen beantworten können. Vergleichsweise konnten wir aber dennoch sehr gut mit den Menschen kommunizieren, da eben doch einige Iraner wirklich gutes Englisch sprechen.

IRAN IST MEINE HEIMAT

Gestern Abend haben wir uns dazu entschlossen, die Einladung von Sadjiv anzunehmen und zwei Nächte bei ihm und seiner Frau Mässu zu schlafen. Zum Abendessen gab es köstliche Falafel und dann wurde uns im Wohnzimmer ein gemütliches Nachtlager eingerichtet. Im Iran sieht das dann so aus: Auf den großen Teppich im Wohnzimmer wird eine dicke Decke gelegt. Darüber kommt dann ein Bettlaken und man bekommt 3-4 Wolldecken und zwei kleine Kissen.

Morgens wachen wir gegen 7 Uhr langsam auf und schauen auf die Gardinen vor den Fenstern. Diese sind wie immer geschlossen, da niemand möchte, dass jemand in die Wohnung schauen kann. Im ganzen Iran kannst du durch kein Fenster in eine Wohnung schauen, die Vorhänge sind immer und überall zugezogen! Die Menschen erzählen uns immer wieder, dass die Regierung überall ihre Spitzel habe und man zumindest zuhause in Ruhe gelassen werden möchte und man dort machen könne, was man wolle. Die Geheimpolizei im Iran ist auch so eine Sache, aber dazu erzählen wir später noch mehr.

Jetzt sitzen wir gemeinsam auf dem Teppich im Wohnzimmer und genießen unser Frühstück. Es gibt frisch gebackenes Brot vom Bäcker, welches so aussieht wie diese Luftkissen-Verpackungen für empfindliche Paketsendungen, nur halt aus Brot! Ohne Belag schmeckt das Brot etwas fad, aber mit den unterschiedlichen Marmeladen von Mässu und dem Tee ergibt sich doch ein sehr schmackhaftes Frühstück. Sadjiv hat heute frei und er möchte mit uns, Mohammed und Martha einen Ausflug zum Stadtrand machen.

»Ich zeige euch einen schönen Platz«, sagt Sadjiv, während wir in seinem Paykan, einem iranischen Auto, durch die Stadt düsen. »Heute Abend gibt's übrigens eine große Party, Martha hat heute ihren ersten Geburtstag! Die ganze Familie kommt vorbei!«, fügt er noch grinsend hinzu und stupst Martha dabei die Nase. Gemeinsam fahren wir zu einem Aussichtspunkt, von dem man einen großartigen Ausblick über die Stadt hat. Daneben gibt es eine Sommerrodelbahn und Sadjiv fragt, ob wir Lust hätten. »Wir kommen oft hierher, das bringt eine Menge Spaß!«

»Ja okay, warum nicht!«, antworten wir spontan, sind aber ein bisschen irritiert. Sowas haben wir seit Ewigkeiten nicht mehr gemacht, da wir irgendwie dachten, wir sind zu alt dafür. Aber neben den Kids, sind auch wirklich viele Erwachsene hier, die ebenso johlend die Bahn herunterdüsen. Also setzen wir uns zu zweit auf einen der Wagen, der dann über eine achterbahnähnliche Schienenführung den Berg hinunter saust. »Juhuuu!!! Waaah!!!«, kreischen wir, während wir die kurvige Strecke hinunter brausen! Zum Schluss wird man automatisch wieder hochgezogen und grinsend kommen wir wieder bei Sadjiv, Martha und Mohammed an. »Das war klasse! Danke, dass du uns hierher gebracht hast!«

Sadjiv fragt uns, ob wir kurz auf Martha aufpassen können, er würde auch gerne eine Runde mit Mohammed fahren. Ich halte die Kleine auf dem Arm und wir warten, bis die beiden auch wieder oben ankommen. »Wow, ich glaube, ich hatte noch nie so lange ein Kind in den Armen, die sind wirklich ganz schön schwer mit der Zeit!«, stelle ich dabei fest und Olga lacht.

Als wir ein paar Stunden später wieder zuhause sind, ist erstmal Pause angesagt. Die Iraner lieben es, tagsüber zu schlafen und wir genießen die kleine Pause ebenfalls. Im Fernseher laufen die Nachrichten und es werden Bilder von Israel und Donald Trump gezeigt, den beiden Erzfeinden des Iran. Irgendwann wird umgeschaltet und es läuft eine Kindersendung. Nach einiger Zeit wird eine patriotische Melodie angestimmt und ein dicker kleiner Junge singt darüber, dass der Iran seine Heimat sei, während im Hintergrund schwere Artillerie aufgefahren wird und Kriegsschiffe eingeblendet werden. Ja, hier gibt's die Propaganda auch schon für die Kleinen!

»LaLaLa, Iran ist meine Heimat, LaLaLa«, wird synchron zu den abgefeuerten Raketen eines Kriegsschiffes gesungen.

Gegen Abend fahren wir nochmals durch die Stadt und machen ein paar Besorgungen für die Party.

»Zuerst brauchen wir einen Kuchen!«, erklärt Sadjiv uns und nach ein paar Minuten Autofahrt und einem kurzen Spaziergang stehen wir dann tatsächlich vor einem Kuchenladen.

»Schau mal, das ist wirklich ein Laden, in dem es nur Kuchen gibt!«, ruft Olga entzückt.

»Ja, die gibt es im Iran in jeder Stadt, wir lieben Kuchen!«, klärt Sadjiv uns lachend auf. In dem Laden hat man die Möglichkeit, ein Bild aus Zuckerguss und Lebensmittelfarbe auf seinen Kuchen zu drucken. Mit einem Kuchen, auf dem als Verzierung ein Zuckerbild von Martha und Mohammed ist, verlassen wir dann den Laden.

»Jetzt kaufen wir noch ein paar Nüsse und Obst ein, ansonsten haben wir alles!«, sagt Sadjiv und führt uns ein paar Geschäfte weiter. Beim Nussverkäufer türmen sich säckeweise köstliche Nüsse und Trockenfrüchte in unterschiedlichsten Größen und Formen und wir fühlen uns wie im Paradies! Wir probieren uns durch die angebotenen Waren und kaufen schlussendlich eine große Auswahl der Leckereien.

Danach geht es zurück nach Hause und Olga und Mässu fangen an, Sambusa für das Abendessen zuzubereiten. Das sind frittierte, mit Gemüse gefüllte Teigtaschen, die im Iran mit Ketchup gegessen werden.

Später am Abend kommen dann die Eltern, Brüder, Schwestern und Cousins vorbei, um gemeinsam Marthas Geburtstag zu feiern. Erst essen wir die Sambusas und dann gibt es Tee. Sadjiv erklärt uns, dass alle seine Verwandten ja sehr gut Englisch sprechen würden, aber sie einfach nur zu schüchtern wären, um jetzt mit uns zu sprechen. Ah ja, darüber haben wir ja schon im letzten Kapitel berichtet. Nichts desto trotz haben wir einen sehr netten Abend mit viel Essen und glücklichen Menschen um uns herum. Irgendwann wird der Geburtstagstisch hergerichtet und nachdem alle Geschenke, der Kuchen und die Kerzen richtig positioniert sind, werden tausende von Bildern geschossen.

Dann darf Martha ihre Geschenke auspacken. Über das Größte staunen wir nicht schlecht. Ein Set aus Goldring, Goldarmband und Goldohrringen, so klein, dass sie gerade auf die kleinen Finger und um den Arm passen.

Sadjiv erklärt, dass es im Iran Tradition sei, den Kindern Goldschmuck zum Geburtstag zu schenken und dies auch als Wertanlage für später gesehen wird. Jedes Jahr gibt es zum Geburtstag dann ein neues Set in der richtigen Größe, wobei dieses im Normalfall gegen das Alte eingetauscht wird.

Nachdem der Kuchen verputzt ist und alle langsam müde werden, ist der Kindergeburtstag um Mitternacht vorbei. Die Iraner sind absolute Nachtmenschen und es ist ganz normal, erst gegen 21 Uhr zu essen und auch wochentags erst um 1 Uhr oder 2 Uhr zu Bett zu gehen. Dafür wird dann, wie gesagt, gerne am Tag geschlafen.

DEUTSCHLAND? HITLER, RICHTIG?

Morgens frühstücken wir ein letztes Mal gemeinsam mit der ganzen Familie und wir kündigen nochmals an, dass wir heute weiterfahren wollen.

»Oh nein, warum denn? Ihr könnt hier noch ein paar Tage bleiben, oder Wochen, oder Monate!«, reagiert Sadjiv betroffen.

»Vielen Dank, aber wir wollen auch noch den Rest vom Iran sehen und wir haben leider nur drei Monate Zeit!«, antworte ich und Sadjiv versteht, obwohl man ihm wirklich ansieht, dass er traurig ist, dass wir ihn und seine Familie schon nach zwei Nächten wieder verlassen.

»Es war uns eine Ehre, euch zu beherbergen. Wenn ihr wieder im Iran seid, kommt bitte bei uns vorbei! Inschallah, wenn Gott es so möchte!«, sagt er dann noch zu uns.

Zum Abschied bekommen wir von Mässu auch noch ein riesiges Fresspaket geschnürt.

»Braucht ihr sonst noch was?«, fragt sie uns.

»Nein, wir haben alles, vielen Dank für eure Gastfreundschaft!«, antworten wir, während wir versuchen, den riesigen Berg an Lebensmitteln in unseren Taschen zu verstauen.

Das war nun also unsere erste Erfahrung bei einer iranischen Familie zu Hause. Wir sind fast erschüttert, wie freundlich die Menschen hier sind. Wir unterhalten uns und vergleichen die letzten Tage mit dem Gedanken, was einem Iraner auf dem Fahrrad in Deutschland wohl passiert wäre.

»Sowas würde es in Deutschland wohl selten geben, oder?«

»Vermutlich ja, überleg doch mal, in Deutschland fährt ein Iraner auf dem Fahrrad und die Menschen rennen auf ihn zu, um ihn nach Hause einzuladen und ihm was zu essen zu schenken!«

Wir lachen über diese wohl leider ziemlich unrealistische, aber gleichzeitig auch traurige Überlegung. Aber Ausnahmen bestätigen ja die Regel, und wir sind uns sicher, dass es auch in Deutschland viele gastfreundliche Menschen gibt, die solch eine Überlegung in die Wirklichkeit umsetzen würden. Vielleicht nur nicht ganz so oft, wie die Menschen es hier im Iran machen.

Wir fahren jetzt entlang des Kaspischen Meeres zu unserem nächsten Ziel, der Stadt Anzali, wo wir uns vor ein paar Tagen einen Warmshowers Host organisiert haben. Warmshowers ist eine weltweite Community, bei der Menschen sich als Host für Radreisende betätigen können. Das bedeutet, man erstellt auf der Homepage www.warmshowers.org einen Account und gibt dort seinen Namen, Email, ungefähren Wohnort und ein paar zusätzliche Infos zu Schlafmöglichkeiten, den passenden Zeiten und persönlichen Regeln an. Dann können andere Menschen auf einer interaktiven Karte sehen, wo es überall auf der Welt Warmshowers Hosts gibt und diese über die hinterlegte Email anschreiben und fragen, ob man für eine, zwei oder mehrere Nächte bei ihnen übernachten kann. Das System ist komplett kostenlos und beruht auf Vertrauen. Um dieses sicher zu stellen, gibt es ein ausführliches Bewertungssystem für Hosts und Reisende. Wir haben Warmshowers in fast allen unserer bisher bereisten Ländern genutzt, waren jedes Mal begeistert und hatten großartige Erfahrungen mit den Locals.

Die Straße, auf der wir fahren, ist teilweise zweispurig, aber der Verkehr hält sich dennoch in Grenzen. Die meisten Autos, die an uns vorbeifahren, sind alte iranische Modelle, darunter ein paar weitere Paykans in allen möglichen Farben. Dazu mischen sich dann ein paar moderne Autos aus Europa und bunt angemalte alte Mercedes-Trucks. Vor allem sehen wir aber die hellblauen Zamyad-Pickups, welche im Iran unter einem Lizenzvertrag mit Nissan von der Firma SAIPA gebaut werden. Dies ist vermutlich das meistverkaufte Auto im Iran und gleichzeitig unser Schrecken, denn die Fahrer sind oft knallhart, machen die verrücktesten Fahrmanöver und haben die Hand ununterbrochen an der Hupe. Der Zamyad hat eine große Ladefläche und die Iraner haben es perfektioniert, diese auszunutzen. Mal sind dort tonnenweise Obst geladen, mal eine Herde Schafe, mal wird ein Hausumzug in einer Fahrt durchgeführt, so dass sich die Möbel darauf stapeln und mal wird Metallschrott in ebenfalls meterhohen Bergen transportiert, während der Bodenabstand des Wagens auf einige Zentimeter verringert wird. Also ein echtes Multifunktionstalent, dieser Zamyad. Warum er dabei fast ausschließlich hellblau ist, wissen wir allerdings nicht.

Während wir die wilden Konstruktionen begutachten, nähert sich von hinten ein Auto mit drei jungen Männern. Wir sind noch voll im Schwärmen über die Gastfreundlichkeit der Iraner, als die Jungs vorbeifahren und uns laut »Fuck you!« zurufen und hupend weiterdüsen.

»Aahh«, sage ich ironisch. »Es gibt hier also doch noch normale Menschen, wunderbar!«

Die Jungs drehen ein paar hundert Meter weiter um und fahren auf der Gegenfahrbahn wieder in unsere Richtung. Wir winken ihnen zu und rufen ebenfalls fröhlich »Fuck you!«. Sie winken lachend zurück.

»Okay, irgendwie war das komisch, oder?«, fragt Olga belustigt. »Vielleicht können die gar kein Englisch und haben das irgendwo mal aufgeschnappt, wieso winken die uns denn jetzt zu?«

»Wer soll das schon verstehen, keine Ahnung ...«

Mit einem Lachen im Gesicht geht es weiter, aber schon nach ein paar Kilometern wartet die nächste Überraschung auf uns.

»Hallo, Tee, Tee?«, fragt uns der ältere Mann im schwarzen Anzug, der gerade aus seinem weißen Paykan gestiegen ist.

»Ähm, ja, warum nicht? Danke!«

Er gibt uns zu verstehen, dass wir ihm hinterherfahren sollen, denn in einem Kilometer gebe es wohl ein Café. Nach einer kurzen Fahrt stehen wir dann tatsächlich vor einem kleinen Café und der Mann steigt fröhlich aus seinem Auto.

»Oh, ihr seid aus Deutschland, oder?«, fragt er uns direkt.

»Ja, richtig!«, antworte ich und der Mann schaut uns mit ernsten Gesichtszügen an und hebt dann seinen rechten Arm in die Luft und ruft: »Heil Hitler!«

Und dann zu Olga gewandt, wieder den Arm emporgerissen: »Heil Hitler, richtig?«

Wir stehen sprachlos, mit offenen Mündern vor ihm. Der etwa 80-jährige Mann lächelt uns freundlich an und ist begeistert, dass wir aus Deutschland kommen.

»Moment mal, das ist so nicht richtig!«, versuchen wir ihn zu belehren, aber seine Englischkenntnisse reichen dafür anscheinend nicht aus.

»Hitler, very bad!«, versuchen wir es weiter, aber er lächelt uns nur an und gibt uns zu verstehen, dass wir ihm nun in das Café folgen sollen, um Tee zu trinken.

»Irgendwie hat er sogar Ähnlichkeit mit Hitler, oder? Sollen wir wirklich mitgehen?«, fragt Olga etwas schockiert und verunsichert.

»Jetzt sind wir schon hier, ich weiß auch nicht. Der Typ ist einfach nur verrückt. Vielleicht können wir ihm noch helfen!«, antworte ich und mache mich auf den Weg, ihm zu folgen.

Wir sitzen in einem kleinen Zimmer und eine Bedienung serviert uns Tee und ein paar Snacks.

»Habt ihr Hitler gesehen?«, fragt er uns, aber dann fällt ihm wohl auch ein, dass wir dafür doch wohl etwas zu jung sind. »Der Iran hatte damals sehr gute Beziehungen zum Dritten Reich!«, erklärt er uns dann stolz, mit Händen und Füßen. Wir versuchen es nochmals mit »Hitler bad«, aber der Mann will davon nichts hören. Hitler hat damals gegen die Erzfeinde des Iran, die Juden und die Amerikaner gekämpft und ein paar Menschen im Iran verehren ihn leider immer noch dafür. Nachdem wir zügig unseren Tee getrunken haben, schreibt uns der Mann noch seine Adresse auf, wir sollten unbedingt bei ihm zu Hause vorbeischauen!

»Danke für den Tee, aber wir müssen jetzt weiter!«, verabschieden wir uns dann und verlassen schnell den Raum.

»Hui, das war Hardcore!«, stellt Olga fest und ich nicke perplex zurück.

»Komm lass uns schnell weiterkommen, noch ein paar Kilometer bis Anzali!«

Jedoch werden wir nochmals zurück in die Thematik geholt, als das nächste Auto anhält.

»Hey Leute, wo kommt ihr her?«, fragt uns der junge Mann am Steuer. Hinten im Wagen sitzen drei junge, aufgebrezelte Frauen die ununterbrochen kichern und uns fasziniert anschauen.

»Wir sind aus Deutschland«, antworte ich kurz angebunden.

In dem Moment bekommt eine der Frauen große glänzende Augen und ruft glücklich und patriotisch: »Arier, Arier! Wir haben das gleiche Blut! Wir sind alle Arier!«

Ja, auch hier gibt es wieder eine Verbindung zwischen den vermeintlichen Ariern in Hitlers Bildnis des perfekten Menschen und den Iranern. Ursprünglich stammt das Volk der Arier aus den Hochebenen Persiens und lebte dort schon vor über 2500 Jahren.

Dareios I., der damalige König von Persien, proklamierte in einer Inschrift in der Nähe der iranischen Stadt Schiras: »Ich bin Dareios, der große König, ein Perser, Sohn eines Persers, ein Arier, welcher eine arische Abstammung hat.«

Tja, und dann wurde das Wort in die Rassenideologie der Nazis des 20. Jahrhunderts adaptiert, um die Zugehörigkeit zu bestimmten Menschengruppen zu bezeichnen – danke, Hitler! Jetzt denken manche Iraner, dass alle Deutschen Arier sind und wir das gleiche Blut wie sie haben. Diese Theorie sollte uns noch sehr oft im Iran begegnen und es war teilweise schon ziemlich anstrengend für uns.

Etwa 10 km vor Anzali hält uns dann ein weiterer Autofahrer an.

»Hallo! Kommt ihr aus Deutschland?«

»Ja«, sagen wir und stellen uns auf eine weitere entsprechende Bemerkung ein.

»Kommt ihr aus Hamburg?«, fragt er weiter und etwas irritiert bejahen wir erneut.

»Ihr seid Olga und Michel! Und wie heiße ich?«

Ich verstehe gar nichts, aber Olga verbindet die Punkte schneller.

»Aaah, du bist Bahman, unser Warmshowers Host in Anzali!«, stellt sie lachend fest.

»Ja, genau! Ich fahre jetzt mit meiner Familie zum Mittagessen, wir sehen uns dann später, okay? Wir freuen uns sehr!«

ES KANN EINE TOLLE ERFAHRUNG SEIN!

Gemütlich fahren wir weiter, entlang der grünen Berge auf der rechten Seite und dem Meer auf der Linken, in Richtung Anzali. Da Bahman ja auch noch ein bisschen Zeit braucht, bis er wieder zurück ist, sind wir ohne Eile unterwegs und freuen uns, als ein Motorradfahrer zu einer kleinen Unterhaltung anhält. Nach einem kurzen Smalltalk und einem Selfie mit ihm, seiner Frau und dem kleinen Sohn geht es wieder auf die Räder und wir fahren weiter. Nach ein paar hundert Metern holen sie uns jedoch wieder ein und halten uns nochmal an. Der Mann drückt Olga eine große Tüte Mandarinen in die Hand, die er gerade bei einem Straßenhändler gekauft hat.

»Welcome to Iran! Goodbye!«, ruft er uns zu, während wir mit einem großen Lächeln im Gesicht dastehen und der davonfahrenden Familie hinterherwinken.

Bahman empfängt uns dann mit einem ebenso breiten Lächeln im Gesicht. Damit und mit seinen etwas längeren dunklen Haaren sieht er ein wenig so wie Jim Carrey aus. Wir dürfen in einer großen Gartenhütte übernachten, die bei seiner Schwester im Garten steht. Es gibt eine Küche, ein Badezimmer und ein Wohnzimmer mit Bett. Wir bedanken uns und überreichen als Gastgeschenk eine Packung Helva, eine iranische Süßspeise aus Sesam und Zucker – Bahman freut sich sehr. Er ist einer dieser Menschen die ihre Emotionen sehr stark über die Mimik ausdrücken. Die ganze Zeit lächelt er und freut sich riesig darüber, dass wir da sind. Er hat selber auch schon ein paar große Radtouren gemacht, erzählt er uns stolz. Einmal von Schweden nach Frankreich und im nächsten Jahr von Schweden nach Italien. Seine Schwester wohnt in Stockholm und so kann er seine Touren mit einem Besuch bei ihr verbinden, erklärt er uns. »Auch das Visum für Europa kann ich dadurch leichter bekommen.

Normalerweise ist es sehr schwierig, als Iraner ein Visum für Europa zu bekommen! Da habe ich echt Glück!«

»Wie bist du denn auf Warmshowers gekommen? Hast du das auf deinem Trip auch genutzt?«

»Ja klar! Ich habe meine gesamte Tour geplant und jede Nacht bei einem anderen Host geschlafen. Das war echt klasse! Zuerst war ich etwas skeptisch, ob ich als Iraner von den Europäern aufgenommen werde. Aber es war überhaupt kein Problem. In Schweden habe ich sofort eine Rückmeldung bekommen und als ich da war, haben sie nur gesagt: »Es kann für uns eine tolle Erfahrung sein, einen Iraner zu beherbergen!« Das hat jeder gesagt, alle fanden es spannend, mich als Iraner zu Besuch zu haben!«

Also, da haben wir ja schon die vorher angesprochenen Ausnahmen; oder sind es vielleicht doch keine Ausnahmen? Wir haben in den letzten Tagen so viele gastfreundliche und nette Menschen kennengelernt. Vielleicht sind es doch immer noch Vorurteile, die da in uns herumschwirren und in Wirklichkeit gibt es doch viel mehr freundliche und tolle Menschen auf unserem Planeten, als wir denken?

»Es ist toll, dass ihr hier im Iran seid. Es kann eine tolle Erfahrung für euch sein, mit dem Rad unser Land zu erkunden!«, holt Bahman uns dann zurück aus unseren Gedanken. Bald merken wir, dass »It can be a nice experience« bzw. »Es kann eine tolle Erfahrung sein« eine der Lieblingsaussagen von Bahman ist. Er verwendet es oft, aber es kommt sehr sympathisch rüber, wie er alles so positiv sieht.

Abends fragt er, ob wir einen Freund von ihm besuchen wollen. Der Freund sei der Leiter eines Waisenhauses und er bringe seine Gäste gerne dorthin. »Es kann für die Gäste und auch für die Kinder eine tolle Erfahrung sein!«, erklärt er grinsend und so stimmen wir natürlich sofort zu und freuen uns auf diese neue Erfahrung. Es ist ein kurzer Besuch. Die Kinder spielen uns etwas Musik vor und wir unterhalten uns mit Mr. Purwartan, dem Leiter, Gründer und Stifter des Waisenhauses. Er lädt uns dazu ein, eine Nacht im Waisenhaus zu übernachten, um die Kinder besser kennen zu lernen und einen tieferen Einblick zu bekommen. Wir sagen sofort zu und machen ab, dass wir übermorgen gegen Mittag ankommen werden. »Schön, dass ihr zugesagt habt«, sagt Bahman auf dem Rückweg.

Am nächsten Tag schauen wir uns die Stadt an und machen einen Spaziergang an dem langen Strand und entlang des großen Hafens.

Danach erkunden wir noch einen bunten Markt, auf dem viel unterschiedliches Obst und Gemüse angeboten wird.

Auf dem Rückweg halten wir bei einem kleinen Restaurant an, um Falafel zu essen. Wie sich herausstellt, stammt die Besitzerin aus den Philippinen und hat mit ihrem iranischen Mann gemeinsam 15 Jahre auf Zypern gelebt. Wir kommen ins Gespräch und unterhalten uns über alles Mögliche. Die USA und Israel sind wieder ein Thema, aber auch die Mentalität der Iraner. Sie sagt uns, dass viele Iraner ziemlich faul seien. »Die Frauen schlafen nur, essen und spielen im Internet!«, beschwert sie sich lautstark bei uns und fragt dann freundlich, ob wir noch mehr Falafel haben möchten.

Nach einiger Zeit wollen wir dann bezahlen und weiter gehen, aber die Frau besteht darauf, uns einzuladen. Und da sie auch nach mehrmaliger Aufforderung ihre Meinung nicht ändert, haben wir alle Regeln des Taarof beachtet und nehmen die Einladung dankend an. Und jetzt nochmal kurzgefasst zur Wiederholung: Wir sind als Touristen in irgendein Restaurant gegangen und wurden zum Essen eingeladen! Wir finden das absolut faszinierend. Gastfreundschaft in diesem Ausmaße haben wir vorher wirklich selten erlebt!

Abends kommt Bahman bei uns in der Hütte vorbei. Wir unterhalten uns über die Geschichte des Iran, die aktuelle Politik und die Herkunft der persischen Sprache. Wie sich herausstellt, weiß Bahman eine Menge über diese Themen und wir können unsere Kenntnisse über den Iran etwas auffrischen. So hatte das persische Reich seine Blütezeit vor etwa 2000 Jahren, die meisten Iraner sind Schiiten und somit keine IS Anhänger und einige persische Wörter kommen aus dem Russischen. »Die Iraner haben eine hohe Achtung vor Merkel, da sie die Flüchtlingskrise sehr gut meistert!«, erzählt er weiter. So unterhalten wir uns den ganzen Abend über, essen zwischendurch nochmal Falafel und bedanken uns schlussendlich herzlich bei Bahman: »Danke, das war eine sehr schöne Erfahrung!« Lachend verabschieden wir uns und legen uns dann schlafen.

Morgens fahren wir wie abgemacht früh los, um gegen Mittag im Waisenhaus von Mr. Purwartan anzukommen. Dort werden wir von der Köchin in den Speisesaal gesetzt und in halbwegs gutem Englisch erklärt sie uns, dass Mr. Purwartan gerade die Kinder aus der Schule abholt und wir noch ein bisschen warten sollen. Sie serviert uns etwas Obst und einen Tee. Etwa eine halbe Stunde später kommen die Kinder an und wir werden fröhlich begrüßt.

Zuerst gibt es für alle Mittagessen und danach eine kurze Mittagsstunde. Es leben hier etwa 30 Kinder, im Alter zwischen 9 und 17 Jahren. Mr. Purwartan hat sein Vermögen dazu genutzt, dieses Haus aufzubauen und den Kindern eine zweite Chance zu ermöglichen. Es gibt viele Spielsachen und das Haus ist vergleichsweise modern eingerichtet. Wir verbringen den Tag damit, Englisch bzw. Farsi zu lernen, Tischkicker, Fußball, Volleyball und Playstation zu spielen, und Olga malt dabei ein paar Bilder. Wir lachen viel und haben zusammen einen tollen Tag, genauso wie Bahman es vorausgesagt hat! Zum Abendessen versammeln sich alle wieder im Speisesaal und nach einer gemeinsamen Dankesrede und einem Gebet gibt es Brot, Salat und Pfannkuchen mit Spinat. Während des Essens kommt noch eine Familie vorbei, die eine große Box mit Essen spendet. »Ja, das passiert oft!«, erklärt uns Mr. Purwartan. »Das ist Teil der muslimischen Kultur. Man sollte den Menschen immer helfen, wenn man kann!«

Abends lernen wir noch weiter Englisch und Farsi, ein paar Kinder spielen wieder ihre unterschiedlichen, teilweise traditionellen Instrumente. Irgendwann kommt dann Mr. Purwartan und beschließt die Bettruhe. Wir schlafen in einem der Zimmer und denken über den Tag nach.

»Wow, was für eine tolle Erfahrung, oder?«

»Ja, die Kids waren klasse! Schön, dass wir hier sein durften!«

AM ENDE DER WELT

Morgens machen wir noch ein schönes Bild mit den Kids, bevor sie in die Schule müssen. Danach packen auch wir unsere Sachen zusammen und sind ein paar Minuten später ebenfalls wieder unterwegs.

Unser nächstes Ziel ist das Ende der Welt, wurde uns zumindest so gesagt! Aber einmal von vorne: Bahman hat uns, als wir angekommen sind erzählt, dass er viele Freunde entlang unserer Route habe und wir dort ebenfalls übernachten könnten. Übrigens haben wir das auch bei fast allen anderen Hosts erlebt und auch andere Radreisende berichten grinsend über das »weiter gereicht werden«. Also, wir haben auf jeden Fall zugesagt und Bahman hatte direkt einen Freund angerufen, kurz unsere Situation geschildert und dann das Telefon an mich weitergegeben. Das Gespräch verlief in etwa so:

»Hallo, hier ist Michel«

»Hallo Mr. Michel, hier ist Mehmet! Ich wohne am Ende der Welt, ein kleines Dorf am Meer! Ich kenne viele Fahrradtouristen! Viele Fahrradtouristen sind schon zu mir gekommen. Mr. Michel, ich freue mich, Fahrradtouristen aus Deutschland bei mir zu beherbergen!«

»Oh, ja, super, vielen Dank! Wir freuen uns sehr dich zu besuchen! Können wir noch deine Adresse bekommen oder kannst du uns erklären, wie wir zu dir kommen?«

So, und jetzt sind wir auf dem Weg zum Ende der Welt. Eine richtige Adresse haben wir nicht bekommen, sondern nur einen Namen des Dorfes, aber wir können es nicht wirklich auf unserer Karte finden. Wir wissen nur, dass wir zunächst in die Stadt Rudsar müssen. Von dort soll es nicht so weit sein, haben uns Bahman und Mehmet versichert.

Wir fahren auf der Hauptstraße entlang des Kaspischen Meeres und es gibt wieder relativ viel Verkehr. Aber dafür ist das Wetter wirklich herrlich und die Sonne scheint uns in die Gesichter, während wir durch ein paar wirklich schöne Kleinstädte fahren. Überall herrscht buntes Treiben, es wird gehandelt und gefeilscht, die Männer sitzen zusammen, spielen Backgammon und trinken Tee, die Frauen laufen mit wehenden Gewändern durch die Gassen und die Jugendlichen winken uns fröhlich zu. Immer wieder werden wir angehalten, um ein paar Fotos zu machen und bekommen dafür Obst und Wasser geschenkt. Das ist doch ein ganz angenehmer Handel, oder?

In Rudsar zeigen wir ein paar Leuten den Namen des Dorfes, in dem Mehmet wohnt. Bahman war so gut und hat ihn uns auf Farsi auf ein Blatt Papier geschrieben. Trotzdem können die ersten Leute nichts mit dem Namen anfangen und wir sind etwas ratlos.

»Was ist das denn jetzt? Hat er uns das falsch aufgeschrieben? Das sollte hier doch ganz in der Nähe sein!«, sage ich genervt und ungeduldig.

»Nein, wir fahren einfach ein bisschen weiter und fragen nochmal andere Leute, das kriegen wir schon hin!«, antwortet Olga.

Gesagt, getan und bei dem nächsten Mann scheinen wir Erfolg zu haben. Er kann zwar kein Englisch sprechen, gibt uns aber zu verstehen, dass wir ihm auf seinem Motorrad folgen sollen. Kreuz und quer fahren wir dem Mann hinterher, durch kleine Gassen, aus der Stadt heraus, in eine andere Stadt hinein und nach drei Kilometern biegen wir wieder auf eine größere Straße ein. Mit ein paar Handbewegungen zeigt er uns, dass wir nun dieser Straße folgen sollen. Einfach toll, wie hilfsbereit die Leute hier sind und es einfach ganz selbstverständlich ist, alles stehen und liegen zu lassen, 15 Minuten seiner Zeit zu opfern, um uns zu helfen. »Kheili Mamnoon«, vielen Dank, sagen wir zu dem Mann, der sichtlich erfreut ist und dann wieder zurückfährt. Nach ein paar weiteren Kilometern kommt von vorne ein Fahrradfahrer, der uns abfängt.

»Hallo Mr. Michel!«, ruft er uns winkend zu.

Diesmal schalte ich etwas schneller und antworte lachend: »Hallo Mr. Mehmet!«

Gemeinsam fahren wir zu seinem kleinen Haus am Ende des Dorfes, an einem Wald gelegen und nicht weit vom Meer entfernt. Glücklich und stolz führt er uns rum und zeigt uns alles.

»Das hier ist das Haus meiner Schwester, aber ich wohne hier. Es gibt kein fließendes Wasser, kein Fernsehen und erst seit kurzem habe ich Strom. Ich finde es schön, so einfach zu leben« Im großen Garten gibt es einen Brunnen und ein kleines Gemüsebeet. Das Haus hat eine kleine überdachte Veranda, ein etwa 3x3 Meter großes Wohnzimmer, eine kleine Küche mit Gasherd und ein Badezimmer mit der typischen iranischen Toilette zum Hinhocken.

»Die Dusche ist draußen, wenn ihr braucht, ich habe viele große Wassereimer!« Da wir jedoch die letzten Tage öfters geduscht haben, lehnen wir die Gartendusche vorerst ab. Wir setzen uns gemeinsam auf den Teppich im Wohnzimmer und tauschen unsere Geschichten aus. Der Raum ist relativ karg eingerichtet. In einer Ecke hängen ein paar Jacken, in der anderen steht ein kleiner Schrank und an der Wand hängt eine Uhr und ein Bild von einer Blume. Auf dem Glas des Bilderrahmens ist irgendwann, irgendwie ein Frosch hängen geblieben, so dass dort jetzt dessen vertrocknete Haut und das Knochengerüst kleben. Mehmet zuckt nur mit den Schultern, als wir nachfragen und erklärt: »Manchmal ist es echt heiß hier!«

Er ist mit seinem Fahrrad durch den ganzen Iran gereist und hat dabei viele Fahrradfahrer kennen gelernt. Jetzt wohnt er hier und von Zeit zu Zeit kommen ein paar Fahrradtouristen bei ihm vorbei. »Fahrradtouristen« ist eines der Lieblingswörter von ihm und er erzählt uns stolz, aus welchen Ländern seine Gäste denn alle gekommen sind. Auch ein paar Deutsche sind dabei und er ist verwundert, dass wir die Leute nicht kennen! Er kenne nämlich alle Fahrradtouristen im Iran! Gespannt lauschen wir seinen Geschichten, die er mit viel Emotionen und vielen »Fahrradtouristen« ausschmückt. Ein echt toller Mann, etwa Mitte 50, kurze graue Haare und eine etwas schiefe Nase. Mit seiner Jogginghose sitzt er gemütlich vor uns und erzählt und erzählt. Wir können ihm seine Lebensfreude richtig ansehen und wissen, dass er das Leben einfach genießt, so wie es kommt!

»Das hier ist eine internationale Fahrradstation, wisst ihr? Ich hatte schon so viele Radfahrer aus der ganzen Welt bei mir zu Gast! Irgendwie bin ich auf der gleichen Wellenlänge wie die Fahrradfahrer und das Universum schickt die Radfahrer einfach zu mir, zum Ende der Welt! Und seht ihr, jetzt seid ihr auch hier!«, stellt er philosophisch fest und gemeinsam brechen wir in ein lautes Lachen aus und stimmen ihm zu. Irgendwie schon ein spannender Zufall ...

Abends machen wir uns daran, das Abendessen zuzubereiten. Eigentlich versuchen wir das bei unseren Hosts immer selber zu machen, quasi als Gegenleistung und um vor allem auch etwas aus unserem Land zu zeigen. Meistens bereiten wir dann entweder deutschen Kartoffelsalat oder russischen Borschtsch zu. Doch im Iran stellte sich das bisher als sehr schwierig heraus. »Als Gäste dürft ihr doch nicht selber kochen!«, war bisher die Antwort unserer Gastgeber. Mehmet hat damit jedoch kein Problem und so können wir fröhlich unser Gemüse kleinschneiden und auf dem Gasherd einen wohlduftenden Gemüse-Linsen-Eintopf zubereiten.

Nach dem Essen trinken wir noch etliche Tassen iranischen Tee. Dafür kippt man sich ein bisschen von dem starken Tee Sud, der in jedem iranischen Haushalt den ganzen Tag bereitsteht, in ein kleines Glas und gibt dann heißes Wasser und Würfelzucker in beliebiger Menge dazu. Wir lassen uns den Tee schmecken, schauen uns dabei Fotoalben an und unterhalten uns über unsere und seine Reiseerlebnisse. Mehmet gibt uns ein paar Decken und wir errichten uns auf dem Teppich ein etwas hartes, aber trotzdem gemütliches Nachtlager.

Morgens essen wir die Reste vom gestrigen Abendessen mit frischem Brot und Tee.

»Habt ihr Lust, in den Wald und an den Strand zu gehen?«, fragt Mehmet nachdem wir alles aufgegessen haben.

»Klar! Hört sich super an!«, antworten wir und machen uns bereit. Wir schauen erst noch einmal bei der Kiwi Plantage seines Nachbarn vorbei, aber leider hat die Saison noch nicht begonnen. Trotzdem ist es spannend, zu sehen, wie die Kiwis hier wachsen. Die Bäume sind so geschnitten, dass alle Früchte auf Augenhöhe wachsen und man sie relativ leicht ernten kann.

»Noch ein paar Wochen, dann geht die Ernte los! So Mitte November ungefähr!«, stellt Mehmet fröhlich fest.

Danach erkunden wir den Wald und Mehmet erklärt uns viele unterschiedliche Bäume und Pflanzen. Nach einiger Zeit entdecken wir ein paar wilde Brombeeren die, entgegen den Kiwis, gerade Saison haben und köstlich schmecken. Vom Wald aus machen wir einen Schlenker an die Küste und laufen den langen Strand entlang zurück Richtung Haus. Der Strand sieht leider furchtbar aus, denn er besteht kaum mehr aus Sand, sondern eigentlich nur noch aus Plastikmüll. So viel Müll wie im Iran, haben wir bisher noch nie gesehen.

Es gibt kein funktionierendes Abfuhrprogramm, so haben die Leute irgendwann aufgegeben und lassen ihren Müll einfach überall liegen, bringen ihn in den Wald oder schmeißen ihn ins Meer und aus dem Autofenster. Wirklich eine Schande und so eine Mentalität ist nur mit sehr hohem Aufwand wieder rückgängig zu machen. So laufen wir also an diesem Plastikstrand entlang und sind erfreut darüber, dass Mehmet es genauso schlimm findet und gerne etwas dagegen unternehmen würde.

Als wir wieder zuhause ankommen, sind Mehmets Schwester Amira und ihr Mann Mikael zu Besuch gekommen. Die beiden wohnen in einem Dorf auf der anderen Seite der nächsten größeren Stadt Rudsar. Sie sind gekommen, um mit uns gemeinsam zu essen. Amira bereitet für alle superleckere Spaghetti mit Soja-Bolognese zu. Das ist sozusagen das inoffizielle Nationalgericht im Iran und wir werden es noch sehr oft zu essen bekommen. Manchmal wird auch noch ein bisschen Fleisch mit zu dem Sojagranulat gemischt, aber da wir vorher angekündigt haben, dass wir kein Fleisch essen, bekommen wir nun also die vegane Version serviert. Dazu gibt es eine riesige Schüssel mit verschiedenem Grünzeug. Es schmeckt köstlich und Amira und Mikael sind ebenfalls sehr spannende Gesprächspartner. Amira hat langes, gelocktes, blondes Haar, welches sie im Haus offen und ohne Hijab trägt. Mikael hat ein scharfkantiges, braungebranntes Gesicht und ebenfalls langes Haar, welches jedoch durch seine beginnende Halbglatze nur noch im hinteren Teil seines Kopfes wächst. Bei Amira fällt uns auf, dass sie eine Kette mit einem Kreuz um den Hals trägt und auf unsere interessierten Blicke antwortet Mikael sofort: »Ja, wir sind Christen«

»Ist das nicht gefährlich im Iran?«

»Ja, teilweise schon. In der Öffentlichkeit müssen wir uns zumindest immer an die Vorschriften des Islam halten«

Seitdem die Mullahs die Macht übernommen haben, ist der Iran zwar eine Islamische Republik, jedoch werden Juden, Zoroastrier und Christen als Minderheitsreligionen anerkannt. Das Missionieren ist allerdings bei Todesstrafe verboten, und auch zum Christentum übergetretenen Muslimen droht die Todesstrafe. Wir empfinden es als sehr traurig, dass Menschen hier nicht frei ihrem Glauben folgen dürfen und realisieren das erste Mal richtig, dass es neben der ganzen Gastfreundlichkeit auch wirklich viele Missstände in diesem Land gibt.

Leider sprechen alle drei nicht so gutes Englisch, so dass wir vorerst keine tiefgründigere Diskussion führen können oder genauere Informationen über diese Themen erhalten können. Nach dem Essen laden uns die beiden ein, die nächste Nacht doch bei ihnen zu Hause zu verbringen. »Wir können etwas Leckeres kochen und wir haben ein richtiges Bett für euch. Natürlich kommt Mehmet auch mit!«

»Ja super, sehr gerne!«, antworten wir den beiden.

Nach einem kleinen Missverständnis, ob wir nun alle gemeinsam losfahren oder nicht, packen wir schnell unsere Sachen auf unsere Räder und zu fünft fahren wir dann zum Haus von Amira und Mikael.

DIE GEHEIMPOLIZEI UND DIE REVOLUTION

Als wir in Rudsar ankommen, gibt es eine große Parade mit lauter Musik, großen Trommeln, Kamelen und schwarz gekleideten Männern. Es ist in Wirklichkeit keine Parade, klärt uns Mehmet auf, sondern ein Trauermarsch anlässlich des Trauermonats Muharram, von dem gerade die letzten 10 Tage anstehen.

Daher sind auch in allen Städten, die wir bisher durchfahren haben, überall schwarze Fahnen aufgehängt gewesen. Bis vor einigen Jahren haben sich streng gläubige bei den Trauerfeiern dabei noch fast zu Tode gegeißelt. Die Selbstgeißelung ist mittlerweile jedoch verboten. Langsam fahren wir an dem Trauermarsch vorbei, der den ganzen Verkehr lahmlegt und uns mit seinen Lautsprechern fast einen Hörsturz beschert.

Nach ein paar hundert Metern fahren wir in einen Kreisverkehr. Mehmet fährt vor, dann kommen wir und dann Amira und Mikael. Ein weißes, unscheinbares Auto, vermutlich ein Paykan, steht am Rand des Kreisverkehres und der Fahrer fordert Mehmet mit einer kleinen Handbewegung zum Anhalten auf. Wir bleiben stehen und der junge Mann mit schwarzen Stoffhosen, gemustertem Hemd, kurzen Haaren und schwarzem Vollbart kommt auf uns zu. Uns ist direkt klar, der Mann gehört zu der berüchtigten Geheimpolizei des Irans. Soweit wir wissen, ist es die Aufgabe der Geheimpolizei, Menschen aufzuspüren, die die Islamische Republik gefährden könnten, Angriffe auf die Regierung planen oder das Land ausspionieren. Zu der verdächtigen Zielgruppe zählen dabei Iraner ebenso wie Ausländer.

Er unterhält sich kurz mit Mehmet, dann dreht Mehmet sich zu uns und sagt, nicht ganz so fröhlich wie sonst: »Der Mann möchte gerne eure Ausweise sehen«

»Warum? Wer ist der Mann? Gibt es ein Problem?«

»Nein, kein Problem, er ist von der Polizei«

»Wir möchten nicht grundlos irgendwelchen Leuten ohne Uniform unseren Ausweis zeigen, zeigt er uns dann auch seinen Ausweis?«

Es geht noch kurz hin und her, aber als der Mann sagt, dass wir auch auf die Polizeistation gehen können, merken wir, wie die Stimmung zu kippen droht. Es ist natürlich das Letzte, was wir wollen, dass es wegen uns Probleme gibt. So zeigen wir widerwillig unsere Ausweise, die der Mann mit seinem Telefon abfotografiert. Danach müssen wir noch kurz erzählen wo wir hinwollen, aber dann dürfen wir zu fünft weiterfahren. Wir haben ein mulmiges Gefühl und bieten an, dass wir lieber alleine weiterfahren und unser Zelt aufschlagen, da wir auf gar keinen Fall wollen, dass es Probleme für unsere Gastgeber gibt. Offiziell ist es Iranern nämlich nicht unbedingt erlaubt, Ausländer bei sich zu Hause aufzunehmen und zu beherbergen. Allerdings ist das auch eine Grauzone und so wird unser Angebot knallhart abgewehrt.

»Nein, auf gar keinen Fall! Ihr kommt mit zu uns, wir wollen doch gemeinsam einen schönen Abend haben, es gibt keine Probleme!«

Deutlich beruhigt fahren wir weiter und kommen ein paar Kilometer weiter beim Haus an. Das wird jedoch nicht unsere letzte Begegnung mit der Geheimpolizei im Iran gewesen sein. In ein paar Wochen sollten wir noch ein weiteres Mal angehalten werden.

Das Haus von Amira und Mikael ist groß und modern eingerichtet. Im Eingangsbereich gibt es eine große offene Küche, die in das Wohnzimmer mit Couchgarnitur und Flachbildfernseher übergeht. Eine Holztreppe führt ins Obergeschoss, wo es drei Schlafzimmer gibt. In der Toilette stehen die üblichen Gummilatschen, denn da sich hier aufgrund der offenen Dusche eine kontinuierliche Pfütze bildet, würde man ohne diese Latschen immer nasse Füße bekommen. Diese gibt es übrigens ausnahmslos in jedem iranischen Haushalt. Ein anderer Reisender, den wir irgendwann im Iran getroffen haben, hat diese Art Flip-Flops nur mit dem netten Wortspiel »Shit-Flops« betitelt.

Im ganzen Haus kann man kleine christliche Dekorationen entdecken. Es gibt Figuren von Heiligen, Bilder von der Jungfrau Maria und hier und da ein kleines Kreuz. An einer Gardine schaukelt sogar schon ein »Merry Christmas«-Wimpel und als absolutes Highlight hängt an einer Wand ein schwerer Teppich, der das letzte Abendmahl zeigt. Kurz gesagt, ein sehr nettes, aber aufgrund der christlichen Deko auch ein etwas untypisches Haus für den Iran.

Wir setzen uns auf das Sofa und es wird über die Satelliten-Anlage ein deutsches Fernsehprogramm eingeschaltet. Der Fernseher muss im Iran immer laufen, auch wenn man nicht hinschaut und sich gerade unterhält. Man hat ihn ja schließlich nicht gekauft, um ihn dann ungenutzt herumstehen zu lassen!

Wir unterhalten uns noch kurz über die Geheimpolizei, aber wieder scheitert ein tiefgründigeres Gespräch an den fehlenden Sprachkenntnissen. Dann kommt jedoch Yassir vorbei, ein Bekannter von Mehmet, der uns unbedingt kennen lernen wollte. Er studiert Englisch und so könnten wir von ihm mehr erfahren. Allerdings ist er etwas zurückhaltend und so bekommen wir leider nicht allzu viele neue Informationen. Jedoch ist er sehr erpicht auf die Meinung, dass es Zeit für eine neue Revolution sei. Die Menschen seien sehr unzufrieden mit der Regierung, erzählt er uns. Er studiere Englisch, damit er im Ausland einen Job finden kann. Entweder gehe er in ein paar Jahren weg oder es gibt bis dahin eine neue Revolution.

»Mal sehen«, sagt er mit einem kalten Lächeln im Gesicht.

Als er sich dann nach etwa einer Stunde wieder verabschiedet, kommt Mikael auf uns zu und fragt: »Also, wollt ihr Wein trinken? Ich habe da einen echt guten Tropfen, den ich vor ein paar Jahren selbstgemacht habe!« Es wird eingeschenkt und wir prosten uns zu. Der Wein ist stark, schmeckt ganz gut, hat aber den zwiespältigen Nachgeschmack des Verbotenen. Im Iran ist es strengstens verboten, Alkohol zu konsumieren.

Es geht nicht darum, den Alkohol zu genießen, das sieht man schon daran, wie Mehmet sein ganzes Glas mit einem Schluck leert und danach sein Gesicht verzieht. Es geht darum, etwas Verbotenes, etwas Revolutionäres zu tun und zu zeigen, dass man nicht mit den Gesetzen der Regierung einverstanden ist. Eine kleine Revolution im Wohnzimmer sozusagen. Das hat schon irgendwie einen Reiz für uns, und als gute Gäste trinken wir daher mit. Wenn man die Strafe für dieses Vergehen weiß, sieht man schon, dass sich in diesem Land etwas ändern muss und es daher ebenso klug wie dumm ist, hier Alkohol zu trinken.

Erstes Mal beim Alkohol trinken verhaftet werden: 80 Peitschenhiebe

Zweites Mal beim Alkohol trinken verhaftet werden: 80 Peitschenhiebe

Drittes Mal beim Alkohol trinken verhaftet werden: Todesstrafe

HERTHA JUNGLEBÄR

Morgens nehmen wir eine Dusche und werden sogleich wieder mit dem oben beschriebenen Problem der iranischen Badezimmer konfrontiert. Eine normale iranische Dusche ist in etwa so aufgebaut: Der Duschkopf hängt einfach irgendwo an der Wand und in dem etwa 2 m² großen Raum gibt es bis auf die Toilette keinen Abfluss. Natürlich ist es eine im Iran typische Hocktoilette, so dass der Abfluss theoretisch schon als Ablauf für das Duschwasser funktionieren könnte. Allerdings wurden die Fliesen so eingebaut, dass es nun eine Neigung gibt, die das Wasser kontinuierlich Richtung Tür fließen lässt. Das war übrigens im ganzen Iran so – falls du also Handwerker bist, gibt's dort allerhand Aufträge zu erledigen!

Aber wie dem auch sei, glücklicherweise hat man ja diese Gummilatschen, mit denen man dann versuchen muss, das Wasser Richtung Toilette zu schieben. So wird jede Dusche zu einer echten Herausforderung! Man muss aufpassen, nicht in die Toilette zu treten, während man eingeschäumt auf einmal feststellt, dass das ganze Wasser schon unter der Tür hindurchläuft und man daraufhin, auf den Knien rutschend, mit den Gummilatschen das Wasser Richtung Toilette schiebt. So stellt man sich doch eine richtig entspannte Dusche vor, oder?

Nach einem gemeinsamen Gebet im Sitzkreis gibt es dafür dann aber ein vorzügliches Frühstück. Frisch gebackenes Brot mit Marmelade und Sesam-Dattel Aufstrich, dazu ein deftiges Reisgericht und eine kräftige Gerstensuppe – eines der besten Frühstücke, dass wir jemals hatten, ungelogen! Zu fünft fahren wir ungefähr eine Stunde später mit unseren Rädern aus der Stadt hinaus. Für uns geht es weiter und unsere Gastgeber wollen uns unbedingt noch ein paar Kilometer begleiten. Mehmet haut auf dem Weg noch ein paar von seinen »Fahrradtouristen-« und »Ende der Welt-« Geschichten raus und nach etwa einer halben Stunde verabschieden wir uns von unseren neu gewonnenen Freunden. »Ich rufe euch an, ich habe ja eure Nummer«, ruft Mehmet uns hinterher und dann sind wir wieder alleine unterwegs. Die Hauptstraße, auf der wir fahren, ist fast ununterbrochen besiedelt und überall wird gehupt und wild überholt. Wir freuen uns schon auf morgen, dann werden wir vom Kaspischen Meer abbiegen und Richtung Süden, auf kleineren Straßen, nach Teheran fahren.

Aber erstmal sind wir noch auf der Hauptstraße unterwegs und beschließen, an einem kleinen Laden eine kurze Pause zu machen, um etwas zu trinken und ein paar Bananen zu essen. Während wir den wilden Verkehr und das Treiben in dem Laden beobachten, hält einer der unzähligen blauen Zamyad-Trucks ein paar Meter weiter an. Der etwa 55-jährige Fahrer steigt aus und kommt auf uns zu. Er hat graues, nach hinten gekämmtes, gelocktes Haar. An den Seiten wird dieses jedoch unaufhaltsam durch eine Glatze ersetzt. Mit scharfkantigem, rasiertem Gesicht, spitzer Nase und buschigen Augenbrauen kommt er lächelnd auf uns zu.

»Guten Tag, wie geht es Ihnen, Hallo!«, sagt er mit starkem Akzent auf Deutsch zu uns.

»Hallo! Ganz gut! Sie sprechen Deutsch?«

»Ja, ich habe einen guten Freund in Deutschland! Ich heiße Sofi! Und ihr? Kommen sie aus Deutschland?«

»Ja, wir heißen Olga und Michel. Wir kommen aus Hamburg, ganz im Norden!«

»Ich habe Deutschland besucht!«, sagt er sinngemäß.

»Ich habe very good connection in Deutschland«, erzählt er weiter und fängt an, sein Deutsch mit Englisch zu vermixen. »Ich habe einen good Freund in Deutschland!«, sagt er schnell und sichtbar euphorisch werdender. »Auch Norden, in Mecklenburg-Vorpommern. Ich habe ihn visited! Sein Name ist Hertha Junglebär!«

»Hertha Junglebär?«, fragt einer von uns nach. Sofi lächelt uns nur fröhlich zurück. Auch nach mehrmaligen Nachfragen bleibt es bei dieser Wortkonstruktion. Wir können uns nicht mehr zurückhalten und fallen zu dritt in einen extremen Lachflash.

»Häh, ich verstehe kein Wort mehr!«, prustet Olga raus. »Wer ist der Typ, verstehst du was?«

»Nein, keine Chance«, antworte ich ebenso lachend.

Genauso lachend wiederholt Sofi sein Anliegen: »Ich habe einen good Freund, Hertha Junglebär! In Deutschland! Ja, Hertha Junglebär! Ich möchte ihn besuchen!« Irgendwann fangen wir uns wieder halbwegs und Sofi erzählt weiter: »Ich möchte fly to Deutschland! Ich möchte Visum. Ich brauche Adresse!«

Wir versuchen unsere Lage zu erklären, dass wir ihm damit nicht weiterhelfen können, da wir vermutlich noch Jahre im Ausland sein werden, aber er versteht nicht. Mit glänzenden Augen und breitem Lächeln sagt er nur: »Ich danke Ihnen, ich danke Ihnen!«

Wir schreiben ihm schlussendlich unsere Email Adresse mit unseren Namen auf, lachen noch ein bisschen und verabschieden uns dann von dem immer noch strahlenden Mann.

»Danke, Danke, ich wish ihnen alles Gute!«

»Danke Sofi, wir wünschen dir auch alles Gute!«

Dann braust er mit seinem vollbeladenen Zamyad wieder davon, ebenso plötzlich, wie er aufgetaucht ist.

»Wow, das war ziemlich abgefahren, oder?«

»Ja, keine Ahnung, was das war«, antwortet Olga und wischt sich eine letzte Lachträne aus den Augen.

»Gut, wollen wir weiter?«

Und schon sitzen wir wieder auf unseren Rädern und fahren weiter entlang des Kaspischen Meeres. Schon spannend, was man in so einer kurzen Pause alles erlebt und was es bewirken kann!

Nach insgesamt knapp 80 km finden wir in einem Dorf einen kleinen Weg, der zu einem relativ einsamen Strand führt. Der Strand ist zwar wieder zugemüllt, aber da es schon spät ist und wir für heute keine Lust mehr haben zu fahren, beschließen wir dennoch, unser Nachtlager hier aufzuschlagen. Ich baue das Zelt auf, trage die Taschen ins Zelt, schließe die Räder ab und blase die Luftmatratzen auf. In der Zwischenzeit hat Olga angefangen zu kochen und der Duft des baldigen Abendessens lässt uns hungriger und hungriger werden. Das Abendessen ist das absolute Highlight jedes langen Fahrradtages. Man ist ausgepowert und hat einfach einen riesigen Appetit. Dadurch hat man jeden Abend ein super leckeres Abendessen, da nach so einer Anstrengung einfach alles absolut genial schmeckt! Und so lassen wir uns auch heute wieder unseren Reis-Linsen-Gemüseeintopf schmecken, während im Westen langsam die Sonne untergeht und den Himmel in ein feuerrotes Abendkino verwandelt.

WILLKOMMEN IM DSCHUNGEL

Morgens laufen schon die ersten Familien am Strand entlang, als wir langsam unsere Köpfe aus dem Zelt herausstrecken. Es ist Donnerstag und somit der Beginn des Wochenendes im Iran. Für fast alle Menschen im Iran ist auf jeden Fall der Freitag frei. Donnerstags ist es unterschiedlich und so haben manche den ganzen Donnerstag frei, manche den halben und andere nur den Freitag. Das Wochenende wird hauptsächlich dafür genutzt mit der Familie ein großes und langes Picknick im Freien zu machen. Immer dabei ist ein großer Teppich zum Sitzen und diverse Tupperdosen, vollgefüllt mit unterschiedlichsten Leckereien. Am Wochenende kann man dann in allen Parks und Grünanlagen die ausgebreiteten Teppiche und Picknickkörbe begutachten. Teilweise sieht man aber auch Familien, die ihr Picknick an ziemlich merkwürdigen Plätzen veranstalten. Unsere Favoriten waren dabei:

- Direkt am zugemüllten Straßenrand der Hauptstraße.
- In einem dunklen und stickigen Parkhaus auf Ebene -3, direkt neben dem Auto.
- An einem wunderschönen Strand, der aufgrund der ganzen vorherigen Picknicks aber mittlerweile vom Müll überquoll.
- In einem langen Stau, direkt auf der Straße, zwischen den wartenden Autos.

Nun ja, und so sehen wir auch jetzt wieder, wie die erste Familie ihren Teppich zwischen den Müllbergen am Strand auslegt und sich auf einen Strandtag vorbereitet.

Das Geldwechselproblem hat uns blöderweise wieder eingeholt.

Wir haben umgerechnet nur noch 10 € dabei und so, wie es aussieht, müssen wir damit jetzt 5 Tage auskommen, ehe wir in der Hauptstadt Teheran ankommen werden. Wir haben bei diversen Juwelieren nachgefragt, aber niemand wollte oder konnte uns Dollar gegen Rial wechseln. Wir sind jetzt in der für uns letzten Stadt am Kaspischen Meer. Von hier aus geht es nun weiter Richtung Süden, in die Berge und weiter bis Teheran. Wir gehen noch zu einem Supermarkt und kaufen ein paar Vorräte ein – möglichst günstig versteht sich. Überrascht stellen wir fest, dass die Preise hier tatsächlich deutlich niedriger sind, als bei den kleineren Läden, bei denen wir bis jetzt vorwiegend eingekauft haben. Entweder die Preise sind wirklich so unterschiedlich oder, was wohl wahrscheinlicher ist, wird man als Tourist dann doch ein bisschen abgezockt. Sind die Iraner vielleicht doch nicht alle so nett, wie wir denken?

Wir fahren aus der Stadt raus und finden am Straßenrand einen kleinen Grünstreifen, auf dem wir es uns gemütlich machen und eine kleine Pause mit Brot und Bananen machen. Nach einiger Zeit hält ein Auto direkt neben uns an und der Fahrer winkt uns zu sich heran. Ich gehe zum Auto, werde begrüßt und gefragt, wo wir denn herkommen. Nach einem kurzen Smalltalk gibt der Mann seiner Tochter, die auf dem Beifahrersitz sitzt, ein Zeichen und das etwa 5-jährige Mädchen langt mit einem breiten Grinsen eine prallgefüllte Tüte mit Bananen aus dem Auto. Glücklich und winkend fahren die beiden wieder von dannen. Wir lassen uns noch ein paar weitere Bananen schmecken und wollen eigentlich gerade weiterfahren, als der Mann nochmal mit seiner Tochter bei uns anhält.

Diesmal überreichen sie uns eine Tüte mit Mandarinen und zwei Flaschen Wasser – welcome to Iran!

Nur ein kurzes Stück weiter beginnen die Berge und es geht direkt steil bergauf. Mit vollbeladenen Rädern und bepackt mit mehreren Obsttüten schlängeln wir uns in die immer grüner werdenden Berge hinein. Nach ein paar Kilometern merken wir, wie sich das Klima ändert und die Luftfeuchtigkeit rasant ansteigt. Dazu ist es heute wieder mal recht warm und so sind wir nach kurzer Zeit komplett durchgeschwitzt und fühlen uns wie im Dschungel! Die Vögel zwitschern laut und in ungewohnten Tönen, überall fliegen Insekten durch die Luft, es duftet nach Holz und grünen Wiesen, die Straße schlängelt sich vorbei an alten, ehrwürdigen Bäumen und ab und an kreuzen wir einen kleinen Gebirgsbach.

ROAD

Wie bereits gesagt, ist heute ja Beginn des Wochenendes und da es jetzt schon nachmittags ist, sehen wir mehr und mehr Familien in den Bergen sitzen und Picknick machen. Mal dicht an der Straße, mal etwas weiter abseits, mal an einem Rastplatz und mal in einem der jetzt langsam öfter auftauchenden Restaurants mit bunten Girlanden. Was uns sofort auffällt ist, dass das Ganze doch auch wieder ziemlich rebellisch abzulaufen scheint. So gut wie alle Frauen, die wir in den Wäldern sitzen sehen, tragen kein Kopftuch. Für uns wirklich ein spannender Anblick, da wir nicht wirklich damit gerechnet haben, dass die Menschen sich das in diesem Umfang trauen würden. Wir fahren staunend, winkend und grüßend an den Familien vorbei und natürlich werden wir mehr als einmal zum Tee eingeladen. Wir haben jetzt aber erstmal keine Lust eine große Pause zu machen. Es stehen die nächsten Tage noch genügend Höhenmeter an und so wollen wir jetzt lieber weiter vorrankommen. Irgendwann fährt neben uns ein Auto und die Beifahrerin, mit offenen, blond gefärbten Haaren fragt uns, ob sie ein Foto mit uns machen kann. Wir stimmen zu und etwa 100 Meter weiter, an einer kleinen Parkbucht hält das Pärchen an und steigt aus dem Wagen. Wir wissen nicht mehr, wie der Mann aussah, denn den Blick von der Frau abzuwenden, fiel uns beiden schwer. Mit so etwas hatten wir nun wirklich nicht gerechnet! Stöckelschuhe, Minirock, extrem stark geschminkt, Botox Lippen, wie gesagt, die blonden Haare, und dann als absoluten Knaller, ein Dekolletee aus dem ihre gewaltigen Brüste nur so herausquellen.

»Wir kommen aus West-Aserbaidschan, im Nordwesten des Irans, da sind wir ein bisschen liberaler«, erklärt uns die Frau, die unsere erstaunten Blicke vielleicht richtig deutet. Wir machen ein Foto mit den beiden und nachdem sie weiterfahren, brechen wir in ein erstauntes Lachen aus. »Verrückt, wenn du so in Deutschland herumläufst, wirst du schon schief angeschaut, aber hier? Ich hätte niemals gedacht, dass das möglich ist«, sagt Olga, während sie an ihrem Kopftuch herumzupft.

»Tja, hier im Dschungel findet man halt die interessantesten Lebensformen«, antworte ich mit ernster Miene, so dass wir sofort wieder losprusten müssen.

Ein paar Minuten später beschließen wir, dass es nun Zeit ist für eine Mittagspause und so setzen wir uns am Straßenrand auf eine Absperrmauer, die auf der anderen Seite steil in das Tal hinabfällt.

Wir essen weitere Bananen, überprüfen auf dem Handy nochmal unsere gewählte Route und checken die Höhenmeter. Knapp 700 Höhenmeter sind wir heute schon gefahren und es geht noch deutlich höher.

Nachdem wir etwa eine halbe Stunde Pause gemacht haben, hält neben uns auf einmal eine goldfarbene Mercedes G-Klasse an und die vierköpfige Familie steigt aus. Die beiden Kinder, eine Tochter etwa 16 Jahre alt und ein Sohn, etwa 25 Jahre alt, sprechen ziemlich gut Englisch und sie fragen uns aus, wo wir herkommen und wo wir hinfahren wollen.

»Oben in den Bergen haben wir ein Haus, ihr könnt uns gerne besuchen! Eigentlich leben wir in Teheran, aber hier haben wir ein Ferienhaus. Jetzt fahren wir gerade zum Meer, um ein bisschen zu schwimmen! Wir fahren schon seit 10 Jahren hier in die Berge und zum Meer, es ist wirklich schön hier! Davor haben wir in Russland gelebt, da gab es nicht so schöne Strände, wir waren eigentlich nur in Moskau!«

»Moment, ihr sprecht russisch?«, frage ich auf Russisch. Perplexes Schweigen.

»Moment, ihr sprecht auch russisch?«, fragt der Vater auf Russisch. Perplexes Schweigen.

Und nur einen Moment später fangen die Eltern auf Russisch an zu erklären, dass sie eine Im- und Exportfirma in Russland haben und dass sie dort lange gelebt haben und jetzt wieder zurück im Iran sind. Überschwänglich und glücklich erzählen sie und fragen uns über unsere Tour aus. Wir antworten ebenso glücklich und euphorisch, denn dass wir uns so gut mit Einheimischen unterhalten konnten, kam jetzt länger schon nicht mehr vor.

»Also, wie gesagt, wir fahren jetzt zum Meer, kommen aber später wieder. Ihr müsst heute Abend bei uns vorbeischauen! Wir haben etwas Gutes zu Essen und Wodka gibt es natürlich auch! Unsere Wohnung ist, ich weiß nicht genau, so etwa 15 km von hier entfernt, schafft ihr das? Wir holen euch in ein paar Stunden auch wieder ein!«

Wir schauen uns an, stimmen aber überein, dass wir es schaffen müssen, auch wenn es in den nächsten 15 km nochmal 800 Höhenmeter hochgeht. »Klar, kriegen wir schon irgendwie hin! Wir freuen uns, vielen Dank! Bis später!«

Langsam schlängeln wir uns kurz darauf weiter durch den dichten Dschungel, immer weiter hoch, Meter für Meter, angetrieben von den Hupkonzerten und wilden Zurufen der vorbeifahrenden Autofahrer.

»Hello, Hello!!«

»Okay, Okay, Okaaaay!!«

»Maschallah!!«

»I Love you!!«

Und natürlich der Klassiker, »Welcome to Iran!!«

RUSSISCHER WODKA

Etwa drei Stunden und 10 km später, wir sind gerade an einem der vielen, mit bunten Girlanden beleuchteten Straßenrestaurants vorbei gefahren, taucht hinter uns wieder der goldene Mercedes auf.

Alle steigen aus und nach kurzer Begrüßung fragen wir, wo wir nun genau hinmüssen.

»Ja, ist noch ein Stückchen glaube ich, vielleicht 10 km!«, antwortet Mona, die Tochter. Wir holen unser Handy raus und fragen, ob sie uns auf der Karte zeigen können, wo sie wohnen. Das stellt sich jedoch als kleines Problem heraus, da sie sich auf der Karte überhaupt nicht zurechtfinden und nur grobe Richtungen angeben können. Wir sagen, dass wir schon eine bessere Beschreibung brauchen, sonst werden wir ihr Haus niemals finden können. Nach etwas hin und her, findet Artjom, der Sohn dann doch das richtige Dorf auf der Karte.

»Etwas weiter als gedacht«, sage ich und eine kurze Berechnung der Route bringt Klarheit. Von hier aus sind es noch 22 km und 1000 Höhenmeter. Wir überlegen hin und her, und erklären, dass es eigentlich zu viel ist und dass es jetzt auch schon 4 Uhr ist und es langsam dunkel wird. »Wir würden echt gerne kommen, aber wir sind uns nicht sicher, ob wir das schaffen!«, erklären wir unsere Situation. Zwiegespalten wägen wir unsere Optionen ab und dann beschließen wir der Familie blindlings zu vertrauen.

»Könnt ihr unsere Gepäck mit dem Auto mitnehmen?«, frage ich an die Familie gerichtet.

»Ohne Gepäck sind wir deutlich schneller und dann können wir es heute schaffen!«, fügt Olga hinzu.

»Ja, klar, sehr gute Idee!«, ist die Antwort und so laden wir, bis auf unsere Papiere und Dokumente, unseren gesamten Besitz in den

Kofferraum. Wir tauschen noch unsere Handynummern aus, und kündigen an, dass wir in etwa drei Stunden da sein werden.

»Na, sehen wir unsere Sachen jemals wieder?«, scherzt Olga, als wir weiterfahren. Es fährt sich jetzt aufgrund der fehlenden 30 kg pro Fahrrad zwar deutlich besser, aber irgendwo in unserem Kopf ist tatsächlich eine ganz leise Stimme, die uns einredet, dass wir gerade einen fatalen Fehler begangen haben. Unser gesamtes Gepäck, unsere gesamte Reise, unser gesamtes Leben!

»Ach Blödsinn, genug jetzt!«, rufe ich laut aus. »Die waren echt super nett; das einzige Problem, was wir haben ist, dass wir noch so viel bergauf fahren müssen!«

»Ja das stimmt, ich freue mich schon! Hat er eigentlich was von Wodka gesagt?!«

Lachend und sehr gespannt auf den vor uns liegenden Abend strampeln wir langsam in die Nacht hinein. Gegen 17:30 Uhr kommen wir an einem Pass an und vor uns liegt das Tal von Kalardascht. Etwa 20.000 Menschen leben hier, jedoch sind der Großteil der hier stehenden Häuser die Ferienwohnungen der reichen, wohlhabenden und extravaganten Teheraner. Wir fahren bergab, auf das vor uns liegende Lichtermeer zu. In der Stadt reiht sich ein Luxusgeschäft neben dem anderen, Louis Vuitton, Dolce & Gabbana, Armani – die Liste lässt sich beliebig fortführen. Am Rande der Stadt in den Bergen befindet sich eine Luxusvilla neben der anderen. Nach etwa einer Stunde kommen wir am anderen Ende des Tals an und vor uns beginnt langsam der letzte Aufstieg des Tages. Noch vier Kilometer und 400 Höhenmeter, verspricht uns unsere Navigationsapp. Die restliche Strecke geht über eine kleine, unbefahrene Straße, die in ein kleines Dorf am Rand des Tales führt. Es ist zu steil für uns und erschöpft fangen wir an unsere Räder zu schieben. Ein kleiner Schritt nach dem anderen. Hätten wir zusätzlich noch unser Gepäck hochfahren sollen, hätten wir schon lange aufgegeben. Mit letzten Kräften schieben wir unsere Fahrräder in das kleine Dorf, wo wir vor einem kleinen Laden anhalten und Artjom anrufen. Es ist jetzt 19:45 Uhr, er geht an sein Telefon.

»Wo seid ihr?«

»Bei der GPS Position die du uns gezeigt hast, hier ist ein kleiner Laden«

»Super, nur einen Moment, ich bin gleich bei euch!«, antwortet er und legt auf. Dann geht gegenüber des Ladens eines der breiten

Stahltore auf und gibt den Blick auf die dahinterstehende Villa frei. Artjom steht mit einem breiten Lächeln im Gesicht vor uns. »Genial, ihr habt es geschafft!«

Unsere Erschöpfung schwenkt in Euphorie um, wir haben es tatsächlich geschafft! Einer der anstrengendsten Tage auf unser bisherigen Reise. Ungefähr 65 km und über 2000 Höhenmeter sind wir heute gefahren.

Wir werden herzlich vom Vater Resar, von Ava, der Mutter und von Mona und Artjom empfangen. Als Erstes fragen wir nach einer Dusche, danach gibt es eine Führung durch das Anwesen. Es gibt drei Stockwerke; eins für den großen Pool, eins für die offene Küche mit Wohnzimmer und riesigem Panoramafenster und eins für Schlafzimmer und einen Balkon mit Ausblick auf das gesamte Tal von Kalardascht. Uns fehlen die Worte und als wir dann von Resar noch einen russischen Wodka serviert bekommen, wissen wir, dass sich die Anstrengungen heute auf jeden Fall gelohnt haben. Wir tauschen uns ausgiebig über Russland, unsere Reise und den Iran aus.

Sie sagen uns, dass sie hier schon ganz gerne leben und man mit genügend Geld durchaus ein ziemlich angenehmes Leben hat. Das sehen wir schnell, mit Geld bekommt man hier wirklich alles. Heineken Bier, Wodka, und den ebenso verbotenen Tintenfisch, der später auf dem Grill landet. Wir müssen wohl nicht erwähnen, dass niemand ein Kopftuch trägt? Im Fernsehen laufen, über die verbotene Satellitenschüssel empfangen, Musikvideos von iranischen Popstars, die im Ausland leben und ziemlich freizügige Videoclips präsentieren. Artjom zeigt uns belustigt einen Instagram Account von den »RichKidsOfTeheran«. Die Kinder der reichen Teheraner also, die mit ebenso freizügigen Bildern ihr extravagantes Leben zeigen. Dann zeigt er uns noch ein paar Bilder von einer Privatparty, die vor ein paar Wochen hier im Haus stattgefunden hat. Es sind vor allem zwei Dinge zu sehen: Alkohol und tiefe Ausschnitte von stark geschminkten Frauen.

»Hier in der Gegend gibt es übrigens auch Leoparden!«, wechselt er das Thema.

»Oh, wow, hast du schon mal einen gesehen?«, fragt Olga.

»Ja, einmal haben wir einen gesehen!«

»Und was habt ihr dann gemacht?«

»Nun ja, wir haben ihn geschossen und der hängt jetzt bei uns in Teheran an der Wand!«

Wir spülen den Kloß in unserem Hals mit einem weiteren Wodka runter. Ein paar Schnäpse und Bier später begeben wir uns nach oben auf den Balkon, wo wir zu Abend essen und dem etwas verdutzt dreinblickenden Resar erklären, dass wir keinen Tintenfisch essen möchten. Aber da es auch noch einen großen Gemüseeintopf, Brot, Salat und Spinat-Pfannkuchen gibt, sind wir mehr als zufrieden! So lassen wir es uns gutgehen und sind fasziniert, aber gleichzeitig auch etwas irritiert, was im Iran alles möglich ist und wie extravagant hier manche Menschen leben.

Am nächsten Morgen gibt es ein leicht verkatertes Frühstück und danach erzählen wir, warum wir diese Straße gefahren sind. »Hier gibt es einen See, den Valascht See, oder? Den wollten wir gerne sehen, weil wir gehört haben, dass es dort schöne Aussichten gibt!«

»Ja klar, der See ist ein paar Kilometer entfernt, wollen wir gemeinsam hinfahren?«

So sitzen wir ein paar Minuten später zu sechst im Mercedes und fahren durch einen kleinen Waldweg zu einem Berg am Rande des Tales, in dem der See liegt.

Es ist etwas vernebelt, aber nichts desto trotz haben wir einen wundervollen Ausblick auf die leicht bewaldeten Berge und den azurblauen See.

»Hat sich auf jeden Fall gelohnt, die Straße zu nehmen und gestern Gas zu geben, oder?«, fragt Olga.

»Wow, ja ...! Echt unglaublich was wir hier so alles erleben! Ich glaube darüber müssen wir ein Buch schreiben!«, antworte ich und setze dabei den Grundstein für diese Idee.

Wir fahren danach gemeinsam zu einem Wochenmarkt und schlendern durch die riesige Auswahl an frischem Obst, Gemüse und Kräutern. Hier und da dürfen wir von den Oliven, dem eingelegten Knoblauch oder den frischen Weintrauben probieren. Alles schmeckt unglaublich intensiv und lecker.

»Hier gibt es die beste Qualität!«, schwärmt Artjom. »Hier in Kalardascht gibt es die sauberste Luft im ganzen Iran und wir haben optimales Klima für Obst und Gemüse!«

Heute ist Freitag und da morgen wieder gearbeitet werden muss, wollen die Vier heute noch zurück nach Teheran fahren. Zuhause werden uns noch ein paar Bilder von halb nackten Iranerinnen gezeigt und wir bekommen das Angebot, dass wir hier gerne auch noch eine Nacht länger schlafen können. »Zieht einfach die Tür zu, das ist schon okay!«

Fasziniert von diesem endlosen Vertrauen bedanken wir uns mehrfach, lehnen das Angebot aber dennoch ab. Wir wollen auch weiterfahren, da auf dem Weg nach Teheran noch ein paar hohe Berge vor uns liegen und es von Tag zu Tag kälter wird.

»Na okay, aber dann müsst ihr uns unbedingt in Teheran wieder besuchen, okay? Ihr könnt bei uns schlafen, kein Problem!«

Herzlich verabschieden wir uns von den Vieren und diesem spannenden Einblick in das Doppelleben der Iraner und kündigen an, in etwa einer Woche in Teheran zu sein.

ÜBER DIE BERGE IN DIE HAUPTSTADT

Immer noch erschöpft von der gestrigen Bergetappe und dem russischen Wodka, lassen wir uns dann um die 20 Kilometer bergab rollen, ehe wir hinter ein paar Büschen unser Zeltlager errichten.

Am nächsten Tag fahren wir auf die Hauptstraße Richtung Teheran und langsam bergauf zu einem weiteren Pass. Es herrscht wieder viel Verkehr auf der Straße, aber die LKW-Fahrer halten viel Abstand und aus den langsam vorbeifahrenden Autos überreichen uns die lächelnden Menschen wieder mehr als einmal eine voll befüllte Tüte mit Obst. Die Schlucht, in die wir hineinfahren, zieht sich immer enger zusammen und bald ist zwischen der Steilwand auf der rechten Seite und dem reißenden Gebirgsfluss auf der linken Seite nicht mehr viel Platz für die Straße. Langsam verschwindet auch die Sonne hinter den Bergen und wir stellen etwas überrascht fest, dass es hier ziemlich schwierig sein wird, einen guten Zeltplatz zu finden. Wie um unsere Bedenken zu verspotten, taucht hinter der nächsten Kurve sogleich ein kleines Rastplatz-Dorf auf. Links und rechts der Straße sind jeweils zwei Restaurants und neben dem Fluss gibt es eine kleine Grünfläche, die als Parkplatz und Weide dient. Mit ein paar Handzeichen fragen wir den Restaurantbesitzer, ob wir unser Zelt hier aufbauen können und bekommen von ihm ein Lächeln und Kopfnicken als Antwort.

Die Straße wird auch nachts befahren und weil unser Zelt nur ein paar Meter von ihr entfernt steht, haben wir einen nicht so erholsamen Schlaf, wie wir es uns gewünscht haben. Nichts desto trotz stehen wir morgens wieder früh auf und machen uns an die nächste Steigung. Wir verlassen den Flusslauf und fahren die sich hochschlängelnden Serpentinen Kurve für Kurve weiter bergauf. Die Aussichten auf die Berge sind unglaublich und je höher wir kommen,

desto näher kommt der Herbst. Heute Morgen war noch alles Grün und gegen Nachmittag haben die Bäume und Büsche ihr grünes Kleid abgelegt und Platz für den goldgelb leuchtenden Herbst gemacht. Ein wahrlich unglaubliches Farbspiel, welches mit einem Blick in das grüne Tal fast unrealistisch wirkt.

Während wir entzückt dem nächsten Pass entgegenfahren, kommt von hinten plötzlich ein Polizeiauto mit Blaulicht angefahren und hält ein paar Meter vor uns an. Irgendwie wirkt auch das etwas unrealistisch, denn die Polizisten wollen lediglich einen kleinen Smalltalk mit uns halten und als wir erklärt haben, dass wir aus Deutschland kommen und der Iran ein sehr tolles Land ist, rufen sie uns nur noch »No Problem!« zu und fahren weiter.

Auch wir fahren weiter, aber nachdem wir heute wieder über 1000 Höhenmeter gefahren sind, ruft Olga irgendwann: »Ich kann nicht mehr! Es ist so anstrengend!«

»Nur noch ein kleines Stückchen, dann haben wir es für heute geschafft!«, antworte ich motivierend, und versuche dabei meine ebenfalls vorhandene Erschöpfung zu vertuschen. Aber tatsächlich sehen wir hinter der nächsten Kurve den lang ersehnten Tunnel, nach dem es wieder bergab gehen wird!

»Wohoooo! Komm, gleich haben wir es geschafft!«, motivieren wir uns gegenseitig.

Dann stehen wir vor dem etwa zwei Kilometer langen Tunnel, aus dessen Öffnung ein kontinuierlicher Schwall von Staub und Abgasen gespuckt wird.

»Komm, lass uns mal unsere Tücher rausholen, um uns einen Mundschutz zu machen, das könnte ziemlich staubig werden!«

Dann schwingen wir uns auf die Räder und fahren mit etwas mulmigem Gefühl in den Schlund hinein. Es geht leicht bergab und wir treten in die Pedalen, als wenn es um Leben und Tod ginge. Hundertprozentig fokussiert weichen wir kleinen Schlaglöchern aus, geben den Autofahrern Zeichen, dass sie uns ausweichen sollen und versuchen dabei, der potenzierten Lautstärke der Motorgeräusche nicht allzu viel Beachtung zu schenken, obwohl es mehr als furchteinflößend ist. Dann wird das Licht am Ende des Tunnels buchstäblich immer größer und schließlich werden wir, begleitet von einer riesigen Staubwolke, wieder aus dem Tunnel ausgespuckt. Staubig aber glücklich und euphorisch fallen wir uns in die Arme – geschafft! Auf dem Parkplatz hinter dem Tunnel entdecken wir einen Granatapfelsaft Verkäufer und lassen uns zur Belohnung zwei Gläser frischen Saft pressen. Er schmeckt köstlich süß-herb und ist genau das Richtige, was wir jetzt brauchen.

Gestärkt und zufrieden lassen wir uns dann die nächsten 10 km und 500 Höhenmeter bergab rollen und genießen weiterhin die wundervollen goldgelben, teilweise noch leicht grünen Herbstlandschaften. Nach der Abfahrt verlassen wir die Hauptstraße, welche weiter nach Teheran führt, da wir uns dazu entschlossen haben, einen kleinen Umweg zu fahren. Dieser Weg geht zwar nochmal über einen 3300 Meter hohen Pass, aber wir hoffen, dass es dadurch deutlich weniger Verkehr geben wird. Ebenfalls wird es erneut in die Wildnis gehen und wir erhoffen uns noch weitere atemberaubende Ausblicke in den unbesiedelten Bergen.

Kurz nachdem wir abgebogen sind, machen wir noch eine kleine Pause und wiedermal hält ein Auto an. Die ganze Familie steigt aus und ist sichtlich interessiert an uns. Sie sprechen jedoch nicht so gut Englisch und verstehen uns nicht hundertprozentig. Wir erzählen ihnen, dass wir jetzt schon seit 500 Tagen auf Fahrradweltreise sind, aber sie denken, dass sie uns nicht richtig verstehen und so wird kurzerhand der Sohn angerufen. Nachdem der Vater alles erklärt hat, wird das Telefon an mich weitergereicht.

»Hallo, entschuldige bitte, mein Vater ist sehr neugierig«

»Och ja, kein Problem, eine sehr nette Familie, alles ist in Ordnung«

»Seid ihr wirklich seit 500 Tagen unterwegs und aus Deutschland hierher gefahren?«

Staunend werden wir begutachtet, nachdem das Telefon zurückging und alles übersetzt wurde. Unbedingt müssen wir ein Foto machen und als Belohnung bekommen wir wieder eine, mittlerweile fast schon obligatorisch wirkende, Tüte mit Obst geschenkt. Voller Euphorie fahren wir noch ein paar Kilometer, ehe wir etwas abseits der Straße eine kleine Wiese an einem Bach mit ein paar herbstlich-braunroten Bäumen sehen.

»Wow, das ist so wunderschön, lass uns doch hier unser Zelt aufschlagen. Wir sind doch genug gefahren für heute, oder?«

Entlang des Baches fahren wir am nächsten Tag wieder leicht bergauf, bis wir nach etwa 10 km in Dizin ankommen. Dizin ist das bedeutendste Skiresort im Iran, aber da es noch ein bisschen zu früh im Jahr ist, liegt hier zum Glück noch kein Schnee. Drei lange Skilifte bringen hier die reichen Teheraner auf bis zu 3600 Meter Höhe, während für uns eine Schotterstraße mit 19 Serpentinen den gleichen Zweck erfüllt. Irgendwie wird die Straße gerade erneuert und so stehen überall große Maschinen herum, Arbeiter schaufeln Erde von einer Seite zur anderen. Nach den ersten paar Kurven machen wir jedoch erstmal Mittagspause mit den Resten vom gestrigen Abendessen – Reis mit Curry-Gemüse. Während wir essen und den Ausblick auf die uns umgebenden 3000er-Berge genießen, sehen wir, wie Olgas Hinterreifen Luft verliert. Nachdem wir den Platten geflickt haben, fahren und schieben wir die restlichen sieben Kilometer und 800 Höhenmeter der Serpentinenstraße hoch. Es ist so schon anstrengend genug, aber dazu kommt noch, dass wir den Reifen vermutlich nicht ordentlich geflickt haben und ihn nun alle 30 Minuten erneut aufpumpen müssen. Am späten Nachmittag kommen wir erschöpft oben an und uns bleibt das Herz stehen. Kurz vor dem Pass ist die ganze Straße auf einmal aufgerissen und es türmen sich meterhohe Berge von Schotter und Kies auf der Straße.

»Neeiinn!«, rufe ich laut, lang und verzweifelt. »Was ist mit der Straße, wir kommen da glaube ich nicht durch! Das ist alles viel zu steil!«

Als wir uns weiter nähern, stellen wir jedoch fest, dass die Stelle für Fahrradfahrer wohl doch passierbar ist. Zwischen den Schotterbergen auf der linken und dem tiefen Abgrund auf der rechten Seite ist ein kleiner Trampelpfad, auf dem wir unsere Räder etwa 50 Meter schieben müssen und dann am Pass, fast an der Bergstation vom Dizin-Skiresort, ankommen. Drei der Straßenarbeiter sind auch hier oben und einer ruft zu uns rüber: »Hey, alles easy?!«

»Klaro, super easy!«, erwidern wir sarkastisch.

Ein kurzer Blick zurück auf die Serpentinen, dann geht es durch braune, steinige Berglandschaften wieder bergab. In einem Dorf werden gerade diverse futuristische Luxushotels gebaut und in einem der vielen exklusiven Supermärkte sehen wir zufällig eine Ritter Sport Schokolade – Halbbitter, unsere Lieblingssorte! Das ist genau das, was man nach so einer kraftraubenden Bergetappe braucht und Olga bricht vor Freude fast in Tränen aus, als sie die Schokolade entdeckt.

Wir lassen uns noch ein paar Kilometer weiter durch den wunderschönen Herbst herunterrollen und finden neben einem Bach wieder einen perfekten Campingspot.

Bis nach Teheran sind es jetzt nur noch knapp 60 km und nachdem wir zuerst durch einen atemberaubenden Canyon fahren, befinden wir uns ein paar Kilometer später schon auf einer Hauptstraße im Nordosten von Teheran. Wir kontaktieren Artjom, wo wir hinkommen sollen, bekommen aber zunächst nur ausweichende Antworten. Etwas verwirrt fahren wir weiter, noch über einen letzten Berg, und dann sehen wir vor uns die versmogte Skyline der 15 Millionen-Einwohner-Metropole.

PARTY IN TEHERAN

Wieder kontaktieren wir Artjom und ein paar Nachrichten später stellt sich heraus, dass die Familie die nächsten Tage nicht in der Stadt ist. Wir verstehen nicht, warum man nicht einfach von vornherein Klartext reden kann und uns darüber informiert, dass es leider doch nicht passt. Olga drückt es so aus: »Die Leute hier sind irgendwie so ein bisschen trallala!« Soll heißen, es wird nicht viel besprochen und organisiert, sondern es wird einfach geschaut, was passiert, auch wenn manche Dinge dann wirklich schieflaufen und kompliziert werden.

Ein bisschen enttäuscht, dass wir die Familie nun nicht wiedersehen werden, bekommen wir aber schon eine neue Nachricht von Artjom. Er habe einen Freund, bei dem wir herzlich eingeladen sind, zu übernachten. Wir sind etwas unschlüssig, haben wir uns unseren Aufenthalt hier doch anders vorgestellt. Jetzt fühlen wir uns so, dass wir jemandem aufgedrückt werden und das ist absolut das Letzte, was wir wollen.

»Lass uns doch gucken, ob wir hier endlich Geld gewechselt bekommen«, schlage ich vor. »Danach sehen wir weiter« Nachdem wir eine Wechselstube gefunden haben und 50 € umgewechselt haben, bekommen wir eine Nachricht von Mohammed, dem Freund von Artjom. Er schickt uns seine Adresse und schreibt, dass er sich riesig freut, uns kennenzulernen. Wir beschließen, dass wir uns darauf einlassen, stellen aber auch fest, dass nun 20 km durch den wilden Verkehr Teherans vor uns liegen. Etwa 15 Minuten lang versuchen wir auf unserem Handy eine optimale Route zu planen, aber es ist fast unmöglich, die großen Highways zu vermeiden, ohne mehrere Kilometer Umwege in Kauf zu nehmen. Und so finden wir uns ein paar Kilometer später auf einer der achtspurigen Stadtautobahnen wieder, aber wir schaffen es, heil durchzukommen. Etwa zwei Stunden später stehen wir vor dem Appartementkomplex, in dem Mohammed mit seiner Frau wohnt. Es ist ein kleines, steril eingerichtetes Appartement mit drei Zimmern, wovon wir eines zugewiesen bekommen. Aus unserem Fenster können wir in der Ferne den Milad Tower sehen, das Wahrzeichen Teherans! Mohammed ist etwa 40 Jahre alt, hat kurze schwarze Haare, ein glattrasiertes Gesicht und etwas glasige, übermüdete Augen. Sein Englisch ist ganz okay, aber für eine richtige Unterhaltung reicht es leider nicht ganz aus. In Stichpunkten und mit Händen und Füßen erzählen wir ein bisschen über uns und unsere Reise.

Morgens steht für uns ein wichtiger Besuch bei der Visabehörde an, denn wir haben nur ein 30-Tage-Visum für den Iran bekommen und müssen dieses nun verlängern. Mohammed ist ohnehin bei der Arbeit und so fahren wir mit einem Taxi in die Stadt, um die Sache zu regeln. Am Eingang stehen ein paar Soldaten, die mich mit Handschlag und Lobeshymnen auf Deutschland empfangen und uns dann ins erste Stockwerk schicken. Hier müssen wir einen Antrag ausfüllen, Kopien von unseren Ausweisen machen und 750.000 Rial, etwa 15 €, in bar bezahlen. Mit allen Unterlagen gehen wir dann zu einem der Schalter und geben dem Angestellten den Stapel in die Hand.

»Gut, das sieht alles okay aus. Ihr könnt eure Pässe mit der Verlängerung in vier Tagen abholen«, sagt er zu uns. Er spricht nicht so gut Englisch und das nutze ich geschickt aus. Mit einem Redeschwall, dass wir nicht so viel Zeit haben und es schneller brauchen, überfordere ich den Mann, so dass er uns zu seiner Kollegin schickt. Dort fragen wir dann nach, ob es nicht eine Möglichkeit gibt, die Verlängerung schneller zu bekommen, da wir nicht planen, so lange in Teheran zu bleiben. Wir werden gebeten, uns kurz hinzusetzen und 15 Minuten später verlassen wir das Gebäude mit unseren Pässen und einer einmonatigen Visa-Verlängerung bis zum 15. Dezember – so einfach ist das!

Zufrieden erkunden wir danach die Stadt zu Fuß und fahren gegen Abend mit einem Taxi zurück zu Mohammeds Wohnung. Panyam, ein Freund von Mohammed, kommt abends mit seiner Frau und Tochter vorbei. Die drei sind ebenfalls super nett und wir führen gerade ein Gespräch über die Visabestimmungen für Europa, als Mohammed eine 1,5 l PET Flasche mit einer klaren Flüssigkeit auf den Tisch stellt.

»Was ist das denn?«, fragt Panyam.

Aus Spaß antworten wir, dass es Wodka sei, aber sind uns eigentlich sicher, dass es nur Wasser ist.

Mohammed geht kurz einkaufen und zu fünft unterhalten wir uns weiter. Als er zurückkehrt, hat er etliche Packungen Saft, Chipstüten und mehrere Schachteln Zigaretten in seinen Armen aufgestapelt.

»So, dann kann die Party ja losgehen!«, sagt er mit einem breiten Grinsen im Gesicht. Als er dann ein paar Gläser holt und anfängt, von der klaren Flüssigkeit einzuschenken, diese mit den Säften mixt, merken wir, dass es wohl tatsächlich Alkohol sein muss. Mohammed ist voll in seinem Element, gibt Vollgas beim Trinken und Rauchen. Teilweise hat er zwei Zigaretten gleichzeitig an und trinkt eine scheußlich schmeckende Mischung nach der anderen. Dabei schwärmt er von seinen Urlauben in der thailändischen Party-Stadt Pattaya, erzählt von seinen zahlreichen »Freundinnen«, die er dort habe. Die iranische Popmusik wird laut aufgedreht, wir lassen uns einfach darauf ein und haben gemeinsam einen ziemlich genialen Abend!

Nachdem wir morgens unseren Kater ausgeschlafen haben, fahren wir gemeinsam mit Mohammed zum Freiheitsturm, eine der Sehenswürdigkeiten in Teheran. Danach geht es noch weiter kreuz und quer durch die Stadt, wieder kommt diese Planlosigkeit, die Olga als »Trallala« beschrieben hat, zum Vorschein. Abends gehen wir dann alleine unterwegs.

Nachdem wir in einem Imbiss ein paar Falafel gegessen haben, machen wir uns wiedermal auf die Suche nach einer Möglichkeit, unser Geld zu wechseln. Dieser verdammte Geldwechselfluch! Im Nachhinein können wir nicht verstehen, warum wir nicht direkt einen größeren Betrag gewechselt haben! Wir schlendern durch die Straßen, fragen bei einem Juwelier nach, sind aber erfolglos. Irgendwie stehen wir dann vor einem Autohaus, in dem vier Männer sitzen. Olga schlägt vor, dass wir dort kurz fragen könnten. Wir betreten das Büro, in dem vier Männer sitzen und uns anlächeln. Wir begrüßen sie und einer der Männer, der mindestens 200 kg wiegt, steht auf und führt uns zu zwei Stühlen. Dann holt er ein Tablett mit zwei Tassen Tee und ein paar Datteln, überreicht uns dieses lächelnd und fragt, wie er uns helfen könnte.

Etwas perplex und verunsichert sitzen wir da und wissen nicht, wie uns geschieht.

»Äh, wir müssen Geld wechseln, wisst ihr, wo wir das machen können?«, fragen wir verwirrt.

»Ja, ja, kein Problem. Wo kommt ihr her und was macht ihr hier in Teheran?«, werden wir freundlich gefragt.

Wir erzählen unsere Geschichte und die Jungs sind schwer beeindruckt. Der 200-kg-Mann sagt, dass er Schwergewichtsringer sei und zeigt uns stolz ein Foto von seinem muskulösen Vater, welches an der Wand hängt. »Mein Vater war der beste Bodybuilder im Iran«, erklärt er uns stolz, während wir die Situation, in der wir uns befinden, immer noch nicht ganz realisieren können. »Also gut, ihr wollt Geld wechseln? Okay, einen Moment bitte«

Die Vier unterhalten sich auf Farsi und wir warten gespannt ab. Dann sagt uns »Der 200-kg-Mann«, wie wir ihn mittlerweile getauft haben, dass uns einer von seinen Freunden zu einer Wechselstube führt. So verabschieden wir uns von den restlichen Drei, und folgen dem Vierten durch ein paar dunkle Seitengassen. Wir haben dabei dieses etwas mulmige Gefühl, dass gleich etwas passiert. Aber es passiert natürlich nichts! Wir sind im Iran, die Leute hier sind wirklich so freundlich! Nach ein paar Minuten stehen wir vor einer Wechselstube, reichen dem Unbekannten 100 € und er wechselt das Geld für uns. Danach bedankt er sich bei uns und verabschiedet sich.

»Wow, das war wieder interessant, oder?«, sagen wir gleichzeitig und fangen an zu lachen.

Der Rest unseres Aufenthaltes in Teheran ist dann recht unspektakulär. Wir haben uns abends noch den Fernsehturm angeschaut und den Ausblick von dort über die Stadt genossen. Am nächsten Tag sind wir mit Mohammed, Panyam und Panyams Frau zu einem See gefahren und haben in der Innenstadt gegessen. Teheran ist eine Arbeiterstadt und besonders viel gibt es hier nicht zu sehen. Aber aufgrund der netten Menschen, die uns umgaben, hatten wir dennoch eine richtig schöne Zeit hier.

DER STREIT

Aus unserem Geldwechselfehler haben wir nun mittlerweile doch gelernt und so wechseln wir nochmals 300 €, bevor wir die Stadt Richtung Süden verlassen. Nach etwa 40 km lassen wir die Vorstädte hinter uns und sind nun in der Wüste. Zwischendurch werden uns wieder diverse »Hello, I love you und Maschallah« zugerufen und gegen Abend finden wir glücklich und zufrieden, neben ein paar Büschen, einen passenden Platz für unser Zelt – wir sind wieder zuhause.

Als wir am nächsten Tag losfahren wollen, ist Olgas Bremse kaputt. Das Hydrauliköl läuft aus und hat den ganzen Lenker verschmiert. Irgendwie ist es noch früh und ich nehme den Wortlaut von Olgas entsprechender Ansage etwas falsch wahr. Wir sind beide genervt vom anderen und fahren mit schlechter Laune los. Der Streit schaukelt sich weiter auf, wie so etwas halt passiert. Wir sind in Wirklichkeit beide richtige Sturköpfe und keiner von uns will nachgeben. Im Grunde genommen gibt es gar keinen Grund, sich zu streiten, aber manchmal ist das eben so ... Wir finden weitere Argumente und Umstände, die wir uns gegenseitig an den Kopf werfen. Wir bleiben stehen und fangen an uns richtig zu streiten. »Wir sollten die Tour abbrechen und nach Hause fahren!«, ruft einer von uns, der andere weint.

Irgendwann beruhigen wir uns langsam wieder. »Komm, lass uns was essen und eine Pause machen!«, sagt einer von uns.

»Wir müssen unsere Emotionen besser im Griff haben und mehr Rücksicht auf den anderen nehmen«, antwortet der andere.

Verdammt, wieso drehen wir wegen so ein paar Kleinigkeiten komplett durch? Wir wissen keine Antwort, aber die Pause und das Essen bringt uns wieder zusammen und wir legen uns Arm in Arm

auf unsere Zeltunterlage, schließen Frieden und lachen wieder gemeinsam. Eigentlich hatten wir für heute noch einen Warmshowers-Host geplant, aber wir sind uns einig, dass wir jetzt erstmal ein bisschen Zeit für uns brauchen und so schreiben wir ihm eine Nachricht, dass sich unsere Pläne geändert haben. In zwei Tagen wollen wir in der Stadt Qom ankommen und dort haben wir auch wieder einen Host.

»Ja, ich glaube das ist ein guter Plan so, oder? Wir haben dann ein paar Tage Zeit für uns und können uns ein bisschen regenerieren. Es war vielleicht alles auch ein bisschen überwältigend die letzte Zeit und wir hatten keine Zeit, alles zu verarbeiten, oder?«

»Ja, die zwei Tage für uns allein in der Wüste werden uns guttun!«

Um jetzt direkt in Richtung Qom zu fahren, müssen wir auf eine andere Straße kommen, die etwa zwei Kilometer von hier, parallel zu der Straße verläuft, auf der wir gerade sind.

Ich schlage vor, einfach querfeldein durch die Wüste zu fahren und Olga stimmt zu.

Also packen wir unser Mittagslager wieder zusammen und schieben unsere Räder über die mal staubige, mal schlammige, braune Erde. Durch ein paar Gräben und über kleine Berge müssen wir unsere Räder gemeinsam schieben. Wir stellen wieder einmal fest: »Gemeinsam können wir alles schaffen!«

Nach ein paar anstrengenden Hügeln und dem weichen Sand am Straßenrand, kommen wir dann auf der Hauptstraße an, die uns direkt nach Qom führt. Bei der nächsten Tankstelle halten wir an und kaufen uns einen erfrischenden Basilikum-Samen-Drink. Das ist quasi Zucker mit Geschmacksstoffen und Basilikum-Samen, die sich mit der Flüssigkeit vollsaugen und darin schweben.

»Vor ein paar Jahren gab es doch diese Bubble-Teas, weißt du noch? Das schmeckt ziemlich ähnlich, würde ich sagen!« Auf jeden Fall werden wir während unserer Zeit im Iran von diesen Drinks halbwegs abhängig und trinken sie daher fast jeden Tag.

Da wir bis Qom nur durch die Wüste fahren werden, füllen wir auch unsere Wasservorräte großzügig auf.

Ein paar Trucker, die ebenfalls gerade Pause machen, fragen uns noch ein bisschen aus. Auch sie wollen wissen, wie wir den Iran denn finden und ob alles in Ordnung ist.

»Ja, danke, der Iran ist super«, antworten wir etwas erschöpft.

»Nur wir sind ein bisschen blöd!«

Irgendwo in der Wüste schlagen wir später unser Zelt auf, essen schnell etwas Brot mit Konserven und fallen dann erschöpft in einen tiefen und traumlosen Schlaf.

Unwissend, was uns morgen passieren wird ...

EIN HUHN NAMENS HERTHA

Was am nächsten Tag passieren sollte, wird uns für immer verändern und uns so eng zusammenschweißen, wie wir es davor vielleicht noch nie waren.

Durch flache und karge Landschaften, in der sich von Zeit zu Zeit zur Abwechslung ein Hügel bildet, fahren wir weiter Richtung Süden. Der Straßenrand quillt über vor Müll und voll beladene Trucks fahren hupend an uns vorbei. Sie haben meterhohe Berge von Schrott, Waschmaschinen, Kühlschränken oder Autos geladen. Dann fährt ein kleiner weißer Transporter vorbei, bei dem die Hintertür auf ist und im Fahrtwind hin und her schaukelt. In den Regalen können wir für einen kurzen Moment große Papp-Schachteln mit kleinen Löchern entdecken und ich weiß sofort, was der Inhalt ist. »Da sind Küken drin! Die fahren jetzt wohl zur nächsten Mastanlage«, stelle ich traurig fest und ungefähr einen Kilometer später bestätigt sich dieser Verdacht auf eine herzzerbrechende Art und Weise.

Wir fahren auf dem Seitenstreifen der vierspurigen Autobahn, mitten durch die Wüste – ich fahre vorne. Zwischen dem ganzen Müll am Straßenrand fällt es zunächst gar nicht auf und ich kann dem gelben Pelzknäuel gerade noch im letzten Moment ausweichen. Ein paar Meter weiter halte ich an, während Olga direkt stehen geblieben ist. Wir beugen uns zu dem quiekenden, knallgelben Küken herunter. »Das lebt noch!«, stelle ich fest. Sichtlich geschockt von dem Sprung aus dem mindestens 70 km/h schnellen Truck, liegt es zitternd in Olgas Händen.

»Oh mein Gott, was machen wir denn jetzt?«, stehen wir fragend am Straßenrand.

»Vielleicht ein bisschen Wasser?«, fragt Olga.

»Ja, das ist bestimmt gut! Und dann brauchen wir eine Schachtel oder so, um es zu transportieren! Wir können es ja nicht hierlassen! Vielleicht finden wir im nächsten Dorf jemanden der es aufnimmt?«

Wir nehmen uns eine von unseren Dattel-Boxen aus Pappe (von denen wir im Iran immer mindestens zwei dabeihaben) und füllen sie mit ein paar Zweigen und Gräsern vom Straßenrand aus. Zusammen mit einem Flaschendeckel, den wir mit Wasser füllen, legen wir das kleine Küken hinein. Nach einer kleinen Pause packen wir dann den Deckel der Box vorsichtig darauf und verstauen sie in meiner vorderen Fahrradtasche, die wir dann offenlassen, um immer einen Blick auf die Kleine haben zu können. So fahren wir weiter, unter kontinuierlicher Begleitung eines lauten Piepens.

»So können wir wenigstens relativ sicher sein, dass sie okay ist!«, stelle ich dabei fest. »Wenn sie ruhig sein würde, wüssten wir nicht Bescheid!« Einen Moment später überholt uns einer der blauen Zamyad Trucks und der Fahrer winkt uns überschwänglich zu. Ein Stückchen weiter fährt er rechts ran und winkt uns zu sich. Gemütlich lassen wir uns ausrollen und halten etwa 10 Meter vor seinem Wagen an.

»Na, wieder ein paar Fotos machen«, scherzt Olga. Doch kaum ist der Mann ausgestiegen, verschlägt es uns die Stimme.

Mit einem breiten Grinsen im Gesicht kommt er zu uns und ruft mit starkem Akzent auf Deutsch: »Guten Tag, wie geht es Ihnen, Hallo!«

Auch er scheint nicht so ganz zu wissen, was zu sagen ist. Dieser Zufall ist so unglaublich, dass wir alle sprachlos sind. Sofi, der Mann mit den Hertha-Junglebär-Geschichten steht vor uns! Wir haben ihn vor ein paar Wochen das erste Mal getroffen und hatten ein wildes, verwirrendes und lustiges Gespräch mit ihm. Mit strahlenden Augen fängt er wieder an zu erzählen. Von seinen Freunden in Deutschland, von seiner Lokomotivführer-Karriere und, natürlich, auch wieder von Hertha Junglebär! Wir sind immer noch sprachlos und aus unseren Mündern kommt wieder nur ein gurgelndes Lachen. Irgendwann fangen wir uns, und können ihm antworten. Aus dem Auto steigt ein kleines Mädchen aus – Sofis Tochter! Wir unterhalten uns ungläubig über den Zufall dieses unerwarteten Wiedersehens. Irgendwann zeigt das Mädchen auf meine vordere Radtasche, aus der ein sanftes, aber gleichzeitig lautes Piepen kommt. Wir schauen uns grinsend an, dann hole ich die Box heraus.

»Judju, Judju!«, ruft sie entzückt und fängt an das kleine gelbe Knäuel vorsichtig zu streicheln. Judju, so sollen wir noch feststellen, ist das persische Wort für Küken. Wenn wir wüssten, wie oft wir das noch hören werden. Nachdem wir ein Foto gemacht haben und unsere Telefonnummern ausgetauscht haben, trennen sich unsere Wege wieder.

»Das kann doch kein Zufall gewesen sein, oder?«, fragen wir uns in Gedanken versunken, als wir langsam auf dem Seitenstreifen der Autobahn weiterfahren. Aber plötzlich sagt einer von uns: »Sie muss Hertha heißen!«

»Absolut! Natürlich!«, ist die sofortige Antwort.

Und damit war klar, unser Küken hatte einen Namen und es im nächsten Dorf einfach abzugeben, kam fürs Erste nicht in Frage!

Ein paar Stunden später finden wir neben einer Granatapfel-Plantage einen guten Platz für unser Zelt. Wir holen Hertha aus ihrem Karton und lassen sie unser Nachtlager erkunden. Ein paar Ameisen laufen auch herum und wir denken, dass es bestimmt gutes Futter für sie ist. Aber sie ist noch zu klein dafür, und stattdessen greifen die Ameisen Hertha an, die laut piepsend versucht, die beißenden Ameisen abzuschütteln. Schnell laufe ich zu ihr und befreie sie von den unerwarteten Angreifern.

»Uff, das passiert also, wenn man plötzlich zu Eltern wird!«, stellen wir leicht überfordert und lachend fest. Um sie richtig zu versorgen, recherchieren wir fleißig im Internet und stellen Fragen in diversen Facebook-Gruppen. Eine Kombination aus Haferflocken, Sojagranulat, Grünzeug und nach ein paar Tagen auch kleinere Insekten, scheint die richtige Nahrung zu sein. Alles Dinge, die wir hier im Iran glücklicherweise zur Verfügung haben!

QOM, COUCHSURFING MIT HUHN

Auf der Couchsurfing-Webseite sind vermutlich schon viele witzige Dialoge zwischen Reisenden und Hosts entstanden, aber wir glauben, dass unser doch ziemlich einmalig ist.

Wir haben Nassir, unserem Couchsurfing Host in Qom, schon vor ein paar Tagen das erste Mal geschrieben. Jetzt müssen wir aber noch eine weitere Ankündigung machen.

»Hallo Nassir, wir haben ein kleines Küken auf der Straße gefunden und haben es in einer kleinen Pappschachtel. Können wir es mit zu euch nach Hause bringen?«

Manchmal müssen uns die Leute wirklich für bekloppt halten, aber Nassir antwortet freundlich, dass alles kein Problem sei und er sich freue, uns zu beherbergen. Allerdings fügt er auch noch hinzu, dass Qom eine sehr religiöse Stadt sei und es Frauen nicht erlaubt sei, hier Fahrrad zu fahren.

Etwas unsicher fahren wir also auf die Stadtgrenze zu und als uns ein Polizeiauto überholt und uns auffordert rechts ran zu fahren, werden wir doch ziemlich nervös. Der Beamte mustert uns skeptisch, doch dann hellt sich seine Miene auf und er fragt uns, ob er uns zu einem Tee einladen kann. Erleichtert lehnen wir sein Angebot ab, und da er nicht noch einmal fragt, war es vermutlich nur Taarof, die Höflichkeitsform. »Ob uns der Iran denn gefällt?«, fragt er noch, und als wir lächelnd zustimmen, steigt er wieder in seinen Wagen und fährt weiter. Gegen Mittag erreichen wir die Stadt Qom. Sofort stellen wir fest, dass ausnahmslos alle Frauen einen Tschador tragen. Der Tschador ist ein großes, meist schwarzes Tuch, welches um Kopf und Körper gewickelt wird, so dass lediglich das Gesicht frei ist. Vorwiegend wird der Tschador von konservativen Frauen getragen, und da Qom eine der wichtigsten religiösen Städte des Irans ist, tragen ihn hier wirklich fast alle. Obwohl alles so konservativ zu sein scheint, winken uns die Leute fröhlich zu und feuern uns halbwegs an. Eine Frau auf dem Fahrrad sieht man hier aufgrund der Gesetzeslage wohl tatsächlich so gut wie nie, und die Leute freuen sich, dass wir etwas frischen Wind in die Stadt bringen. An jeder Ecke werden wir angelächelt und angefeuert. Bei einer kurzen Pause wird Olga sogar von einer jungen Iranerin umarmt, als sie erfährt, dass wir aus Deutschland kommen. Die Leute freuen sich wirklich, hier mal ein paar Touristen, und dann auch noch auf dem Fahrrad, zu sehen. Das hört sich jetzt ein bisschen revolutionär und leichtsinnig an, was wir da machen, aber ganz so ist es nicht. Die Verbote zum Fahrradfahren gelten nicht für ausländische Touristinnen.

Nach einer gemütlichen Mittagspause im Schatten von ein paar Bäumen (auch Hertha genießt es, im Schatten die Welt zu erkunden), fahren wir am späten Nachmittag weiter zu unserem Host. Nassir ist etwa 60 Jahre alt und lebt mit seiner Frau Anoush in einem großen Appartement in der Stadt. Die drei Kinder sind vor Jahren schon ins Ausland gegangen, um dort zu studieren und zu arbeiten. Weil es den beiden dadurch ein bisschen langweilig wurde, haben sie vor ein paar Monaten angefangen, Reisende über Couchsurfing zu hosten. Als wir ankommen, hat Anoush, die auch im Haus einen Tschador trägt, bereits einen großen Gemüseeintopf für uns vorbereitet, und während wir uns über unsere Erlebnisse austauschen und die beiden ausfragen, lassen wir uns den leckeren Eintopf mit Reis und großem Salat aus unterschiedlichem Grünzeug schmecken. Kaum haben wir aufgegessen, fragt Nassir uns, ob wir denn nun Müde seien oder noch etwas unternehmen wollen. Wir antworten, dass wir nicht so müde seien und fragen, was er denn vorhabe.

»Na, zum Schrein von Fatima Masuma natürlich! Das ist der zweitwichtigste Pilgerort im Iran, das müsst ihr gesehen haben!«

Ein paar Minuten später sitzen wir zu viert im Auto und fahren durch den wilden, abendlichen Verkehr der Millionenstadt. Der Schrein steht auf einem großen Platz, umringt von vielen kleineren Gebäuden. Das eigentliche Mausoleum ist ein großes Gebäude mit Türmen und einer großen goldenen Kuppel. Alle Fassaden sind gesäumt mit tausenden von kleinen Spiegeln und der gesamte Gebäudekomplex glitzert im Licht der Lampen und Smartphones. Denn Fotos müssen hier natürlich viele geschossen werden! Da es ein so heiliger Ort ist, muss Olga hier auch einen Tschador tragen – dieses

Selfie Motiv wollen sich viele junge Frauen nicht entgehen lassen.

Am Schrein angekommen, teilen wir uns auf. Männer und Frauen müssen auf getrennten Wegen in die glänzenden Hallen eintreten. Getrennt erkunden wir den Schrein und den darum liegenden Gebetsraum, während unsere beiden Hosts sich für ein kurzes Gebet von uns trennen.

Olga macht dabei die spannendste Entdeckung. So gut wie alle Frauen sitzen einfach nur auf dem Teppich des Gebetsraumes, tuscheln miteinander, schauen sich auf Instagram die neuesten Bilder an oder halten ein gemütliches Nickerchen. Kein Mann hat hier Zutritt und wir vermuten, dass kein Mann es so wirklich weiß, was hier wirklich vor sich geht.

Olga ist die einzige der Frauen, die einen gemusterten Tschador anhat. Normalerweise trägt man schwarz, aber als Olga die anderen Frauen sieht, versteht sie, warum ihr Tschador ein blau weißes Muster hat und wie eine Bettdecke aussieht. Alle Frauen sehen gleich aus und so ist es viel einfacher für Anoush sie wieder zu finden! Olga dachte kurz, sie habe sich verlaufen, aber plötzlich steht Anoush wieder lächelnd vor ihr, die sie am Arm nimmt und durch die riesigen Gewölbe führt.

Bei den Männern, die ich währenddessen beobachte, sieht es anders aus. Die meisten beten gewissenhaft und verhalten sich ruhig. Nur ein paar Leute kommen zu mir und fragen nach ein paar Selfies: »Axe, Axe?« Nachdem Nassir ebenfalls gebetet hat, gehen wir gemeinsam wieder aus dem Schrein hinaus und treffen nach kurzer Suche auch wieder auf Olga und Anoush.

Als wir später zurück im Appartement sind, schauen wir zuerst, wie es Hertha geht. Wir haben von Nassir einen neuen großen Korb mit Deckel aus Kunststoff bekommen, in dem wir Zeitungspapier ausgelegt und ein paar Pappkartons aufgestellt haben. Zufrieden und leise piepsend schläft Hertha schon, als wir zum Nachsehen den Deckel des Korbs leicht anheben. Und so ziehen wir uns auch zurück und legen uns in das gemütliche Doppelbett in einem der Kinderzimmer.

Nach dem Frühstück fahren wir gemeinsam mit Nassir wieder in die Stadt. Er ist Professor an der hiesigen Uni und hat erst am Nachmittag wieder Vorlesungen. So kann er den Vormittag mit uns verbringen und uns die weiteren Sehenswürdigkeiten der Stadt zeigen. Wir fahren zuerst auf den großen Hauptbasar der Stadt.

Auf dem Weg dorthin sehen wir mitten in einem Kreisverkehr einen der Zamyad Trucks auf dem Dach liegen.

Laut Statistiken ist der Iran eines der Länder mit den höchsten Unfallraten weltweit. Trotzdem sind wir, genauso wie alle Leute, die um den Truck herumstehen, ungewiss über den Unfallhergang. Der Kreisverkehr ist nicht groß und wir befinden uns mitten in der Stadt. Da kann man eigentlich nicht so schnell fahren, dass man es schafft einen Truck auf das Dach zu legen. Gemeinsam mit Nassir rätseln wir noch weiter, während er uns sicher zum Basar in der Innenstadt bringt.

Dort laufen wir gemeinsam durch die kleinen Gassen und sehen verschiedenste Stände und Läden, an denen Güter aller Art angeboten werden. Es gibt Safran, Goldschmuck, handgefertigte Holzfiguren, Stoffe mit exotischen Mustern, Stoffe mit unterschiedlichen Schwarzschattierungen für die konservativen Gewänder der Frauen, Gewürze und Kräuter aller Art, duftendes Obst, frisch geerntetes Gemüse, Bücher, Schachspiele und noch vieles mehr. Fasziniert schlendern wir durch die kühlen Gassen und Gewölbe des schier unendlich großen Geländes. So lange, dass wir kaum noch Zeit haben, etwas anderes anzuschauen, aber wir sind glücklich. Sind diese Einblicke in das ganz normale Alltagsleben der Menschen doch das, was wir auf unserer Reise sehen wollen.

Ein bisschen Zeit haben wir noch und so schlägt Nassir vor, ob wir nicht eine Kleinigkeit essen wollen. »Es gibt ein veganes Eis im Iran, kennt ihr das?«, fragt Nassir uns.

»Nein, hört sich gut an!«, antworten wir gespannt. In einem Eisladen um die Ecke erklärt Nassir uns dann, was Faloodeh ist.

»Faloodeh ist eine traditionelle Nachspeise im Iran«, führt er aus. »Es besteht aus gefrorenen Nudeln, die mit Zuckersirup, Rosenwasser und etwas Zitronensaft serviert werden!«

Erstaunt blicken wir ihn an, aber es scheint kein Witz zu sein.

»Gefrorene Nudeln? Also, normale Nudeln?«

»Ja, sie werden gekocht und dann eingefroren«

»Verrückt«, antworte ich und sage weiter: »In Deutschland haben wir auch Spaghetti Eis. Das wird aber ein bisschen anders gemacht, um ehrlich zu sein«

Als wir dann aber drei große Becher Faloodeh bekommen, sind wir begeistert. Es ist zuckersüß und mit dem Rosenwasser ergibt sich ein ungewohnter, aber sehr guter Geschmack!

»Das beste Spaghetti-Eis der Welt!«, rufe ich aus, und habe es dabei als einziger von uns dreien geschafft, den riesigen Becher komplett leerzuessen.

Glücklich und zufrieden fahren wir mit Nassir zurück zum Appartement. Er muss jetzt arbeiten, aber Anoush ist von ihrem Job als Anwältin schon wieder zuhause. Sie wärmt uns die Reste vom gestrigen Abendessen auf, aber da unsere Bäuche noch voll mit Eis sind, essen wir nur eine Kleinigkeit. Anoush fragt uns, ob wir nicht müde seien, denn normalerweise schläft man doch nach dem Mittagessen. Im Iran ist es üblich, eine Mittagsstunde zu halten, und da wir nichts anderes vorhaben, nehmen wir den Vorschlag gerne an.

Abends kommen ein paar Freunde zu Besuch, und wir stehen mit unserer Reise und mit Hertha im Mittelpunkt der Aufmerksamkeit. Wir werden ausgefragt, wie uns der Iran gefällt, wo wir denn normalerweise schlafen, wie wir über die Grenze gekommen sind, und warum wir Hertha dabeihaben! Es ist ein sehr gemütlicher Abend, der nach dem gemeinsamen Abendessen aber doch schnell wieder vorbei ist. Nach der Verabschiedung sitzen wir noch ein bisschen zu viert im Wohnzimmer und reden über unsere weiteren Pläne.

»Nun ja, wir wollen jetzt erstmal durch den Iran bis nach Bandar Abbas«, erkläre ich unsere Route. »Dann geht es weiter in die arabischen Emirate und in den Oman. Dort besuchen uns meine Eltern und von da aus wollen wir nach Indien fliegen. Danach sehen wir mal weiter.« Staunend hören die beiden uns zu und können es, so glauben wir, nicht wirklich fassen, was wir hier machen. Die beiden sind wirklich großartig und haben sich so nett um uns gekümmert. Wir sind doch ein bisschen traurig, dass wir morgen früh schon weiterfahren. Aber es gibt noch so viel im Iran zu sehen, so dass wir auch motiviert sind, weiterzufahren.

Am Morgen packen wir unsere Sachen und begutachten den neuen Korb für Hertha.

»Der hat echt die perfekte Größe, den können wir wunderbar hinten auf deinem Gepäckträger festmachen«, stelle ich zufrieden fest.

»Gut, dann können wir „unsere Kleine“ ja noch ein bisschen behalten«, antwortet Olga fröhlich. »Langsam bekommt sie schon weiße Federn, hast du gesehen?«

Gerührt nicke ich zustimmend und streichele Hertha dabei über ihr weiches Federkleid. »Unglaublich süß, „unsere Kleine“!«

Zur Weiterfahrt bekommen wir noch ein dickes Carepaket von

Anoush geschnürt. »Ihr müsst ordentlich essen«, sagt sie uns lächelnd, während wir versuchen, in unseren Taschen Platz für kiloweise Obst, Trockenfrüchte und Nüsse zu finden. Herzlich verabschieden wir uns von dem netten Paar und sie wünschen uns alles Gute für unsere Weiterfahrt durch den Iran. Kheili Mamnoon! – vielen Dank!

HERTHA, DIE GRÖẞTE ATTRAKTION IN KASCHAN

Wir haben jetzt die nordwestlichen Ausläufer der zentraliranischen Kavir-Wüste erreicht. Morgens klettern wir aus unserem Zelt, der feine Sand knirscht zwischen unseren Füßen und später, als wir die Mandarinen von Anoush zum Frühstück essen, auch zwischen unseren Zähnen.

Die Straße schlängelt sich Richtung Süden durch die weiten Sandlandschaften, während im Westen langsam die ersten Berge des Kuhrud-Gebirges auftauchen. Dieser Gebirgszug zieht sich von hier aus etwa 1000 km Richtung Süden und ist eines der größten Gebirge im Iran. Entlang dieser atemberaubenden Kulisse fahren wir in die etwa 40 km entfernte Stadt Kaschan. Die Stadt liegt genau am Nordrand des Gebirges und am Rande der Wüste, umschlossen von einer großen Oase. Aufgrund der zentralen Lage ist sie schon seit langer Zeit eine wichtige Handelsstadt in dieser Region. Früher bekannt für Keramik, heute größtenteils für die Perserteppiche und Rosenwasserproduktion.

In einem alten und sehr schön renovierten Wohnhaus finden wir im Zentrum der Stadt ein richtig schönes Hostel. Olga geht in den Innenhof und fragt, ob es Zimmer gibt, während ich draußen bei den Rädern warte. Eine große, etwa drei Meter hohe Lehmmauer umgibt das gesamte Anwesen, was typisch für die Architektur des Iran ist. Die Straßen in den Wohnvierteln sind fast immer Gassen, die sich entlang der braunen Mauern ziehen.

Olga kommt mit der Besitzerin des Hostels zurück und wir verhandeln kurz über den Preis.

»Für die Fahrräder gibt es einen sicheren Platz?«

»Ja, kein Problem«, antwortet die nette junge Frau, die einen locker über den Kopf geworfenen Schal als Kopftuch trägt.

»Und dann wäre da noch was, wir haben ein kleines Küken dabei«, erklären wir ihr grinsend.

Die Frau ist begeistert, macht sogleich ein paar Fotos von Hertha und versichert uns danach, dass es kein Problem sei. Im Gemeinschaftszimmer stehen zwei Hochbetten, von denen eins besetzt und das andere für uns ist. Die Radtaschen deponieren wir in einer Ecke des Zimmers, dann nehmen wir Hertha in die Hand und machen einen Spaziergang in die Stadt. Sie ist super aktiv und fühlt sich wohl in unserer Umgebung. Das bedeutet aber auch, dass sie anfängt zu piepsen, wenn wir nicht da sind und da wir nicht das ganze Hostel auf den Kopf stellen wollen, nehmen wir sie eben mit. Vielleicht finden wir ja eine Wiese, auf der sie ein bisschen spielen kann. Damit wir sie sicher und gut transportieren, haben wir noch eine Dattel-Box dabei, die Olga in ihrer Jackentasche hat, so dass Hertha in der warmen Tasche sitzen kann. Zuerst holen wir uns ein Falafel Sandwich mit viel Ketchup und dann fahren wir mit einem Taxi zum Fin Garten, eine der Hauptsehenswürdigkeiten der Stadt und einer der berühmtesten persischen Gärten. Der Taxifahrer ist etwas irritiert von dem Piepsen, lässt sich aber nichts weiter anmerken und fährt uns stattdessen wortlos bis vor das Tor des Gartens.

Die Kombination aus Bäumen, Büschen, verschiedenen Wasserfontänen, Kanälen und kleinen gepflasterten Wegen ist wirklich schön und lädt zum Verweilen ein. Gemeinsam mit Hertha erkunden wir das Areal und werden schon bald von neugierigen Iranern entdeckt. Wir sind fast die einzigen ausländischen Touristen, dadurch schon begehrte Gesprächs- und Fotopartner unter den Einheimischen. Aber das laute Piepsen von Hertha sorgt dann noch für zusätzliche Aufmerksamkeit und schon bald sind wir von iranischen Familien, jungen Frauen und Männern umgeben, die alle ein Selfie mit uns und Hertha haben wollen. Alle sind begeistert und wir lachen gemeinsam fröhlich in die vielen Kameras. Irgendwann haben wir dann aber doch genug von dem Trubel und ziehen uns etwas zurück an den Rand des Gartens, wo Hertha noch ein bisschen die Gegend erkundet und wir uns gemütlich hinsetzen – immer mit wachsamem Auge auf „unsere Kleine“.

»Langsam werden wir richtige Eltern«, stellt Olga grinsend fest.

»Ja, ich glaube, wir sind ganz gut darin«, antworte ich zufrieden.

Morgens werden wir wie immer pünktlich um 6 Uhr von Herthas Piepsen geweckt. Wir losen aus, wer aufstehen muss und dann gehe

ich mit ihr nach draußen in den Innenhof. Dort gibt es Haferflocken und Sojagranulat für sie, aufgeweicht in Wasser – ihre Lieblingsspeise. Da wir heute wieder die Stadt anschauen wollen, spiele ich etwa eine Stunde intensiv mit ihr, damit sie schön müde ist und den Tag über ruhig in ihrem Korb schlafen kann. Wenn wir »Hertha« rufen und mit den Fingern schnipsen, kommt sie zu uns gerannt. So kann man sie quer durch den ganzen Innenhof hin und herlaufen lassen. Sie vertraut uns zu 100% und wir sind absolut gerührt, diese einmalige Erfahrung sammeln zu dürfen. Mit gemischten Gefühlen legen wir die erschöpfte Hertha in ihr kleines Nest aus getrocknetem Gras und warten noch etwas ab, wie sie sich verhält. Wie erwartet schläft sie nach der langen Spielstunde aber ziemlich schnell ein und so decken wir ihren Korb mit einer warmen Wolldecke ab und machen uns auf den Weg in die Stadt.

Die Moscheen und die alten Anwesen der reichen Kaufmänner sind sehr beeindruckend und die Architektur wirft uns zurück in die Jahre des blühenden persischen Imperiums. Allerdings trügt der Schein etwas, da die Stadt im 18. Jahrhundert durch ein Erdbeben komplett zerstört wurde. Danach wurde sie jedoch wieder aufgebaut und die damaligen Neubauten sind heute wichtige Touristenattraktionen der Stadt.

Beim Schlendern durch die Stadt werden wir plötzlich von einem anderen Reisenden angesprochen: »Hallo, habt ihr Lust, euch ein Taxi nach Abbyaneh zu teilen? Das ist ein kleines Dorf in den Bergen und soll sehr schön sein!«

Im Vorbeigehen antworte ich: »Nein Danke, wir reisen mit unseren Fahrrädern, aber danke für den Tipp!«

»Können wir uns nachher mal anschauen, wo das ist«, sagt Olga, als wir Richtung Basar weitergehen. Ähnlich wie in Qom gibt es auch auf diesem Basar eine breite Auswahl an unterschiedlichen Gütern. Aufgrund der Geschichte werden hier aber insbesondere Rosenwasser und Perserteppiche in unterschiedlichen Größen und mit wundervollen Mustern angeboten.

»Vielleicht sollen wir uns einen für unser Zelt kaufen?«, schlägt Olga vor. Lachend erkunden wir dabei weiter die Verkaufsstände und werden von den Verkäufern etwas energischer als in Qom aufgefordert, doch eines ihrer absoluten Schnäppchen zu kaufen. Das ist das Gute (oder das Schlechte?) am Reisen mit dem Fahrrad – man hat einfach keinen Platz für Souvenirs!

Im Hostel sind noch ein paar andere Reisende aus aller Welt eingetroffen und wir tauschen uns abends ein bisschen aus, während wir draußen im Innenhof auf den großen Teppichen sitzen und Tee trinken. Der gemeinsame Tenor von allen: »Unglaublich, wie freundlich die Menschen hier sind!« Es werden Geschichten erzählt, die wir so oder ähnlich auch erlebt haben. Man wird zum Essen, zum Tee, zum Übernachten eingeladen. Die Leute zeigen einem die gesamte Stadt mit ihrem Auto und führen einen überall hin. Man bekommt auf der Straße Obst und kleine Snacks geschenkt. Überall begrüßen einen die Menschen mit einem Lächeln und sind neugierig auf Geschichten aus dem Westen! »Das ist der Iran, unglaublich!«, sagt einer der Reisenden und wir alle können es fast nicht realisieren, wie einmalig schön es hier ist. Hertha, die in Olgas Schoß liegt, piepst zufrieden und wir sind es auch, – mit uns, dem Tag und unseren Erlebnissen im Iran.

Am nächsten Tag gibt es zum Frühstück ein kleines Buffet in der Gemeinschaftsküche und wir entdecken eine weitere absolute Delikatesse aus dem Iran – Karottenmarmelade! Hört sich vielleicht wirklich etwas schräg an, gibt es aber wirklich in jedem iranischen Kühlschrank. Die Iraner sehen die Karotte mehr als Obst und so sieht man es nicht selten, dass die großen Obstkörbe, die auf den Wohnzimmertischen stehen, auch ein paar Karotten enthalten. Die Marmelade ist, wie alle Süßspeisen im Iran, mit so viel Zucker zubereitet, dass es einfach nicht schlecht schmecken kann! Also bestreichen wir uns ein frisch gebackenes Stückchen Brot nach dem anderen mit der Marmelade, die mit etwas Rosenwasser verfeinert wird. Dazu genießen wir den ebenfalls überzuckerten Kräutertee. »Das ist die perfekte Energie für den anstehenden Radtag«, stelle ich fest und bereite mir eine weitere Scheibe zu.

Während wir mit unseren vollbeladenen Rädern weiter durch die Stadt fahren, hören wir von allen Seiten und Ecken wieder die gewohnten Zurufe: »Mister!« mit langgezogenem i, »Hello!« mit langem o und natürlich »How are you?« mit langem u! Die Krönung dazwischen ist dann immer ein schnell zugerufenes »Welcome to Iran!«, wie wir es fast jeden Tag zu hören bekommen – echt witzig!

Am Stadtrand finden wir eine kleine Grünfläche und wir legen uns für eine kleine Pause in den Schatten, während Hertha fleißig umher hüpft und langsam auf die Suche nach ihren ersten kleinen Insekten geht. Ab und an kommt sie zu uns gehüpft, springt auf uns und verrichtet ihre Geschäfte. Unser Verbrauch an Feuchttüchern erzielt in letzter Zeit neue Rekorde, so viel steht fest!

Etwas weiter südlich der Stadt befindet sich die unterirdische Urananreicherungsanlage Natanz. Unsere geplante Route führt genau an dem Sperrgebiet vorbei. Die Anlage wurde 2002 im Zuge einer Atominspektion der IAEO entdeckt, war also nicht wirklich international bekannt und im Endeffekt ein Geheimprojekt der iranischen Regierung. Etwas nervös fahren wir darauf zu und sind uns bis zum letzten Moment nicht sicher, ob wir hier fahren dürfen. Um das Gelände herum gibt es Wachtürme, auf denen schwer bewaffnete Männer stehen. Die Anlage ist zusätzlich durch ein Flugabwehrsystem geschützt. Als wir uns jedoch dem Gelände nähern, wird uns nur freundlich zugewinkt und im nächsten Moment wieder aufs Smartphone geschaut. Interessante Zeiten, in denen wir leben! Trotzdem fahren wir zügig an den Gebäudekomplexen vorbei und sind froh, diesen Ort schnell hinter uns zu lassen. Ich erinnere mich an meinen iranischen Elektrotechnik-Professor aus meinem Maschinenbau-Studium. Als er sich zur Begrüßung seinerzeit vorstellte, hat er nur Folgendes gesagt: »Hallo, ich komme aus dem Iran. Das ist der Ort, wo wir die Atombomben bauen!«

Offiziell wird hier 3,6% angereichertes Uran hergestellt. Dieser Grenzwert wurde im Atomdeal festgelegt. Für Atombomben braucht man in der Regel einen Anreicherungsgrad von über 85%, während man für die Nutzung als Brennstoff für Atomkraftwerke lediglich eine Anreicherung von etwa 3,5% benötigt. Wir wissen natürlich nicht, was hier wirklich passiert. Auf jeden Fall sind wir froh, als wir die ersten Kilometer zwischen uns und die Anlage gebracht haben.

IN DEN EINSAMEN BERGEN

Durch die Wüstenlandschaften fahren wir langsam auf das Kuhrud-Gebirge zu, schon bald beginnt es leicht bergauf zu gehen. Ein Auto hält an und drei ziemlich witzige Iraner steigen aus. Witzig sind sie, weil sie ununterbrochen lachen, dabei aber kein Wort Englisch sprechen. Sie holen ihre Telefone heraus und deuten ein Selfie an. »Axe?« Wir stimmen zu und lachend werden ein paar Fotos geknipst. Ebenso schnell wie die Bande aufgetaucht ist, verschwindet sie auch schon wieder, während ihr Lachen immer noch in unseren Ohren dröhnt. Später werden wir das Foto, wie bereits etliche Male vorher, auch auf Instagram finden. Wir bitten die Leute einfach immer, uns auf ihren Fotos zu verlinken! Instagram ist das beliebteste soziale Netzwerk im Iran, da andere Dienste, z.B. Facebook oder auch WhatsApp von der Regierung geblockt werden. Für den Zugang zu unseren Profilen verwenden wir, wie bereits beschrieben, die ganze Zeit einen VPN.

Aber wie dem auch sei, jetzt fahren wir die leichte Steigung in die vor uns liegenden Berge hinauf, wo wir vermutlich sowieso keinen Mobilfunkempfang haben werden. Gegen Abend finden wir am Rande eines Tales einen passenden Campingspot mit perfekter Aussicht. Durch das Tal schlängelt sich ein kleiner Fluss und wir haben von unserem Platz eine super Aussicht auf die umliegenden Berge. Etwa dreihundert Meter von uns entfernt, unten im Tal, fahren ein paar Autos an den Fluss; Familien und Paare steigen aus, um ein kleines Picknick zu machen. Wir haben ja schon erwähnt, wie sehr Iraner es lieben, Picknicks zu machen. Während wir unser Abendessen auf unserem kleinen Campingkocher zubereiten, schauen wir den Familien unten zu, wie sie große Teppiche aus dem Auto holen, ausrollen, darauf verschiedene Speisen servieren und gemeinsam in einem Kreis auf dem Teppich sitzen. »Mist, wir hätten uns wirklich einen Teppich kaufen sollen!«, meint Olga grinsend.

Als wir etwa zwei Stunden später im Zelt liegen und kurz vor dem Einschlafen sind, hören wir draußen am Zelt auf einmal Schritte und lauter werdende Stimmen. Drei Männer stehen direkt neben unserem Zelt und reden auf Farsi – ob mit uns oder über uns, wissen wir nicht. Da sie aber nicht wirklich aufhören und sie direkt neben dem Zelt zu stehen scheinen, antworten wir fleißig auf Englisch, dass wir sie nicht verstehen. Das spornt sie aber nur an noch schneller und lauter auf uns einzureden. Also gehe ich hinaus, begrüße die drei Männer mit Handschlag, erkläre auf gebrochenem Farsi, dass wir aus Deutschland kommen und kein Farsi sprechen. Das stimmt die Männer zufrieden, sie laufen zurück zur 50 Meter entfernten Straße, wo ihr Auto steht. Wieder im Zelt sagt Olga: »Tja, Handschlag muss halt sein!«

»Ja, stimmt! Eigentlich ja ganz nett ...«

Die restliche Nacht verläuft ruhig und morgens stehen wir zu einem wunderschönen Sonnenaufgang über den weiten Bergen auf. Die Nacht war etwas kälter, da wir am Vortag schon ein paar Höhenmeter gemacht haben und uns langsam in höheren Gefilden befinden. Aber die Sonne wärmt uns schnell wieder auf und mit neuen Kräften starten wir in den bevorstehenden Radtag. Die Berge werden höher und wir kommen beim Hinauffahren der Straßen schon ordentlich aus der Puste. In einem kleinen Dorf machen wir eine kurze Pause, um vor allem auch ein paar Vorräte einzukaufen. An einer Straßenecke finden wir einen kleinen Laden, der eine überschaubare Auswahl hat. Olga fragt nach Brot und da keiner Englisch spricht, versucht sie es auf Farsi.

»Naan?« – fragende Gesichter als Antwort.

»Náán?«, etwas anders betont – fragende Gesichter als Antwort.

Der dritte Versuch »Nàn« bringt die erste Antwort von einem der Männer.

»Naan, Isfahan!«, ruft er freundlich aus – fragende Gesichter unsererseits. Isfahan, die nächste Großstadt auf unserer Route ist allerdings noch über 150 km entfernt. Wir versuchen es nochmal – fragende Gesichter auf allen Seiten.

Wir fangen an zu lachen und wenigstens diese Sprache verstehen die Männer genauso gut wie wir! Gemeinsam lachen wir fröhlich darüber, dass keiner auch nur ein Wort vom anderen versteht.

Ein bisschen Obst für unsere Mittagspause und Gemüse für das Abendessen können wir dann glücklicherweise trotz der Kommunikationsschwierigkeiten kaufen. Hinter dem Dorf wird die Straße deutlich schlechter und der Weg in das Dorf Abbyaneh, das uns von dem Reisenden in Kaschan vorgeschlagen wurde, verwandelt sich schon bald in eine Schotterpiste.

Wir hätten auch die Hauptstraße nehmen können, aber dann wäre das Dorf für uns eine Sackgasse und man müsste den gleichen Weg zurückfahren. Wenn es auf unserer Reise eine Sache gibt, die wir wirklich nicht gerne machen, ist es, den gleichen Weg wieder zurück zu fahren! So fahren wir jetzt einen großen Bogen durch die Wildnis bis nach Abbyaneh und kommen von dort aus dann zurück auf die Hauptstraße. Diese tolle Idee wird von uns, insbesondere aber von mir, schon bald angezweifelt. Es geht richtig steil bergauf und die Straße ist ein Mix aus Schotter, großen Steinen und Sand. Wir müssen unsere Räder schieben und als meine Flip-Flops plötzlich kaputt gehen, muss ich ein bisschen Dampf ablassen.

»So eine Schei... hier, warum nehmen wir den verdammten Weg überhaupt, um in dieses blöde Dorf zu kommen! Jetzt ist auch noch mein Schuh kaputt und ich muss hier barfuß über die Schotterpiste laufen!« So geht es noch einen Moment weiter, aber bald, und wie immer, sehe ich ein, dass wir an der Situation nichts ändern können, wir sie hinnehmen sollten, wie sie ist. Ich etwas mürrisch und Olga fröhlich wie immer – so schieben wir unsere Räder weiter bergauf, während uns das Piepsen aus dem Korb vom Gepäckträger anfeuert und uns schon bald auch beide wieder fröhlich stimmt.

Kurze Zeit später kommen wir am Pass an, von dort aus können wir wieder fahren, da der Weg jetzt abwechselnd leicht bergab oder gerade durch die Berglandschaft führt. Ich wechsle meine Flip-Flops gegen meine normalen Schuhe und dann kann es weitergehen. Warum ich das nicht schon vorher gemacht habe, wissen wir beide nicht so genau ...

Hier oben herrscht eine unbeschreibliche Stille – wir sind die einzigen Menschen weit und breit. Der Weg führt uns durch die bergige Steinwüste in den Sonnenuntergang hinein und es kühlt schnell ab. Da wir vom Schieben auch recht erschöpft sind, stellen wir unser Zelt am erstbesten Platz, direkt neben dem kleinen Weg, auf. Hier wird uns heute Nacht niemand stören, da sind wir uns sicher. Die Nacht wird ziemlich kalt und wir nehmen Hertha in ihrer kleinen

Dattel-Box mit in unseren Schlafsack. Früh morgens werden wir dann wieder pünktlich von ihr geweckt. Das Thermometer zeigt noch -5°C an und es dauert eine Weile, bis wir aus unseren Schlafsäcken gekrochen kommen. Lieber spielen wir noch ein bisschen mit Hertha, lassen dabei uns, womöglich auch unsere Schlafsäcke, von ihr einsauen. Zum Glück gibt es Feuchttücher, stellen wir erneut fest!

Irgendwann kommen wir dann aber doch los und gemütlich fahren wir durch die Kies-Wüste, die hier und dort mit einigen vertrockneten Gräsern gespickt ist. Es ist ziemlich holprig und damit Hertha alles gut übersteht, müssen wir echt langsam fahren. Da es auch immer noch ziemlich kalt ist, nimmt Olga sie unter ihre Jacke, direkt an den warmen Körper. Nach 15 km anstrengender und langsamer Fahrt tauchen vor uns die ersten Häuser des Dorfes Abbyaneh auf!

Das Dorf ist wegen der komplett in rot gehaltenen Häuser auch als »Rotes Dorf« bekannt. Tatsächlich gehört es zu den ältesten Orten im gesamten Iran und so fahren wir staunend durch die kleinen Gassen und bewundern die Häuser, welche aus Lehmziegeln, Holz und Stroh gebaut wurden. Ebenso spannend ist der traditionelle Kleidungsstil, der sich über Jahrtausende halten konnte und bis auf die Antike zurückgeht. Insbesondere die Frauen fallen durch ihre einzigartige Tracht auf. Sie tragen alle einen langen Schal mit Blumenmuster, der Kopf und Schulter bedeckt, dazu einen weiten, knielangen Rock. Fröhlich grüßen uns alte Omis, und wir winken ebenso lächelnd zurück. Wir schauen uns einige Zeit um, machen noch eine kleine Pause und fahren dann weiter. Die Strapazen durch die Berge haben sich auf jeden Fall gelohnt – ein wirklich sehr faszinierender und schöner Ort. Hinter dem Dorf kommen wir dann auf die Hauptstraße und fahren nun etliche Kilometer bergab, an Sandsteinbergen entlang, die durch Erosion spannende Formationen hervorgebracht haben. Dann, hinter einer Kurve, liegt plötzlich wieder die weite Ferne der Wüste vor uns und wir sind stark beeindruckt von diesem Ausblick, den wir hier aus den Bergen auf das Flachland werfen können.

DAS LILA EINHORN

Die Hauptstraße zieht sich jetzt etwa 10 km schnurgerade durch die weite Wüste, bis sie dann auf den vierspurigen Highway Richtung Isfahan stößt.

Kaum fahren wir auf den Highway, hält vor uns schon das erste Auto an. Nicht jedoch um uns anzumotzen, was wir hier mit unseren Rädern auf der Autobahn machen würden, sondern um uns zu Tee und Obst einzuladen! Wieder einmal sind wir schlichtweg fasziniert von der Freundlichkeit der Iraner. Es herrscht hier wirklich eine ganz andere Mentalität gegenüber Fremden und Gästen, die sich vermutlich über tausende von Jahren entwickelt hat. Derweilen schneidet uns der Mann, der Mansour heißt, den Granatapfel und die Melone in Mundgerechte Happen. Dazu trinken wir einen süßen Kräutertee, den seine Frau morgens für ihn in seine Thermoskanne gefüllt hat. Er ist morgens in Teheran losgefahren und jetzt auf dem Weg nach Isfahan, erklärt er uns. Dazu reicht er uns ein Stückchen Obst nach dem anderen und fragt uns aus über unsere Fahrräder, die Straßen und ob wir in Abbyaneh waren, – denn dort sei es ja so wunderschön. Wir stimmen zu und halten einen netten Plausch mit ihm, während Hertha durch die steinige Landschaft rennt und nach Ameisen sucht. Mittlerweile ist sie so groß, dass sie den Kampf mit den Ameisen für sich entscheidet.

Nach einer guten viertel Stunde verabschieden wir uns und als wir gerade losfahren wollen, ruft Mansour uns noch hinterher: »Wartet, ich gebe euch meine Telefonnummer! Falls ihr irgendwelche Probleme habt, ruft mich bitte an!« Dankend nehmen wir seine Nummer an und heften sie in Gedanken an unsere hunderten von anderen Nummern, die wir im Iran bereits gesammelt haben. Sollten wir irgendwelche Probleme bekommen, haben wir mittlerweile wahrscheinlich für alles einen Ansprechpartner. Ärzte, Anwälte, Reiseveranstalter, Autoverkäufer, Dolmetscher, Journalisten und Brotverkäufer, um nur ein paar zu nennen. Jetzt also auch von Mansour, dem Geschäftsmann, wie er sich selbst vorgestellt hat. Freundlich bedanken wir uns und Mansour verabschiedet sich überschwänglich, ehe er mit seinem Jeep davonbraust.

Nur ein kurzes Stückchen weiter hält der nächste Autofahrer an und auch er möchte gerne einen Tee mit uns trinken. Als wir dankend ablehnen, fragt er, ob er wenigstens ein Foto mit uns machen könne. Nachdem wir zugestimmt haben, kommen er, seine Frau und sein Sohn aus dem Auto und knipsen ein paar Selfies mit uns. Dann reichen sie uns noch eine vollgefüllte Tüte mit Mandarinen und wünschen uns eine gute Reise. Ein paar Kilometer weiter beschließen wir dann, einen Zeltplatz zu suchen. Etwa 300 Meter von dem Highway entfernt sehen wir eine kleine Mauer, hinter der wir Schutz suchen wollen. Jedoch nicht vor der Polizei, wilden Tieren oder dem Wind, sondern, so blöd es sich auch anhört, vor den freundlichen Menschen. Wir wollen einfach nur zu zweit sein und den Abend genießen. Wenn wir zu dicht an der Straße und ohne Sichtschutz zu den Autos zelten würden, bekämen wir mit Sicherheit Besuch von einer weiteren iranischen Familie, die uns zum Essen oder zum Tee einladen wollte. Da wir aber alle Lebensmittel und Wasser selber dabeihaben, wollen wir jetzt einfach in Ruhe kochen und uns dann gemütlich in unser Zelt kuscheln. Nachdem das Zelt steht, schauen wir in Richtung Westen auf die lange Bergkette, aus der wir gerade rausgefahren sind und bestaunen den roten Sonnenuntergang. Währenddessen bereiten wir uns Spaghetti mit Sojabolognese zum Abendessen zu und genießen gemeinsam die friedliche Atmosphäre dieses Ortes.

Da es morgens wieder so kalt ist, kochen wir in unserem Topf ein paar Liter Wasser und mixen es in unserem Wassersack mit etwas kaltem Wasser. Diese Wärmflasche legen wir dann ganz unten in Herthas Korb, so dass sie es schön warm hat. Fröhlich piepsend erklärt sie sich bereit, weiter zu fahren!

Die Straße führt jetzt wieder Richtung Westen und somit müssen wir ein weiteres Mal die Berge des Kuhrud-Gebirges überwinden. Der Highway verläuft jedoch durch ein kleines Tal, so ist der Anstieg nicht besonders steil und wir fahren gemütlich bergauf. Viel Verkehr gibt es hier ohnehin nicht und wir können unsere Aufmerksamkeit sogar größtenteils den schönen Ausblicken auf die umliegenden Berge widmen.

Während der kleinen Pausen hält Hertha uns ordentlich auf Trab und piepst wie ein Weltmeister. Mittlerweile wachsen ihr immer mehr weiße Federn und sie ist den ganzen Tag hungrig. Da wir sie in den Pausen immer möglichst viel laufen lassen wollen, stellen wir uns etwa fünf Meter voneinander entfernt auf und rufen sie abwechseln zu uns. Sofort flitzt sie mit weiten Sprüngen und Unterstützung ihrer kleinen Flügel zwischen uns hin und her. »Gut, dann kann sie gleich im Korb wieder ordentlich schlafen«, stellen wir zufrieden fest. Es gibt noch ein paar Haferflocken mit Sojagranulat für sie, dann fahren wir weiter. Wir haben im Moment wirklich die tollsten Tage auf unserer gesamten Reise. Alles ist so schön, – die Menschen, Hertha, die Landschaften, das Radfahren und unsere Teamarbeit!

Gegen Mittag haben wir die 1000 Höhenmeter zum Pass geschafft und vor uns liegt eine wunderbare lange Abfahrt auf bestem Asphalt. Bei einem Rastplatz setzen wir uns in den Schatten und essen zum Mittag die restlichen Spaghetti von gestern. Plötzlich klingelt mein Telefon. »Oh, schau mal, Mehmet ruft an!«

»Hello, Mr. Michel! Hier ist Mehmet, vom Ende der Welt!«, schallt es aus dem Hörer.

Ich telefoniere ein bisschen mit ihm und erzähle, wo wir uns gerade befinden und wie wir gefahren sind. Mehmet hat für uns einen Host in Isfahan organisiert und möchte nur nochmal kurz bestätigt haben, dass wir dort wirklich hinfahren. Nach dem Telefonat schickt er uns die Nummer von Septima, unserer Gastgeberin in Isfahan. Wunderbar, wie das hier im Iran funktioniert. Wir füllen unsere Wasserflaschen auf und schwingen uns dann wieder auf die Räder, zurück auf den Highway. Es geht durch weite Wüstenlandschaften, in der Ferne sind links und rechts die Ausläufer der Berge zu sehen. Eine ziemlich beeindruckende Landschaft.

Auf einmal wird die Idylle jedoch unterbrochen und wir werden von einem alten, lila VW Bus überholt – Modell T1. Die drei Jungs, die in der Fahrerkabine sitzen, winken uns kräftig und lachend zu, fahren noch ein Stückchen weiter und halten auf dem Seitenstreifen an. Sie sprechen leider nicht so viel Englisch und die Kommunikation lässt zu wünschen übrig, aber wir können ein wenig über ihre Mission herausfinden. Unter dem Namen »Unicorn Café«, also »Einhorn Café« auf Deutsch, fahren sie mit ihrem lila Bus durch den Iran.

Im Kofferraum befindet sich eine voll funktionsfähige, professionelle Kaffeemaschine und wo immer sie anhalten, verkaufen sie Kaffee. Jetzt sind sie gerade auf dem Weg nach Isfahan, dort gibt es wohl eine kleine Veranstaltung wo sie Kaffee verkaufen können. Es scheint jedoch ein paar Probleme zu geben und so können wir leider keinen lila Einhorn Kaffee probieren. Dafür bieten sie uns aber zwei Frucht-Smoothies an, die wir ebenso dankend annehmen und genüsslich trinken, während wir uns mit den Dreien unterhalten.

Die Jungs kommen gerade aus Richtung Teheran und sind begeistert von unserer Reise. Sie flippen förmlich aus, als wir erzählen, dass wir den ganzen Weg von Deutschland mit dem Fahrrad gefahren sind. Ebenso fasziniert sind wir von ihrer Idee, mit dem Bus kreuz und quer durch den ganzen Iran zu fahren und Kaffee zu verkaufen. Der alte VW ist hervorragend restauriert und das ganze Konzept sieht echt genial aus. Der Bus ist unten herum komplett lila, das obere drittel ist weiß und an den Seiten befinden sich ein paar Illustrationen, sowie der große Schriftzug »Hello, I'm a Unicorn«. Nachdem wir etliche Fotos gemacht haben, tauschen wir noch unsere Instagram-Profile aus, dann fahren wir alle weiter in Richtung Isfahan. Für uns steht morgen allerdings noch eine Etappe an, ehe wir dort ankommen.

DIE FAHRRADSTADT ISFAHAN

In einem kleinen Park am Rande der Stadt Isfahan sitzen wir gemeinsam mit Hertha auf dem Rasen und warten auf unsere Gastgeberin Septima.

Ein paar Katzen schauen uns dabei aufmerksam zu, wir hingegen halten die Katzen aufmerksam in unserem Blickfeld, während wir Hertha nicht zu weit weglaufen lassen. Nach einiger Zeit taucht Septima dann auf und begrüßt uns herzlich. »Kommt, lass uns zu mir nach Hause gehen!«, sagt sie fröhlich zu uns und so laufen wir gemeinsam ein paar hundert Meter zu ihrem Zuhause. Septima ist Mitte 30 und wohnt gemeinsam mit ihrem jüngeren Bruder Said und ihren Eltern in einer geräumigen 4-Zimmer Wohnung. In der Wohnung angekommen, reißt sie sich das Kopftuch herunter und entblößt ihre kurzen, schwarzen Haare. »Ich hasse dieses Teil!«, ruft sie laut aus. Auch die Mutter trägt kein Kopftuch und so nimmt auch Olga erleichtert ihr Tuch vom Kopf. Beim gemeinsamen Mittagessen lernen wir die Familie näher kennen und erzählen über unsere Erlebnisse im Iran. Septima fährt selbst auch leidenschaftlich Fahrrad und war vor einiger Zeit mit einer Freundin auf Radreise im Norden des Irans. Dort haben sie dann eine Nacht bei Mehmet geschlafen, so kam der Kontakt für uns zustande. Nach dem Essen fahren wir sofort mit Septima und ihrem Bruder Said mit dem Auto in die Stadt. Wir sehen überall Radfahrer, abgestellte Fahrräder, Skulpturen mit Fahrrädern und auch diverse Radwege. An einer Ecke sehen wir sogar eine Fahrradstation, an der man sich für 1000 Rial (etwa 2 Cent) pro Stunde ein Rad ausleihen kann. Septima erklärt uns stolz, dass Isfahan eine der besten Städte im Iran sei, um Fahrrad zu fahren. »Die Stadtverwaltung möchte das Radfahren weiter unterstützen und mehr Leute auf die Räder bringen«, erklärt sie uns stolz.

»Ich selber fahre auch viel Fahrrad in der Stadt!«, fügt sie noch hinzu. Größtenteils sehen wir ältere Räder aus China, die hier definitiv das Stadtbild prägen, aber wir sehen auch viele moderne Mountainbikes und Citybikes, ebenfalls aus China. Insbesondere die Leihräder sind moderne Citybikes mit ordentlicher Gangschaltung. Wir sind echt happy, so eine Entwicklung hier zu sehen, da wir z.B. in Teheran wirklich schockiert waren, wie schlecht dort die Radinfrastruktur ausgebaut ist.

Said ist aus gesundheitlichen Gründen nicht in der Lage, Fahrrad zu fahren und deswegen erkunden wir die Innenstadt jetzt zu Fuß. Zuerst schauen wir uns eine alte armenische Kirche an und sind fasziniert von den Abbildungen von Jesus und seinen Jüngern. So etwas haben wir im Iran wirklich nicht erwartet. Allerdings muss man dazu sagen, dass die Kirche jetzt nur noch als Museum dient und Gottesdienste hier nicht abgehalten werden dürfen.

Durch die Stadt verläuft ein riesiger Fluss, der Zayande. Aufgrund der Übernutzung des Wassers, ist er allerdings einen Großteil des Jahres ausgetrocknet. So haben wir einen bizarren Ausblick auf die wundervolle, knapp dreihundert Meter lange Si-o-se-Pol Bogenbrücke, die sich über das staubtrockene Flussbett erstreckt. Die Brücke ist für den Autoverkehr gesperrt und somit ist sie ein beliebter Ort für Spaziergänger und Fotografen. In 33 Bögen zieht sie sich über den Flusslauf und dient seit über 400 Jahren als Verbindung zwischen den beiden Ufern. Überall sind Straßenhändler, die kleine Snacks verkaufen und in diversen kleinen Teehäusern, unter dem Brückendach, kann man Tee trinken und sich von der Atmosphäre verzaubern lassen. Mittlerweile ist es schon dunkel und durch die Beleuchtung der Brücke ergibt sich ein wirklich grandioses Fotomotiv, was wir ausgiebig ausnutzen, ehe wir uns zu Fuß auf den Weg zum Platz des Imams machen, die Hauptsehenswürdigkeit der Stadt.

Als wir durch einen dunklen Park laufen, werden wir von ein paar wild aussehenden Gestalten angesprochen: »Hey, kommt zu uns, wir haben Whiskey!« Lachend lehnen wir ab und Septima erklärt uns, dass man in diesem Park wirklich alles kaufen kann, was man möchte. »Sicher ist es hier aber trotzdem«, fügt sie schnell hinzu, als wir etwas skeptisch schauen. Entlang verschiedener kleiner Straßen und ein paar Basaren laufen wir langsam auf den Platz des Imams zu. Je näher wir kommen, desto mehr Menschen sind auf den Straßen und überall gibt es kleine Teeläden, Souvenirstände und

verschiedene Snacks und Süßigkeiten. Durch einen großen Bogen betreten wir den Platz und sind sofort überwältigt von den Ausmaßen.

Mit etwa 9 Hektar ist er immerhin auch einer der größten Plätze der Welt! Der Platz wurde in der Geschichte als Marktplatz, Gerichtsort, Spielfeld und Festplatz genutzt und ist heute vor allem sozialer Treffpunkt. Der Platz ist umgeben von einem Palast, einer Moschee und einem Basar. Der Basar ist in den zweistöckigen Arkaden, die den gesamten Platz umrahmen, integriert. Man findet hier verschiedene Handwerkskunst, Süßigkeiten, Gewürze und Klamotten. Wir schlendern über den Platz, machen viele Selfies mit den neugierigen Iranern und kaufen uns einen kleinen Snack. Es gibt Asch, einen Gemüse-Bohneneintopf mit Brot, den wir mit Ausblick auf die Arkaden und das bunte Treiben genießen. Danach laufen wir noch etwas durch die langen Arkaden und schauen uns die verschiedenen Waren der Händler an.

Irgendwann machen wir uns auf den Weg zurück nach Hause. In einer wilden, da vor allem schnellen, Autofahrt geht es zurück zum Appartement der Familie. Septima dreht das Radio auf volle Lautstärke und wir singen gemeinsam iranische Popmusik aus dem Radio mit, oder versuchen es zumindest. Jedenfalls treffen wir den Refrain schon ganz gut, der anscheinend nur aus den Wörtern »Ih, Ih« zu bestehen scheint.

Zurück im Appartement ist es schon 10 Uhr abends und langsam machen wir uns bereit für das Abendessen. Für uns ist es immer noch ungewohnt, so spät zu Abend zu essen, aber Septima versichert uns, dass sie extra wegen uns früher essen. Normalerweise gibt's das Abendessen erst gegen 11 oder manchmal auch um 12 Uhr! Septimas Mutter hat unser iranisches Lieblingsgericht gekocht – Spaghetti mit Sojabolognese und dazu, wie immer, eine riesige Schüssel Salat aus verschiedenem Grünzeug. Wir setzen uns mit der ganzen Familie an den Tisch, fangen an zu essen und tauschen uns weiter mit Septima über die Stadt und die Möglichkeiten, das Fahrradfahren weiter voranzubringen, aus.

Hertha hat den Tag über zufrieden in ihrem warmen Korb geschlafen und als wir nachschauen, wie es ihr geht, schläft sie immer noch. So legen wir uns auch ins Bett und schlafen mit gut gefüllten Bäuchen ein.

Zum Frühstück gibt es Linseneintopf mit Brot und eine große

Tasse stark gezuckerten schwarzen Tee. Danach gehen wir mit Hertha hinaus in den Park, wo wir gestern auch schon mit ihr gespielt haben. Wieder müssen wir auf die Katzen aufpassen, während wir mit ihr durch den ganzen Park laufen. Sie ist noch so klein und es ist sieht einfach so süß aus, wenn sie versucht, so schnell wie möglich, zu uns zu rennen. Eine Kombination aus Flügelschlag und weiten Schritten mit ihren kleinen Beinchen. Ungefähr eine Stunde später laufen wir zurück zum Appartement und legen Hertha zurück in ihren Korb. Nach einem kurzen Moment schläft sie wieder zufrieden ein.

Gemeinsam mit Septima fahren wir dann noch einmal zum Imam-Platz und lassen die morgendliche Atmosphäre auf uns wirken. Viele junge Leute, Familien und Männergruppen, schlendern über den Platz, machen Fotos oder sitzen auf den kleinen Rasenflächen, um sich zu unterhalten. Auch jetzt finden wir eine sehr friedliche und gemütliche Grundstimmung vor. Mit einer Gruppe von gut gestylten und modisch angezogenen jungen Männern kommen wir ins Gespräch. Sie sagen, dass Deutschland super sei, sie hingegen noch viel zu tun hätten im Iran. Die Regierung sei unerträglich und es wäre definitiv Zeit für eine neue Revolution, stimmen sie überein. Wieder sind wir gleichzeitig fasziniert und traurig über das Doppelleben, welches viele Iraner offenkundig führen müssen. Die Regierung greift bei Protesten und Einzelpersonen, die sich negativ äußern, extrem stark durch und verhaftet diese sofort. Da es im Iran noch ein ziemlich veraltetes Rechtssystem gibt und es z.B., wie bereits erwähnt, noch Peitschenhiebe als Strafe gibt, müssen die Leute wirklich vorsichtig sein. Umso erstaunter sind wir, wie oft sich die Menschen negativ gegenüber ihrer Regierung äußern. Wir begreifen, wie mutig diese Iraner sind, wenn sie das Risiko und die drohenden Strafen auf sich nehmen, damit sie folgenden Generationen eine bessere Zukunft geben können.

Zum Mittagessen fahren wir dann wieder nach Hause, da Septima jetzt zur Arbeit muss. Sie arbeitet in einer Softwarefirma als Informatikerin und kann sich ihre Zeit ein bisschen frei einteilen. Wir widmen uns in der Zeit dann auch einer wichtigen Aufgabe, nämlich Olgas kaputter Bremse. Als diese vor ein paar Wochen kaputt gegangen ist, haben wir uns direkt umgeschaut, wo wir sie reparieren könnten.

Telegram ist neben Instagram das zweitbeliebteste soziale Netzwerk im Iran und es gibt hier unendlich viele Gruppen. Unter anderem auch eine Fahrradgruppe, in der sich Radfahrer aus dem ganzen Iran über Tipps und Probleme austauschen. Wir haben damals in dieser Gruppe gefragt, ob jemand wisse, wo wir unsere Bremse reparieren könnten. Ziemlich schnell haben wir seinerzeit eine Antwort von Reza aus Isfahan bekommen. Er könne unsere Bremse reparieren und wir sollten einfach zu ihm kommen, wenn wir Isfahan erreichen.

Genau das machen wir jetzt. Wir schwingen uns auf unsere Räder und fahren zu zweit zurück in die Stadt, zu der Wohnung von Reza. Freundlich werden wir von ihm, seiner Mutter und seiner Schwester begrüßt und bekommen gleich einen Tee angeboten. Dann schaut er sich die Bremse an und meint, dass er morgen Zeit habe, sie zu reparieren. Jetzt würde er aber gerne noch etwas Zeit mit uns verbringen und er fragt uns, ob wir Lust haben, gemeinsam zu einem Freund von ihm zu fahren. Natürlich stimmen wir zu und fahren schon bald zu dritt durch die kleinen Gassen der Innenstadt von Isfahan. Wie erwartet, kommen wir mit unseren Rädern super durch den Verkehr und es bringt richtig Spaß, hier mit dem Fahrrad zu fahren. In einer kleinen Töpferei, im Hinterhof eines Wohnungsblocks, treffen wir ein paar Freunde von Reza. Sie fragen uns aus, was wir denn schon alles in Isfahan gesehen haben und bald steht fest, dass wir ja noch unbedingt zu dem Soffeh-Park müssten, der am Rande der Stadt an einem Berghang liegt. »Von dort gibt es einen super Ausblick auf die Stadt, habt ihr Lust?«, fragt uns Reza und natürlich stimmen wir auch hier zu. Es dauert noch ein bisschen, bis wir loskommen, da wir noch auf ein paar andere Freunde und vor allem auch auf Septima warten. Am frühen Abend fahren wir dann in zwei Autos mit der ganzen Gruppe zum Park und genießen die wunderbare Aussicht auf das Lichtermeer der Stadt Isfahan und trinken gemeinsam einen heißen Tee in der kühlen Abendbrise.

DIE WILDEN 70ER

Gegen 21 Uhr kommen wir dann wieder bei Septimas Familie an und auch ihre Oma ist gekommen, um uns zu sehen. Sie spricht ein bisschen Englisch, da sie in Abadan, einer der wichtigsten Öl-Städte des Irans aufgewachsen ist. Als 1908 erstmals im Iran Öl entdeckt wurde und kurz darauf BP als anglo-persisches Unternehmen gegründet wurde, kamen viele Arbeiter aus Großbritannien in den Iran.

Lächelnd erzählt sie uns von dem Haus ihrer Eltern, in dem sie in den 50er-Jahren zwei Zimmer an englische Arbeiter vermietet hatten. Mit leuchtenden Augen erinnert sie sich vor allem an ein Paar; Mrs. Helena und Mr. Clinton. Mit den beiden lernte sie als junge Frau ein bisschen Englisch, hat es aber seitdem kaum mehr gesprochen. Umso fröhlicher ist sie also jetzt, mit uns reden zu können und ihre Geschichten zu erzählen. Nach dem Essen setzen wir uns gemeinsam um ein Fotoalbum der Familie und schauen uns Bilder einer vermeintlich fremden Welt an. Das dicke Buch fängt irgendwo in den 70er-Jahren an und wir sehen vor allem eins: Junge, modisch gekleidete Menschen. Die Bilder der Familienfeste wirken modern und aus einem anderen Land. Vielleicht sind das doch Bilder aus den wilden 70ern in den USA? Die Frauen tragen kurze, gestreifte Miniröcke und gemusterte Kleider, die Männer zum Teil Anzüge, zum Teil karierte Hemden und Sonnenbrillen. Und am wichtigsten, die Frauen tragen natürlich keine Kopftücher. »Es gab damals einen richtigen Aufschwung!«, erzählt sie uns schwärmend. »Internationale Modedesigner strömten in unser Land und Teheran wurde so etwas wie eine Hauptstadt der Mode. Wir fingen alle an, uns diese neuen modernen Kleider und Klamotten zu kaufen!«

Auf der nächsten Seite sind Bilder von einem Strandtag am Persischen Golf zu sehen. Frauen in knappen Badeanzügen und muskulöse Männer in Badeshorts stehen und sitzen an einem wunderschönen Sandstrand. Dann die Bilder der Hochzeit der heutigen Großeltern. Eine ausgelassene Party, mit Tanz, Gesang und vielen lachenden Menschen. Auf einem Bild posiert das Brautpaar mit 0,3 l Coca-Cola Glasflaschen lächelnd in die Kamera. Wir können nicht glauben, wie westlich dieses Land damals war. Gemeinsam blättern wir durch die Alben und erst ab 1979, dem Jahr der islamischen Revolution, fangen die Bilder an, sich zu ändern. Plötzlich tragen alle Frauen Kopftücher und die im Kapitel über Qom schon angesprochenen Tschadors. Alle Menschen blicken ernster in die Kameras und es scheint ab jetzt einfach weniger Bilder zu geben. Es sieht so aus, als sei den Menschen abrupt die Freude am Leben genommen worden.

In einem etwas neueren Fotoalbum kommen wir dann bei der Kindheit von Said und Septima an. Es gibt nun wieder deutlich mehr Fotos und es sind Familienausflüge, Feste und hübsche Porträts zu sehen. Die Menschen wirken wieder glücklicher auf den Fotos; haben sie sich mit ihrer Lage abgefunden?

Fotos haben wirklich eine starke Ausdruckskraft, wird uns beim Anschauen der Alben wieder einmal vor Augen geführt. Wer weiß, was mit den ganzen Fotos, die wir mit den Iranern in den letzten Wochen gemacht haben, einmal passieren wird. Vielleicht wird irgendeine alte Frau dann anderen Reisenden ein digitales Fotoalbum zeigen und beim Durchstöbern von den beiden verrückten Radfahrern erzählen, die damals durch ihr Dorf gefahren sind. Auf jeden Fall sind wir sehr glücklich darüber, dass die Iraner mit ihren Handys so viele Fotos machen und dabei immer ein schönes Lächeln im Gesicht haben. Das gibt Zuversicht für bessere Zeiten!

Am nächsten Tag muss Septima wieder arbeiten und so fahren wir allein in die Stadt, um uns ein bisschen umzuschauen. Zuerst begeben wir uns aber in ein kleines Café in der Nähe des Imam-Platzes, um dort ein zweites Frühstück einzunehmen. Dabei checken wir unsere Emails, schreiben noch einen Blogartikel und bekommen eine WhatsApp-Nachricht von unserem Freund Basile. Vor etwa sechs Wochen haben wir ihn mit seinem Fahrrad in Baku, der Hauptstadt von Aserbaidschan, getroffen und wir waren uns sofort sympathisch. Er ist mit seinem Rad aus Frankreich losgefahren und möchte bis nach China fahren. Jetzt schreibt er uns, dass er gestern in Isfahan angekommen sei und sein Vater ihn hier besuche. Die beiden seien gerade in der Stadt unterwegs und ob wir nicht Lust hätten, sie zu treffen. Kurzerhand schlagen wir den Imam-Platz als Treffpunkt vor und etwa 30 Minuten später fallen wir uns lachend in die Arme. Gemeinsam setzen wir uns auf die Grünflächen des Platzes und tauschen unsere Erlebnisse aus dem Iran aus. Basile hat ähnliche Erfahrungen gemacht und wir freuen und amüsieren uns über die schönen und teilweise echt witzigen Geschichten und Situationen. »Ganz am Anfang im Iran«, erzählt Basile, »Da ist mir plötzlich eine Frau hinterhergelaufen und ich habe das zuerst nicht wirklich gemerkt, da ich Kopfhörer im Ohr hatte und Musik gehört habe. Ich hatte mich vorher kurz mit ihr am Straßenrand unterhalten und bin dann weitergefahren. Etwa 500 Meter später sehe ich sie dann auf einmal neben mir rennen! Ich halte an und außer Atem, kaum mehr in der Lage zu sprechen, sagt mir die Frau, dass sie noch was für mich habe. Dann drückt sie mir einen Iran-Reiseführer in die Hand und verabschiedet sich wieder«

»Sie wollte mir echt unbedingt etwas schenken und ist einfach mal 500 Meter hinter mir hergerannt!«, schließt er seine Geschichte ab und wir können nur lachend zustimmen.

»Ja, die Iraner sind wirklich so freundlich, dass man es manchmal kaum fassen kann!« Zusammen holen wir uns an einem kleinen Imbissstand für jeden ein Falafel-Sandwich und machen noch ein paar

Bilder, auf denen wir in Gedanken an gestern extra breit lächeln. Dann ist es Zeit, sich von Basile und seinem Vater zu verabschieden. Die beiden wollen morgen früh einen Bus nach Schiras nehmen und sich die Stadt anschauen. In ein paar Tagen kommt Basile dann wieder nach Isfahan und fährt mit seinem Rad weiter Richtung Pakistan. »Mal sehen, vielleicht treffen wir uns ja noch in Yazd!«, sagen wir zum Abschied. Dann laufen wir zurück zu unseren Rädern, die wir am Rande des Platzes geparkt haben. Plötzlich kommt Basile jedoch nochmals zu uns, nimmt seine Halskette ab und überreicht sie mir. »Hier, die ist für dich!«, sagt er lächelnd.

Ich halte die Kette in der Hand und schaue sie mir genauer an. Um das dünne Band hängt eine kleine Friedenstaube. Mehr Frieden auf unserer Welt, das ist das, was wir brauchen.

ALS FRAU IM IRAN

Am darauffolgenden Morgen packen wir unsere Sachen und bereiten uns auf die Weiterfahrt vor. Drei Nächte haben wir jetzt bei Septimas Familie übernachtet, nun ist es Zeit, weiterzufahren. Wir verabschieden uns dankend, mit den besten Wünschen für die Familie. Eine sehr schöne Zeit mit spannenden Einblicken in das Leben vor der islamischen Revolution und dem heutigen Leben im Iran liegt hinter uns.

Als Septima uns nach unten bringt, treffen wir noch ihren Onkel, der gerade die Familie besuchen möchte. Er gibt mir die Hand und begrüßt mich freundlich. Ebenso reicht er Olga zunächst die Hand, zieht sie dann aber doch zurück und sagt lediglich »Hallo«. Er entschuldigt sich, dass man in seiner Kultur fremden Frauen ja nicht die Hand geben dürfe. Wir sind uns etwas unsicher, ob das Ganze nun ein Witz sein sollte oder ob er es ernst gemeint hat. Fakt ist auf jeden Fall, dass die Frauen im Iran eine ganz andere Stellung im öffentlichen und privaten Leben haben, als die Männer. Das merken wir in solchen Situationen wie jetzt wieder einmal verstärkt. Aber eigentlich begleitet uns dieser Unterschied den ganzen Tag. Angefangen natürlich bei dem Kopftuch von Olga, aber auch bei den Gruppen von Männern, die größtenteils mit mir reden und Olga eher ignorieren. Auch wenn wir eingeladen werden oder Familien begrüßen, muss ich immer darauf achten, den Frauen nicht die Hand zu geben, da es als sehr respektlos gewertet wird. Nur, wenn die Frau von sich aus die Hand gibt, darf man den Handschlag erwidern – so zumindest die Konvention.

Septima bringt uns noch mit ihrem Fahrrad an den Rand der Stadt und dann begeben wir uns auf den Weg in Richtung Yazd. Hier fangen wir noch einmal an, über die Situation mit dem Onkel zu reden und vertiefen uns in ein längeres Gespräch über Frauen im Iran. »Die erste Begegnung mit der Diskriminierung der Frauen im Iran hatten wir ja schon in der iranischen Botschaft in Kirgistan«, erinnert sich Olga. »War natürlich mit Humor gesagt, aber trotzdem, der Spruch, dass ich mir ein langes Oberteil kaufen muss, um meinen Hintern zu bedecken, ist doch irgendwo ziemlich krass!«

Olga trägt, seit wir im Iran sind, neben dem Kopftuch auch lange Oberteile, die ihre Oberarme sowie den »Hintern« bedecken. Auch die Hosen müssen lang genug sein, damit man auf keinen Fall ihre Beine in der Öffentlichkeit sieht. Jeans oder engere Hosen sind okay, solange das Oberteil lang genug ist. So lesen sich die Hinweise im Internet, wenn man nach der Kleiderordnung für weibliche Touristen im Iran googelt. Da es sich um einen so anderen Kleidungsstil handelt, als wir es in der westlichen Welt gewohnt sind, haben Touristinnen oft Schwierigkeiten, etwas Passendes zu finden. Nicht jedoch die jungen modernen Iranerinnen, die es zu einer wahren Kunst gemacht haben, die Kleiderordnung bis aufs letzte Zipfelchen Stoff zu ihren Grenzen hin auszureizen. So sieht man junge Damen, die die Kopftücher gerade noch über den Hinterkopf tragen und vorne der Großteil der Haare hinausschaut. Dazu perfekt geschnittene Mäntel oder Blusen, die mit eleganten Hosen und vor allem verschiedenen Schuhen abgerundet werden. Mehr als einmal haben wir auch gesehen, wie das Kopftuch immer mal wieder »aus Versehen« nach unten rutscht und die Frauen einfach nur mit dem Schal um den Hals umherlaufen. Fast alle jungen Frauen, die wir getroffen haben, sagten uns, dass sie das Kopftuch hassen würden. Trotzdem sind sie gezwungen, es zu tragen und, als einziges Land weltweit, gilt dies auch für jede nicht-iranische Frau, die den Iran besucht. Olga ist von der Kleiderordnung natürlich auch genervt und bedrückt, aber sie nimmt es hin, da wir zu Besuch sind und wir uns nun mal an die Konventionen des Landes halten müssen.

Um zu überprüfen, dass diese Regeln und Konventionen von allen eingehalten werden, macht die sogenannte »Sittenpolizei« immer wieder Kontrollen. Die Männer sind überall, meistens in Zivil. Sobald eine Frau sich nicht den Konventionen entsprechend verhält, kleidet oder artikuliert, wird sie von der Polizei angehalten. Dies geschieht natürlich meistens in den Großstädten und vor allem an den wichtigen religiösen Orten. Insgesamt werden pro Jahr über drei Millionen Frauen von der Sittenpolizei zurechtgewiesen. Oft bleibt es bei Verwarnungen, aber je nach Vergehen gibt es auch härtere Strafen wie Gefängnis oder Peitschenhiebe.

Insbesondere über das Internet vernetzen sich die jungen Menschen aber mehr und mehr und kämpfen gemeinsam für ein freies Land, in dem moderne Menschenrechte in Kraft treten. Bis dahin gelten im Iran weiterhin zum Beispiel folgende Gesetze:

- Frauen und Männern ist es verboten, auf privaten Partys gemeinsam zu tanzen.
- In Bus und U-Bahn müssen Frauen in einem separaten Abteil sitzen.
- Frauen müssen sich der Kleiderordnung anpassen und ein Kopftuch tragen.
- Vor Gericht ist die Aussage einer Frau nur halb so viel Wert wie die eines Mannes.
- Frauen dürfen ohne Zustimmung ihres Mannes nicht verreisen.
- Frauen können sich nicht ohne weiteres scheiden lassen, Männer schon.
- Männer dürfen ihre Frauen schlagen, sofern sie Ungehorsam befürchten.

Das Gesetz, dass Frauen der Zugang zu Sportstadien verboten ist, wurde im Oktober 2019 bei einem Qualifikationsspiel zur Fußball WM 2022 erstmals aufgehoben.

Es gibt also durchaus Protestbewegungen im Iran und vor allem auch von Iranern, die außerhalb des Landes im Exil leben, werden die Forderungen nach Besserung lauter. So gibt es seit Mai 2017 die sogenannten »Weißen Mittwoche«. Alle Frauen und auch Männer werden dazu aufgerufen, am Mittwoch etwas Weißes zu tragen, um ihren Protest gegen die Kleiderordnung zu verdeutlichen.

Gestartet wurde diese Aktion durch ein Video von einer Frau, die mitten in Teheran ohne Kopftuch an einer Straßenecke stand. Im Video sieht man, wie sie ein weißes Kopftuch an einen Stock gebunden hat und es wortlos, wie eine Fahne, durch die Luft schwingt. Das Video ihres stillen Protestes breitete sich viral aus und startete eine riesige Protestwelle. Die Frau wurde nach kurzer Zeit zu zwei Jahren Haft verurteilt, aber der Protest lebt weiter. Viele Iranerinnen sind ihrem Beispiel gefolgt und haben ähnliche Videos von sich ins Netz gestellt.

Auf Instagram wird ebenso gegen das Radfahrverbot für Frauen protestiert. Das Verbot trat 2016 in Kraft, wird dabei jedoch von Region zu Region anders umgesetzt. So wird in religiösen Städten wie Qom oder Maschad stark darauf geachtet und es ist den Frauen absolut verboten, dort Rad zu fahren. In Städten wie Isfahan haben wir dagegen viele Frauen auf dem Rad gesehen. Das Gesetz wird hier definitiv anders ausgelegt. Aber alleine der Umstand, dass ein solches Gesetz existiert, ist mehr als Grund genug, für eine Gleichberechtigung zu protestieren.

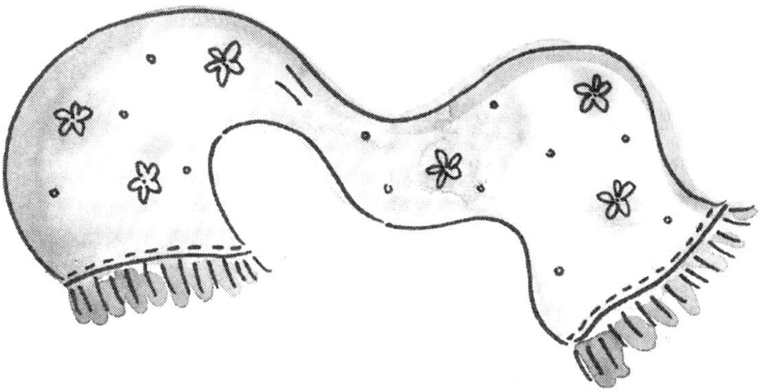

Ebenso wollen wir hier auch nochmals ansprechen, dass es für die meisten Familien, bei denen wir untergekommen waren, selbstverständlich war, dass Olga ihr Kopftuch im Haus abnimmt. Es tut sich also etwas und mehr und mehr Menschen stehen im Iran gegen die Ungerechtigkeiten gegenüber Frauen auf.

Während wir uns darüber unterhalten, fahren wir auf einer einsamen Straße in Richtung Osten in die Wüste. Es ist fast nichts los auf der Straße, aber als wir an einem Militärstützpunkt vorbeifahren, überholt uns ein Polizeiauto und schert nach rechts aus auf den Seitenstreifen. Zwei Polizisten steigen aus und entschuldigen sich, dass sie uns anhalten, aber sie müssten jetzt unsere Pässe kontrollieren. Wir händigen ihnen unsere Reisepässe aus und warten einen kurzen Moment ab. Es folgen noch die Fragen, wo wir herkommen und jetzt hinfahren, dann dürfen wir weiter.

Fast zumindest, denn 50 Meter weiter halten die beiden uns noch einmal an und fordern erneut unsere Pässe. Diesmal schreiben sie sich alle möglichen Daten ab und sogar die Nummern von einem Aufkleber aus der Visa-Verlängerung in Teheran werden notiert. Olga scherzt, dass die Nummern das Einzige wären, was die beiden in unseren Pässen lesen könnten, weshalb sie unbedingt notiert werden müssten.

HALLO, WIR SIND DIE GEHEIMPOLIZEI

Hinter ein paar Büschen, relativ nahe zur Straße, bauen wir unser Zelt auf und spielen in den letzten hellen Minuten des Tages noch mit Hertha. Sie hat uns mittlerweile zu 100% als ihre Eltern angenommen und hüpft freudig zu uns, wenn wir sie rufen oder wenn es etwas zu essen gibt! Nachts nimmt Olga sie weiterhin mit in ihren Schlafsack, damit sie es schön warm hat. Diese Aufgabe habe ich direkt abgelehnt, da ich Angst hatte, mich nachts zu sehr zu bewegen und über sie zu rollen. Olga hat definitiv den ruhigeren Schlaf.

Vor uns liegen nun die Ausläufer der Wüste. Zuerst noch etwas steinig, aber schon bald wird es sandiger und es sind keine Bäume oder Büsche mehr zu sehen. Es ist staubig und am Straßenrand stehen leblose braune Lehmhütten. Überall liegt Müll herum und es stinkt nach Abgasen. Das erste Mal fahren wir im Iran durch wirklich traurige und triste kleine Dörfer. Ein krasser Kontrast zu den modernen Häusern, die wir gestern noch in Isfahan gesehen haben. Dennoch sind die Menschen hier fröhlich und freundlich zu uns. Ein zahnloser alter Mann hält auf seinem Traktor an und lächelt uns überschwänglich zu, als er uns zwei Granatäpfel reicht. Dann tuckert er mit seinem qualmenden alten Traktor aus dem letzten Jahrhundert weiter. Auch wir setzen uns wieder auf die Räder und fahren in eine kleine namenlose Stadt, um dort unsere Wasservorräte aufzufüllen. Die Stadt ist umringt von unzähligen Taubentürmen und da wir nicht genau wissen, wofür diese gut sind, fragen wir einfach mal im Internet nach.

»In den Türmen werden die Tauben gefüttert und dann wird ihr Kot gesammelt, um damit die Felder zu düngen«, lese ich von meinem Smartphone ab. »Auch für die Lederindustrie und zur Schießpulverherstellung wurde der Kot verwendet. Heute braucht man die

Tauben allerdings nicht mehr, da die Bauern jetzt auf chemischen Dünger zurückgreifen«

Hinter der Stadt fahren wir an ein paar besonders großen und schönen Türmen vorbei und erfreuen uns an den Taubenschwärmen, die nach wie vor die Lüfte besiedeln – echt idyllisch.

Am nächsten Tag kommen wir in Varzaneh an, der letzten Stadt vor der etwa 200 km langen Wüstendurchquerung bis nach Yazd. In den kleinen Geschäften füllen wir unsere Vorräte an Reis, Haferflocken, Brot, Spaghetti, Soja-Bolognese-Konserven, Karotten, Zwiebeln, Datteln, Obst und Wasser auf. Die Stadt wirkt sehr ursprünglich und man hat das Gefühl, eine kleine Zeitreise gemacht zu haben. Die eingeschossigen Häuser sind allesamt aus Lehm gebaut und haben wunderschöne Verzierungen aus blau gebrannten Kacheln. In kleinen Ständen am Straßenrand preisen Obstverkäufer ihre Waren an. Aus der Bäckerei mit glühendem Steinofen duftet es nach frischem Brot und ein paar Katzen planen einen gemeinsamen Angriff auf die Metzgerei. Dieser wird jedoch gerade noch von deren Besitzer mit einem langen Besen verhindert. Es herrscht reges Treiben auf den Straßen und wir fügen uns diesem ganz ein. Olga verhandelt die besten Preise beim Obstverkäufer, während ich mit den Männern spreche und dabei nach den besten Wegen durch die Wüste frage. Die Antwort ist jedoch klar: Es gibt nur eine Straße von hier nach Yazd. Nichts desto trotz bekommen wir noch den wertvollen Tipp, dass es in der etwa 60 km entfernten alten Karawanserei noch immer eine Wasserquelle gebe.

Gut mit Proviant für die Wüstendurchquerung ausgestattet, machen wir uns dann auf den Weg und schon bald verschwinden die letzten Sträucher und wir befinden uns in der Sandwüste. Noch ein paar Kilometer weiter und es herrscht auch die wüstentypische Totenstille. Kein Laut ist zu hören, außer dem leisen Piepsen von unserer kleinen Hertha. Wir beschließen, in einem verlassenen Dorf aus Lehmhütten Mittagspause zu machen und lassen Hertha auf eigene Faust die Gegend erkunden. Danach geht es weiter auf der einsamen Straße und vor uns taucht am Horizont ein einsamer schwarzer Berg auf. Was für eine Kulisse, wir fühlen uns wie in Tolkiens »Der kleine Hobbit« auf dem Weg zum einsamen Berg. Der schwarze Berg kommt immer näher und bildet einen unglaublichen Kontrast zu der golden schimmernden Wüste – einfach wunderschöne Landschaften! Wir lassen den Berg jedoch schon bald hinter uns und es geht weiter leicht bergauf. Dadurch schaffen wir nicht so viele Kilometer, wie wir geplant haben, aber da wir nicht wirklich Zeitdruck haben, ist das nicht weiter schlimm.

Etwa 200 Meter von der Straße entfernt schlagen wir unser Nachtlager auf. Wir sind mitten in der einsamen Wüste und im Umkreis von etwa 40 km dürften wir die einzigen Menschen hier sein – ein tolles Gefühl! Es zieht ein leichtes Unwetter auf und es fängt an zu regnen. Der Regen tropft kontinuierlich auf das Zelt und wir können zunächst nicht einschlafen. Aber wir sind nicht zu traurig darum, denn in der Wüste zu zelten, ganz allein zu sein und dabei auch noch Regen zu haben, ist schon wirklich etwas sehr Besonderes! Trotzdem sind wir froh, dass der Regen nicht zunimmt und nach ein paar Stunden ganz aufhört, so dass wir in Ruhe schlafen können und uns für den nächsten Tag ordentlich erholen.

Morgens ist es windig und echt ziemlich frisch. Ehrlich gesagt haben wir nicht erwartet, dass es im Iran so kalt werden kann. Aber es ist mittlerweile Ende November und der Winter kündigt sich deutlich an. Das Thermometer zeigt 3°C an, während wir in unseren Schlafsäcken frühstücken und abwarten, bis die Sonne ein wenig höher steht. Langsam wird es etwas wärmer, aber der Wind bleibt und so wird Hertha hin und her geweht, während wir unser Zelt abbauen. Olga nimmt sie jedoch nach ein paar Minuten wieder in ihre Jacke, um sie warmzuhalten. Zurück auf der Straße, überholt uns ein weißer Pickup-Truck und hält an. Der Mann spricht wenig Englisch, aber er fragt, ob wir Hilfe bräuchten.

»Nein danke, wir haben alles«, antworten wir ihm.

Die nächsten Fragen verstehen wir beide nicht so richtig, da der Mann mit starkem Akzent spricht und sowieso nur wenige englische Vokabeln kennt. Als wir immer wieder sagen, dass wir ihn nicht verstehen, fragt er nur verwundert, ob wir denn kein Englisch sprechen würden? So kann man es natürlich auch sehen! Ein paar Minuten später überholt uns wieder ein Auto und auch diesmal hält der Fahrer an. Zwei Männer steigen aus und begrüßen uns freundlich.

»Hallo! Alles okay bei euch? Wir sind die Geheimpolizei, wir sorgen hier für die Sicherheit!«, erklärt einer der beiden sichtlich stolz.

Perplex antworte ich, dass alles okay sei.

»Woher kommt ihr?«

»Aus Deutschland und jetzt gerade aus Isfahan«

»Habt ihr hier gerade einen weißen Truck langfahren sehen?«

»Ja, vor ein paar Minuten«, antworte ich etwas verunsichert.

»Okay, danke! Entschuldigt die Störung!«

Verwundert lassen uns die beiden am Straßenrand stehen, als sie mit durchdrehenden Reifen weiterfahren.

Diskutierend, wer hier was verbrochen hat, fahren wir weiter durch die nun wieder einsame Wüste. Um die 30 Minuten später kommen die beiden vermeintlichen Geheimpolizisten uns wieder entgegen und halten erneut an.

»Hallo, wir sind die Geheimpolizei!«, wiederholen sie ihren merkwürdigen Gruß.

»Hallo, wissen wir schon!«, antworten wir grinsend.

»Mein Boss würde gerne ein Bild von euch machen, ist das okay?«

»Ein privates Bild oder wofür braucht ihr das?«, antworte ich dem Mann misstrauisch.

»Nein, ein privates«, versichert er uns daraufhin.

Beide haben Hemden an und einen kurzen, schwarzen Vollbart. Einer trägt eine Sonnenbrille und irgendwie sehen sie schon so aus, als könnten sie von der Geheimpolizei sein. Aber welche Geheimpolizei ist so dämlich und begrüßt einen mit den Worten »Hallo, wir sind die Geheimpolizei!«?

Wir stellen uns zu dritt für ein Foto auf und der zweite Geheimagent knippst uns ein paarmal.

»Seid ihr mit der Sicherheit hier zufrieden?«, fragt der Fotograf uns.

»Ja, alles bestens, wir hatten bisher keine Probleme im Iran«

»Sehr gut, sehr gut! Braucht ihr noch Wasser oder etwas zu essen?«

»Danke, wir haben alles!«

Als wir nach ein paar Minuten von einem LKW-Fahrer zu einem Tee eingeladen werden, fangen wir langsam an, unsere ausführlich geplanten Vorkehrungen für Proviant und Wasser in Frage zu stellen. Man kann hier unter keinen Umständen verdursten oder verhungern. Einfach jeder lädt uns zu Essen und Trinken ein! Aber lieber haben wir natürlich zu viel als zu wenig dabei!

Ein Stückchen weiter taucht vor uns dann die Silhouette der in Varzaneh angekündigten alten Karawanserei auf. Ein Gebäude oder eher eine Art Festung, welche in vergangenen Zeiten Schutz für Karawanen geliefert hat. Die Karawanen konnten hier rasten, Proviant und Wasser auffüllen, Handel mit anderen Karawanen treiben und

sich über Routen, gefährliche Räuberbanden oder aufkommende Sandstürme austauschen. In der Mitte des viereckigen Grundrisses ist ein großer Platz von etwa 50x50 Metern und die Wasserquelle. Um diesen Platz herum sind kleine Schlafräume, Stallungen, Lagerräume und die Küche angeordnet. Die gesamte Karawanserei ist von einer großen Mauer umgeben, die lediglich durch das Eingangstor unterbrochen ist. Bei eintretenden Sandstürmen oder angreifenden Räuberbanden, waren die Menschen hier gut geschützt und konnten mit den Vorräten mehrere Wochen abwarten.

Ausgiebig erkunden wir die alten Ruinen und sind ein bisschen stolz, an diesem wichtigen Rastort aus alten Zeiten mit unseren Fahrrädern angekommen zu sein. Wir genießen diese einmalige Atmosphäre, während wir ein paar süße Datteln zu Mittag essen. Unglaublich, wie schnell sich die Welt verändert hat, stellen wir andächtig fest. Noch vor ein paar hundert Jahren war die einzige Möglichkeit, die Wüste hier zu durchqueren, sich einer Karawane anzuschließen. In der Karawanserei herrschte vermutlich ein reges Treiben mit hunderten von Menschen und ebenso vielen Kamelen. Heute sitzen wir allein in den Ruinen und lesen die Geschichte dieses Ortes im Internet nach.

Hinter der Karawanserei wird es etwas bergiger und es tauchen wieder ein paar vertrocknete Sträucher am Wegesrand auf. Aus der guten Asphaltstraße ist mittlerweile eine Schotterpiste geworden, aber der Weg ist einer der schönsten, den wir auf unserer gesamten Reise bisher gefahren sind. In der Ferne sind vereinzelte Berge zu sehen, bis dorthin erstreckt sich die braune Wüste und wir sind komplett alleine in dieser unwirklichen Landschaft.

Es dauert jedoch nicht sehr lange und die Landschaft ändert sich wieder rapide. Die Berge sind jetzt dichter beieinander und über ihnen hängen schwarze Staubwolken. Die Straße ist wieder asphaltiert und überall liegt Müll herum. Wir scheinen uns wieder der Zivilisation zu nähern, aber was hat dieser schwarze Staub zu bedeuten? Es sieht fast so aus – und Achtung, hier kommt die zweite Herr-der-Ringe-Analogie –, als würden wir nach Mordor fahren.

Nach ein paar Kilometern sehen wir dann die Ursache für die Unmengen an Staub, die fast einem Sandsturm ähneln. Eine riesige Minenanlage, auf der ebenso riesige Bagger und LKWs hin und herfahren und Gestein aus den Bergen lösen. Es geht leicht bergab, als wir durch die »Hauptstaubwolke« fahren und wir versuchen so lange wie möglich, die Luft anzuhalten. Aber die Staubwolke ist mehrere Kilometer lang und so behelfen wir uns damit, unsere Pullover über den Mund zu ziehen und so zu atmen. Hertha ist gut durch meinen Regenponcho geschützt, den wir seit ein paar Tagen um ihren Korb gewickelt haben, um sie warm zu halten.

Nach ein paar Kilometern leichter Bergabfahrt ist es geschafft. Am Ende der Anlage sehen wir das Verwaltungsgebäude und fahren direkt darauf zu, um uns Wasser zu besorgen. Die Jungs dort sind superfreundlich und lassen Olga bereitwillig unseren 10 Liter-Wassersack auffüllen. Dann fahren wir schnell weiter, um so viele Kilometer wie möglich von der Mine wegzukommen und einen schöneren Ort für unser Nachtlager zu finden. Es geht glücklicherweise weiter bergab und so haben wir keine Probleme, noch ein paar Kilometer zu machen, ehe wir die Hauptstraße verlassen und neben einem ausgetrockneten Flussbett, im Sichtschutz einiger Bäume, unser Lager aufschlagen. Die allabendliche Routine beginnt erneut: Taschen von den Rädern, Zelt aufbauen, Luftmatratzen und Schlafsäcke ins Zelt, mit Hertha spielen, Hertha füttern, Abendessen kochen und sich schlussendlich glücklich ins Zelt legen und die Abenteuer des Tages Revue passieren lassen.

NOCH EIN TAG LÄNGER?

Gegen Nachmittag kommen wir in der historischen Stadt Yazd an. Sie ist eine der ältesten Städte des Irans und insbesondere bekannt für die große, gut erhaltene Altstadt aus Lehmhäusern. Gerade in diesem Jahr wurde die Altstadt von Yazd zum UNESCO-Weltkulturerbe erklärt und wir sind schon gespannt auf lange Spaziergänge durch die kleinen Gassen.

Wir kommen in einem der schönsten Hostels unserer gesamten Reise unter – dem »Oasis Hostel« inmitten der Altstadt. Durch den gemauerten Eingang laufen wir in den Innenhof des historischen Gebäudes. Der Boden ist ebenso aus großen Steinen gepflastert und in dem hellen Innenhof gibt es ein paar Bäume und einen großen Brunnen, der für eine sehr gemütliche akustische Untermalung dieses Ortes sorgt. An einem Ende des Hofes ist ein überdachter halboffener Raum, in dem ein Teppich, eine große Decke und mehrere Kissen liegen – die perfekte Chillout-Area! Auf der gegenüberliegenden Seite sind die Gemeinschaftsküche und die Waschräume. Auf der rechten Seite des Brunnens sind ein paar Einzelzimmer und links mehrere Gruppenschlafsäle und ein ganz kleines Einzelzimmer, in das gerade ein Doppelbett hineinpasst. Für einen guten Preis können wir in diesem Doppelzimmer schlafen.

Kaum haben wir unsere Sachen von den Rädern genommen, geduscht und uns auf die Kissen in dem Innenhof begeben, fühlen wir uns schon richtig heimisch. Hertha kann frei herumlaufen und in den Beeten um den Brunnen herum nach Würmern scharren. Wenn sie das Gefühl hat, dass sie uns verloren hat, fängt sie laut an zu piepsen und einer von uns muss zu ihr kommen und sie wieder beruhigen. Das wiederholt sich dann etwa alle 10 Minuten.

In der Mitte der Chillout-Area unter der etwa 5x5 Meter großen

Decke befindet sich eine Art Tisch und wir begreifen erst, um was es sich handelt, als wir uns mit unseren Beinen ganz unter die Decke legen. Der vermeintliche Tisch ist eine elektrische Heizung! Es ist so gemütlich, dass wir Hertha kurzerhand zu uns holen und sie die warmen Unterwelten erkunden kann. Die gesamte Konstruktion nennt sich Korsi und hat im Iran eine sehr weit zurückgehende Tradition. In den kälteren Wintermonaten haben sich schon Könige des persischen Reiches unter ihrem Korsi die Füße aufgewärmt. Damals noch mit heißen Kohlen, heute mit elektrischer Heizung. Es ist wunderbar gemütlich, langgestreckt mit einem weichen Kissen im Rücken, auf dem sanften Teppich zu liegen und sich mit dem gesamten Körper unter die große warme Decke zu kuscheln.

Schon am ersten Abend sagt Olga: »Eigentlich haben wir ja keinen Stress, wir können ja auch noch eine Nacht länger als die zwei geplanten bleiben, oder?« Super entspannt lassen wir den restlichen Tag an uns vorbeifliegen und kommen lediglich spät am Abend kurz unter dem Korsi hervor, um uns in der Stadt ein paar Falafel zu holen.

Am nächsten Morgen ist neben dem Brunnen auf einem Tisch ein großes Frühstücksbuffet aufgebaut. Ein paar Iraner sitzen dort schon und ein Mann namens Akbar stellt sich uns als Besitzer des Hostels vor. Gemütlich sitzen wir zusammen, erzählen von unserer Reise, lauschen den Geschichten von Akbar und schmieren uns dabei etliche Karotten-Marmeladen-Brote.

Nach dem Frühstück machen wir einen Spaziergang durch die kleinen Gassen der Altstadt und bestaunen die alten Lehmhäuser. Auf dem Rückweg schauen wir uns noch die Freitagsmoschee an und kaufen uns ein paar Snacks, damit wir uns abends wieder gemütlich unter den Korsi setzen können. Als wir zurück zum Hostel kommen, sehen wir vor dem Eingang schon ein gewaltiges BMW-Reisemotorrad stehen. Im Innenhof treffen wir dann auch auf den Fahrer. Chris ist in unserem Alter und kommt auch aus Deutschland. Er ist mit seinem Motorrad über den Balkan, die Türkei, Georgien und Armenien bis in den Iran gefahren. Hier möchte er jetzt noch eine kleine Runde drehen und sich dann auf den Heimweg machen, um am 24. Dezember wieder zurück in Deutschland zu sein.

Wir sind uns direkt total sympathisch und tauschen uns fleißig über all unsere Erlebnisse aus. Richtig toll, mal wieder so ausgiebig mit einem anderen Menschen über das Reisen sprechen zu können!

Gemütlich setzen wir uns unter den Korsi und auch Chris ist überwältigt von diesem Ort.

Abends bekommen wir eine Nachricht von Basile. Er ist gerade auf der gleichen alten Karawanenstraße zwischen Isfahan und Yazd unterwegs, auf der wir vor ein paar Tagen auch gefahren sind. Er wird morgen in Yazd ankommen und fragt, ob wir dann noch dort sind. Also steht unsere Entscheidung fest; wir bleiben noch einen Tag länger!

Am Nachmittag des nächsten Tages kommt Basile auf seinem Rad in den Innenhof gerollt und wir fallen uns wieder lachend und glücklich in die Arme. »Schön, dass wir uns tatsächlich wiedersehen!«, sage ich und Basile erwidert fröhlich die Begrüßung.

»Hat alles geklappt? War echt eine tolle Route an der Karawanserei entlang! Warst du da auch?«, fragt Olga.

»Richtig super! Ja da war ich auch! Wie lange seid ihr denn schon hier?«

Und so berichten wir gegenseitig von unseren letzten Tagen und sitzen jetzt zu viert unter dem Korsi. Gespannt hören wir uns gegenseitig zu, wie wir von unseren diversen Abenteuern erzählen. Jeder von uns hat gute Geschichten und wir genießen es sehr, unter Gleichgesinnten zu sein, die unsere Eindrücke und Wahrnehmungen genauso erlebt haben.

Chris hat sich in Maschad, ganz im Norden des Irans, mit Safran eingedeckt. »Es wird gesagt, dass es dort den besten Safran der Welt gebe«, erzählt er uns stolz. Tatsächlich wird etwa 90% des weltweiten Safrans in der Region um Maschad angebaut. Das beläuft sich auf etwa 150 Tonnen des kostbaren Gewürzes. Mit Preisen von bis zu 35 € pro Gramm ist es übrigens das teuerste Gewürz der Welt. Glücklicherweise gibt es direkt im Iran natürlich deutlich bessere Preise für vielleicht noch bessere Qualität! Chris fragt uns, ob wir einen Safran-Tee trinken möchten.

»Einen Safran-Tee? Hört sich ja interessant an; ja mach mal!«, antworten wir ihm! In einem kleinen Gusskessel kocht er dann Wasser und gibt etwa 1 Gramm feinste Safranfäden zu dem kochenden Wasser, welches sich dann in eine leuchtend gelbe Flüssigkeit wandelt. »Wow, diese Farbe ist ja unglaublich!«, stellt Olga fest, als Chris uns den Tee in die Gläser füllt.

»Das soll eine entspannende Wirkung haben, genießt es!«, antwortet Chris wohl wissend.

So geht auch dieser Tag zu Ende und am nächsten Morgen wissen wir schon; wir bleiben noch eine Nacht länger! Es ist das erste Mal auf unserer Reise, dass wir so ungeplant länger an einem Ort hängenbleiben, aber wir genießen die Atmosphäre und die tolle Gesellschaft so sehr, dass wir uns nichts anderes vorstellen können. Gegen Abend schlägt Chris vor, einen Kartoffelsalat zu machen und sofort stimmen wir zu. Gemeinsam gehen wir einkaufen und können tatsächlich alle Zutaten finden, die wir für einen Kartoffelsalat brauchen, wie Chris' Oma ihn immer macht!

Für das richtige Feeling solltest du dir jetzt also eine große Schüssel Kartoffelsalat zubereiten, bevor du weiterliest. Hier die Zutaten:

- Gekochte Kartoffeln
- frische Gurken
- Zwiebeln
- Essig & Öl
- Salz & Pfeffer

»Ordentlich Essig muss ran!«, betont Chris immer wieder, während wir gemeinsam in der Küche stehen und Kartoffeln schälen, Zwiebeln und Gurken kleinschneiden und eine Schüssel suchen, die groß genug ist. Das genaue Rezept ist leider ein Geheimnis von Chris' Oma, aber schlussendlich sind wir sind mit dem Ergebnis sehr zufrieden. Dazu haben wir noch Brot auf dem Markt gekauft und so lassen wir uns unser deutsches Festmahl schmecken – natürlich zur Entspannung wieder mit einer Tasse Safran-Tee.

Die Tage fließen dahin, wir trinken Safran-Tee, Karotten-Orangen-Säfte vom Markt, chillen unter dem Korsi und essen abends Kartoffelsalat. Zwischendurch machen wir kurze Spaziergänge durch die Stadt und genießen von verschiedenen Aussichtsorten den Blick über die historische Stadt. Aber schon bald ruft uns wieder der warme Korsi zurück in unser Hostel ...

An einem Abend kommt ein weiterer Reisender ins Hostel. Julien kommt auch aus Deutschland und ist ebenfalls mit seinem Motorrad unterwegs. Er ist gerade Anfang 20, hat in Deutschland bisher nicht seine wahre Berufung gefunden und sich überlegt, einfach mit seinem Motorrad loszufahren. Seit ein paar Monaten ist er nun unterwegs und bereut seine Entscheidung ebenso wenig, wie einer von uns es tut. Auch er erzählt uns ein paar spannende Geschichten und dann berichtet er von einem Tag im Iran, als sein Motorrad kaputt gegangen ist.

»Ich war in irgendeinem kleinen Dorf und plötzlich ist mein Motorrad nicht angesprungen. Ich wusste nicht genau, was es ist, aber dann bin ich zu einer kleinen Werkstatt gegangen und der Typ dort konnte mir tatsächlich helfen. Er hatte das passende Ersatzteil da und ich habe ihn gefragt, was er denn haben wolle. Er meinte zuerst 500.000 Rial. Dann habe ich geantwortet, dass ich ihm 200.000 Rial gebe. Dann hat der Typ echt gesagt, dass er es mir umsonst gibt! Ich habe natürlich sofort zugesagt und ihn einfach nur umarmt! Das war echt klasse! Dann hat er sogar noch auf meinem Tank unterschrieben! Ein richtig netter Kerl!« Schon während Julien die Geschichte erzählt, fällt uns allen auf, dass er möglicherweise einen echten Fauxpas begangen hat.

»Nein! Das war Taarof, Julien!«

»Du hast ihm echt nichts gegeben?«, antworten wir lachend auf seine Geschichte und Julien ist etwas irritiert.

»Was ist denn Taarof?«, fragt er uns. Wir klären ihn auf, aber er ist sich sicher, dass es kein Taarof war und der Mann einfach nur wirklich freundlich war. Wir sind uns nicht sicher, aber dennoch lachen wir über die Geschichte, da sie so schön und naiv ein gutes Beispiel dafür ist, wie man es einfach nicht schaffen kann, sich immer und überall hundertprozentig der lokalen Kultur entsprechend zu verhalten. Nach einiger Zeit gibt Chris dann eine überspitzte Version der Geschichte zum Besten. Sie endet folgendermaßen: »Und dann bist du der Typ in der Werkstatt, der halt wie jeden Tag ganz normal sein Taarof macht und dann checkt der Ausländer es nicht. Und dann umarmt er dich auch noch, und er gibt dir einfach kein Geld für deine Arbeit. Und dann fragt er dich auch noch, ob du auf seinem Tank unterschreiben kannst und du kannst einfach auch nichts dagegen sagen! Der hat es einfach nicht geschnallt, dass das alles Taarof war und jetzt stehst du da und bekommst kein Geld«

Herzhaft lachen wir über diese Interpretation, stellen danach aber auch fest, dass es vielleicht wirklich kein Taarof war; bei den Iranern weiß man nicht immer gleich, was wie gemeint ist!

Es vergeht insgesamt über eine Woche, ehe wir uns voneinander und von dem Ort trennen können. Basile fährt weiter Richtung Pakistan, Chris macht sich auf den Weg zurück nach Deutschland,

Julien möchte Richtung Indien und wir wollen weiter durch den Iran, zunächst nach Persepolis und dann nach Schiras. Schweren Herzens verabschieden wir uns von der Gruppe und von den wunderbaren Hostelmitarbeitern, die unseren Aufenthalt hier wirklich einzigartig gemacht haben – vielen Dank!

I WANT TO HOLD YOUR HAND

Von Yazd aus sind es etwa 400 km bis nach Schiras, der nächsten geschichtsträchtigen Stadt, die wir unbedingt sehen wollen. Auf dem Weg dorthin liegt Persepolis, die alte Hauptstadt des persischen Reiches. Ein Teil der Ruinen der Stadt sind relativ gut erhalten und wir sind schon sehr gespannt darauf, diesen sagenumwobenen Ort zu sehen.

Kaum haben wir Yazd verlassen und befinden uns wieder auf einer größeren Straße, halten wieder diverse Autofahrer an, drücken uns Obst in die Hände und fragen erst dann, ob alles okay sei und wir etwas bräuchten. Die Hilfsbereitschaft der Menschen hier fühlt sich wieder so unglaublich toll an und manchmal fühlen wir uns wie in einer Traumwelt. Glücklich fahren wir den ganzen Tag entlang von Sandsteinbergen und gegen Abend finden wir ein paar beeindruckende Höhlen, etwa 200 Meter von der Straße entfernt. Vor den Eingängen errichten wir unser Nachtlager und erkunden danach die Höhlen. Sie sind nicht allzu groß, aber dennoch sind wir von den Aushöhlungen in den Steinen beeindruckt, die sich hier über tausende von Jahren geformt haben. Wie viele Menschen hier wohl schon übernachtet haben und Schutz vor Sandstürmen, Unwettern oder anderen Bedrohungen gesucht haben? Heute reihen wir uns in diese Kette ein, schlafen allerdings in unserem Zelt, auf den gemütlichen, selbstaufblasenden Luftmatratzen – die Zeiten ändern sich.

Auch am nächsten Tag werden wir wieder reichlich mit Obst beschenkt und müssen uns somit keine Gedanken über mögliche Engpässe in der Verpflegung machen. Wir fahren durch hügelige Wüstenlandschaften leicht bergauf, genießen dabei den Rückenwind und haben so gegen Mittag schon gut ein paar Kilometer zurückgelegt.

Das iranische Pendant zum Roten Kreuz heißt Roter Halbmond

und an allen großen Straßen des Landes gibt es immer mal wieder eine Station. Da sich unsere Wasservorräte jetzt doch dem Ende neigen, beschließen wir bei der nächsten Station, die sich durch Straßenschilder bereits länger angekündigt hat, Halt zu machen und nach Wasser zu fragen. Die Station ist wie die meisten modern eingerichtet und ein paar Mitarbeiter empfangen uns direkt freundlich. Wir werden sofort hineingebeten und es wird ein Tee angeboten. Dankend nehmen wir diese Einladung an.

In dem Empfangsraum liegt ein großer Teppich auf dem Boden, aber uns wird das Sofa gegenüber des Fernsehers angeboten. Von diesem Empfangsraum gehen ein paar andere Räume ab, in denen sich Büros, Behandlungsräume und Schlafräume für die Mitarbeiter befinden. Einer der Männer reicht uns eine Tasse Tee und versenkt dabei ein riesiges Stück Kristallzucker darin – in Würfelzucker umgerechnet wohl um die 10 Würfel. Nachdem wir ein bisschen Smalltalk gehalten haben, werden wir gefragt, ob wir nicht in ihr Gästebuch schreiben können. Wir finden es interessant, dass sie hier ein Gästebuch haben, stimmen aber natürlich zu. Als wir das Buch durchblättern, sehen wir, dass anscheinend viele Reisende hier durchgekommen sind. Wir finden Einträge auf Farsi, aber auch auf Französisch, Englisch und sogar ein paar Deutsche! »Oh, hier sind ja schon viele Leute zu Besuch gekommen, richtig?«, frage ich die Männer neugierig.

»Ja, ihr seid auf jeden Fall nicht die Ersten! Wollt ihr eigentlich zum Mittagessen und über Nacht hierbleiben?«, antwortet und fragt uns einer der Männer.

Unser Visum läuft jedoch langsam aus und wir müssen daher so schnell wie möglich nach Schiras kommen, um es dort zu verlängern. Also können wir jetzt leider nicht schon mittags aufhören zu fahren und lehnen die Einladung freundlich ab. Wie wir aber vor unserer Reise in den Iran bereits im Internet gelesen haben, nutzen viele Radfahrer diese Möglichkeit, um einen sicheren Ort zum Übernachten zu haben.

Die Straße wird wieder ein bisschen steiler und vor uns liegt ein kleiner Pass, von dem wir jetzt noch ungefähr drei Kilometer entfernt sind. Hinter uns nähert sich langsam ein vollbeladener LKW, der nur unmerklich schneller ist als wir. Irgendwann überholt er uns, hält dann an und gibt uns Zeichen, dass wir uns doch bei ihm festhalten sollen. Das Angebot nehmen wir gerne an und nachdem Olga auf der rechten Seite einen sicheren Halt gefunden hat, fahre ich auf die linke Seite und halte mich ebenso am Ende des LKW fest. Wir treten leicht mit, damit unsere Kräfte in den Händen reichen. Immerhin wiegt mein Fahrrad knapp 55 kg und Olgas um die 45 kg! Der Fahrer gibt Gas und nach ungefähr 10 Minuten haben wir die Bergauffahrt zum Pass geschafft! Dankend winken wir dem Fahrer zu, während wir loslassen und uns zurückfallen lassen. Jetzt geht es ein kleines Stückchen bergab, ehe wir uns ein paar Kilometer später auf einer Hochebene befinden. Vor uns liegt eine weite Wüstenlandschaft mit wenig Bäumen und Büschen.

Circa 50 km später beschließen wir dann, dass wir für heute genug gefahren sind. Auch hier gibt es keinerlei Bäume oder einen anderen Sichtschutz für unser Zelt. Daher schieben wir unsere Räder einfach ein paar hundert Meter in die Steinwüste hinein und bauen dort unser Zelt auf. Zum Abendessen gibt es fantastisch schmeckende Nudeln mit Tomatensoße und dazu Mandeln, die wir heute bei einem Bauern gekauft haben.

Hertha läuft aufgeregt und fröhlich um uns und das Zelt umher und versucht, kleine Fliegen zu fangen. Da sie aber noch nicht ganz so gut darin ist, servieren wir ihr nach wie vor drei bis viermal am Tag Haferflocken mit Sojagranulat. Sie wächst jetzt wirklich schnell und schon bald wird ihr restlicher gelber Flausch dem weißen Federkleid komplett gewichen sein. Ihre Flügel werden ebenso immer größer und so kann sie jetzt noch besser durch die Gegend hüpfen und dabei mit den Flügeln schlagen, um so schnell wie möglich hin und her zu laufen! Wir sind stolz auf „unsere Kleine“ und unser Geschick, ihr als Ersatzeltern zu dienen und dabei anscheinend einen guten Job zu machen!

Zur Mittagszeit am nächsten Tag kommen wir in der 27.000-Einwohner-Stadt Abarkuh an. Die Stadt selbst hebt sich nicht sonderlich von anderen Städten ab, die wir bereits gesehen haben, aber an der Stadtgrenze gibt es eine Sehenswürdigkeit, die uns wirklich ins Staunen bringt: Die legendäre Zypresse von Abarkuh. Das Alter dieses Baumes wird auf etwa 4000 bis 4500 Jahre geschätzt. Er ist um die 25 Meter hoch und hat einen Stammumfang von über 11 Metern. In iranischen Dichtungen genießt dieser Baum eine wichtige Symbolik. Er steht für Aufrichtigkeit, Wahrhaftigkeit und ewige Jugend. Einer Legende zufolge wurde der Baum durch den Religionsstifter Zarathustra gepflanzt. Wir sind im Moment die einzigen Besucher und

so nehmen wir uns zwei Stühle von einem geschlossenen Café und setzen uns auf den Platz, direkt vor den gewaltigen Baum. Während unserer Mittagspause bestaunen wir die gewaltigen Ausmaße des Baumes und nehmen die Atmosphäre, die dieser Ort ausstrahlt, gemächlich in uns auf. Olga malt ein paar Bilder des Baumes, Hertha läuft wild umher und ich habe die Kamera gezückt und versuche den Baum von seiner schönsten Seite zu fotografieren. Zwischendurch lassen wir unsere Blicke schweifen und entdecken neben dem geschlossenen Café einen Aufsteller, der ebenso mit iranischer Dichtkunst aufwarten kann. Mit Kreide steht auf dem Schild geschrieben: »Dünne Leute sind leicht zu kidnappen! Geh auf Nummer Sicher, esse Kuchen!«

Der Kuchen blieb uns leider verwehrt, aber die Atmosphäre dieses Ortes werden wir nie vergessen. Wir können uns wieder kaum vorstellen, was dieser Ort schon alles gesehen und erlebt hat. Als das persische Reich seine Blütezeit hatte, war dieser Baum bereits 2000 Jahre alt.

Wieder auf den Rädern, sind wir fröhlich gelaunt und hören uns ein paar alte Lieder von den Beatles an. Bei »I want to hold your hand« fahren wir nebeneinander und halten unsere Hände. Wohl wissend, dass es im Iran strengstens verboten ist, dies zu tun. Glücklicherweise ist auf der Autobahn so gut wie kein Verkehr und es kommt nur alle paar Minuten ein Auto. Dann lassen wir immer kurz los, lassen den Wagen vorbeifahren und nehmen uns wieder bei der Hand.

Damit können wir aber leben, denn wir sind ja nur Touristen und wir werden das Land bald wieder verlassen und können dann machen, was wir wollen. Für die Menschen, die hier leben, ist es aber natürlich eine ganz andere Situation. Erst vor kurzem haben wir von einer Iranerin gehört, die verhaftet wurde und mit 80 Peitschenhieben bestraft wurde. Ihr Vergehen: Sie war gemeinsam mit einem Mann auf der Straße unterwegs mit dem sie nicht verheiratet war. Die Strafe für den Mann? Tja ...

Dass wir trotz all dieser Einschränkungen und der gegenwärtigen Rechtsprechung so viele fröhliche, freundliche, ambitionierte und zuversichtliche Menschen treffen, versetzt uns immer wieder ins Staunen und lässt uns über unser Leben in Europa wirklich anders denken. Hand in Hand und gedankenversunken fahren wir über die einsamen Straßen des Irans.

Weiterhin singen die Beatles dazu von einer so anderen Welt:

„Yeah, you got that something
I think you'll understand
When I say that something's
I wanna hold your hand
I wanna hold your hand
I wanna hold your hand
And when I touch you, I feel happy inside"

PERSEPOLIS, ZENTRUM DES PERSISCHEN REICHES

Es sind jetzt noch etwa 200 km bis zu der historischen Stadt Persepolis. Vor uns erstrecken sich wieder weite Berge und es geht die nächsten Kilometer über hügelige Straßen bergauf und wieder hinab. An einer Tankstelle halten wir an, um unsere Benzinflasche für den Campingkocher aufzufüllen. Ein junger Mann mit kurzen schwarzen Haaren und schickem Schnauzbart füllt die Flasche lächelnd auf. »Ein Liter, das macht dann 5000 Rial«, sagt er freundlich, während er die Flasche wieder zuschraubt. 5000 Rial haben einen Gegenwert von etwa 10 Cent und so reiche ich ihm den Schein ebenso lächelnd entgegen und wir bedanken uns und wünschen ihm alles Gute.

Unsere Mittagspause machen wir an einem Rastplatz, der an der Kreuzung der Straßen aus Isfahan und Yazd liegt. Aus dem Osten, von Yazd, sind wir jetzt gekommen, von Norden aus kommt die Straße aus Isfahan. Richtung Süden führt die Straße nun nach Persepolis und dann weiter in die nächste Großstadt Schiras. Der Rastplatz ist gut besucht und viele Familien machen hier gerade Pause. Entweder auf ihren mitgebrachten großen Teppichen, die einfach neben dem Auto ausgerollt werden, oder auf einer der Picknickbänke. Wir setzen uns am Rande des Rastplatzes auf eine kleine Mauer, holen Hertha aus ihrem Korb und packen unser Mittagessen aus. Für uns gibt es Obst und ein paar Mandeln, für Hertha wieder Haferflocken mit Sojagranulat. Da sie jetzt aber größer wird und Hühner für das Wachstum ihrer Federn Chitin brauchen, fangen wir auch an, kleine Insekten für sie zu suchen. Am einfachsten ist es für uns die Obsttüte offen stehen zu lassen und zu warten bis ein paar Fliegen hineingeflogen sind. Diese kann Hertha sich dann sogar selbst aus der Tüte picken – dafür ist sie schon schnell genug! Allerdings scheint sie hier trotzdem nicht an der Spitze der lokalen

Nahrungskette zu stehen, denn schon bald schleichen ein paar Katzen um unseren Platz herum und fangen an Hertha zu fixieren. Da heute Sonntag ist und wir nicht wollen, dass sie als Sonntagsbraten endet, nehmen wir sie auf unseren Schoß und lassen sie von dort aus ihr Mittagessen genießen.

Als wir später weiterfahren wollen, spricht uns eine junge Iranerin an und fragt auf Farsi, wo wir herkommen. Mittlerweile reichen unsere Sprachkenntnisse aus, um diese Frage zu verstehen und auf Farsi beantworten zu können. Glücklich antwortet sie uns dann aber wiederum auf Deutsch, dass sie ein bisschen Deutsch sprechen kann. Was für eine verrückte Welt! Ganz kurz unterhalten wir uns mit ihr, aber für mehr als einen kleinen Smalltalk reicht es nicht. Aber immerhin! Wir finden es großartig. »Tschüss, gute Reise«, ruft sie uns dann noch zu und wir bedanken uns wieder auf Farsi: »Kheili Mamnoon!«

Entlang der braunen, sandigen Berge geht es jetzt auf der etwas mehr befahrenen Hauptstraße weiter gen Süden. Abends haben wir unser Zelt hinter einer Baustelle aufgebaut. Kaum ist die Sonne untergegangen, kühlt es mittlerweile sehr schnell ab. Immerhin ist jetzt auch schon Anfang Dezember und wir befinden uns mitten im Zagros-Gebirge, zu dessen Ausläufern auch das Kuhrud-Gebirge gehört, welches wir vor ein paar Wochen durchquerten. Jedenfalls ist es ziemlich kalt und so stellen wir unseren Campingkocher im Vorzelt auf und bereiten uns das Abendessen, gemütlich in unseren Schlafsäcken sitzend, zu. Es gibt mal wieder Spaghetti mit Sojabolognese und während wir am Köcheln und Schneiden sind, überlegen wir, wie viele Nudeln unsere Mütter früher immer gekocht haben.

»Meine, glaube ich, 500 g für fünf Personen«, sage ich und Olga antwortet: »Meine, glaube ich, ein halbes Paket, also 250 g«

Jetzt sitzen wir hier im Zelt und verdrücken zu zweit ein 700 g-Paket Spaghetti und dazu einen großen Topf Bolognese-Soße.

»Tja, Zeiten ändern sich«, sagt Olga weise und grinsend schauen wir uns tief in die Augen.

Gut ausgeschlafen bereiten wir uns morgens unser Frühstück aus Haferflocken, Rosinen und Zucker zu und trinken dazu einen Kaffee. Hertha geht dabei auf Erkundungstour durch das Zelt und springt wild hin und her. Als Olga kurz ihre Tasse abstellt, um noch ein paar Rosinen zu nehmen, hüpft Hertha kurzerhand in die halbvolle Tasse hinein. Schnell retten wir sie aus dem Kaffee. Alles nochmal gut gegangen und ja, sie ist nach wie vor so klein, dass sie ganz in unsere Tassen passt! Wir trocknen sie mit einem T-Shirt ab und nehmen sie dann zum Aufwärmen zu uns in den Schlafsack.

Auf der Straße begleiten uns vor allem die schwarzen Abgaswolken der LKW, die sich neben uns die Berge hochkämpfen. Es stinkt, es ist laut und dazu kommt dann noch das ewige Gehupe der Auto- und LKW-Fahrer, die uns auf diese Weise freundlich grüßen wollen. Wenn wir dabei nicht jedes Mal fast von unseren Fahrrädern fallen würden, wäre das ja wirklich eine ganz nette Geste ...

Am nächsten Tag fahren wir dann die letzten 100 km bis Persepolis leicht bergab und können so den Abgasen etwas entfliehen. Dann stehen wir endlich vor der historischen Stadt Persepolis, welche hier vom damaligen König Dareios I. gegründet wurde. Am Anfang unserer Iran-Reise sind wir schon einmal über Dareios I. gestolpert, nämlich als wir von ein paar jungen Iranern als Arier bezeichnet wurden. Daraufhin haben wir den Ursprung des Wortes nachgeschaut und ihn tatsächlich im Iran gefunden. Dareios proklamierte damals, vor 2500 Jahren, in einer Inschrift: »Ich bin Dareios, der große König, ein Perser, Sohn eines Persers, ein Arier, welcher eine arische Abstammung hat.«

Aber wie dem auch sei, jetzt sind wir hier, um uns diese sagenhafte Stadt anzuschauen. Bei dem großen Parkplatz finden wir ein kleines Wachhäuschen, in dem ein paar Männer sitzen. Wir fragen zuerst, ob wir unsere Räder bei ihnen abstellen können, was kein Problem ist. Dann heben wir Herthas Korb hoch und erklären, dass wir auch noch ein Küken dabeihaben und ob wir es für 2-3 Stunden in dem warmen Häuschen lassen könnten. Etwas verwundert sind die Männer schon, aber nach ein paar Sekunden stimmen sie ebenfalls freundlich zu. Wir machen noch eine kurze Pause, spielen noch etwa 20 Minuten mit Hertha und geben ihr dann eine große Portion Haferflocken und eine Schale Wasser. In dem kleinen Häuschen ist es schön warm und wir decken Herthas Korb mit meinem Regenponcho ab, damit sie es etwas dunkler hat und sich ausruhen kann.

Dann gehen wir los zu dem Besucherzentrum, kaufen uns ein Ticket und laufen über einen großen Platz in Richtung Stadt. Diese liegt an einem Berghang und je näher wir kommen, desto mehr von den Ruinen, Säulen und Treppen können wir sehen. Der Eingang in das Hauptgelände führt über eine lange Treppe, dann steht man zunächst vor einem großen Tor. Dem »Tor aller Nationen«, welches wie der Rest der Stadt vor etwa 2500 Jahren gebaut wurde. Das Tor ist etwa 10 Meter hoch und führt in einen kurzen Säulengang. Am Eingang des Tores steht an jeder Seite eine etwa 5 Meter hohe Steinskulptur eines Lamassu – ein Schutzdämon mit Stierkörper, Flügeln und menschlichem Kopf.

An den Wänden in dem Gang hinter dem Tor finden wir spannende Gravierungen. Abenteurer, Gesandte und Adelige haben sich hier in dem Sandstein für immer verewigt. In feinster Handarbeit stehen akkurat die Namen und das Datum der Besucher geschrieben. Ob es sich dabei jetzt um Vandalismus oder Teil der Geschichte handelt, können wir auch nicht genau einschätzen, aber spannend ist es allemal!

»Malcolm J. Meade, H. BM. Consul General, 1889«

»1911 – 1912, 39th K. G. O. CENTRAL INDIAN HORSES«

»George, 1868«

»G. A. Jacob, 1920«

»Cap. John Malcolm, Cap. Will. Campbell, Cap. J. Colebooke, 1806«

Und noch hunderte andere, insbesondere auch auf Persisch und Russisch. Jetzt reihen wir uns in diese lange Liste von Menschen ein, die diesen Ort besucht haben – allerdings verzichten wir auf die Gravur.

Persepolis war die Hauptstadt des ersten großen persischen Reiches, welches sich von Griechenland bis Pakistan und von Ägypten bis Kirgistan erstreckte. Persepolis wurde ungefähr 500 vor Christus gegründet und erbaut. Übrigens nicht von Sklaven, sondern tatsächlich gegen Entlohnung. Im Jahre 330 nach Christus wurde die Stadt von Alexander dem Großen angegriffen, niedergebrannt und zerstört. Da ebenfalls das gesamte Bewässerungssystem der Gegend zerstört wurde, lag die gesamte Stadt quasi auf dem Trockenen und wurde somit von der Wüste zurückerobert. Der Sand konservierte die alten Bauten, nur deswegen können wir sie heute noch bestaunen – was soll man sagen, danke für die gründliche Arbeit, Alexander! Erst 1971 wurde dann vom letzten Schah des Irans auch eine touristische Infrastruktur erbaut und etliche Teile der Stadt wurden gründlich restauriert oder neu aufgebaut. Wir genießen unseren Ausflug in die Antike auf jeden Fall sehr und sind überwältigt von den kunstvollen Skulpturen, Säulen, Treppengängen und Überresten riesiger Gebäude. Insbesondere die Reliefs im typischen persischen Stil gefallen uns gut. Irgendwie habe ich sogar ein bisschen Ähnlichkeit mit den lockigen Kriegern des persischen Reiches, deren Profile in die großen Felsenwände eingearbeitet wurden, was Olga unter großem Lachen in mehreren Fotos festhält. Unglaublich, wie die Menschen es vor 2500 Jahren geschafft haben, solch monumentale Bauwerke zu errichten. Würde man heutzutage versuchen, etwas Äquivalentes zu bauen, würde man wohl kläglich an der Bürokratie, der Finanzierung und der Korruption scheitern.

Der Abend nähert sich schon, als wir zurück zu unseren Rädern und unserer Hertha kommen. Zufrieden piepst sie uns zu, schläft dann aber auch gleich wieder ein. »Gut, dass sie so viel schläft, sonst hätten wir es, glaube ich, echt schwieriger mit ihr!«, stellt Olga ebenso zufrieden fest. Dann fahren wir weiter und suchen uns ein paar Kilometer weiter einen Campingspot.

Wie jeden Abend überlegen wir natürlich, wie es mit unserer Hertha weitergehen soll. Im Moment kommen wir gut klar und sie entwickelt sich prächtig, aber sie aus dem Iran herauszubekommen, dürfte ziemlich unmöglich sein. Diverse Krankheiten, wie z.B. die Hühnergrippe, machen den Im- und Export von Vögeln extrem schwierig. Wenn man da keine passenden Papiere, Impfungen und gute Schmiergelder aufweisen kann, ist es unmöglich. Erst recht, wenn wie bei uns, das nächste Land, in das wir einreisen wollen, die Vereinigten Arabischen Emirate sind. Dort gelten extrem strenge Regeln für Importe aller Art, und lebende Hühner lassen sich auf den Listen der erlaubten Dinge nicht wiederfinden. Außerdem können wir doch nicht für immer mit einem Huhn reisen, oder doch? Wir wissen es nicht, finden aber auch heute wieder keine zufriedenstellende Lösung. »Wir brauchen einen tollen Bauernhof, wo sie frei herumlaufen kann«, sagt Olga noch, dann schlafen wir alle drei ein.

SCHIRAS, DIE STADT DER DICHTER

Bis Schiras sind es nur noch ein paar Kilometer und so fahren wir morgens motiviert los, um pünktlich in der Stadt und in einem gemütlichen Hostel anzukommen.

Auf halben Weg hält mal wieder ein Autofahrer an und winkt uns zu sich. Da wir nicht sehr unter Zeitdruck stehen, rollen wir gemütlich zu dem freundlich lächelnden Mann hin und begrüßen ihn auf Farsi.

»Salam!« Hallo!

»Salam!« Hallo!

»Khubi?« Wie geht's?

»Khub!« Gut!

»Kudscha?« Woher kommt ihr?

»Allemagne!« Aus Deutschland!

»Oh, ihr kommt aus Deutschland? Ich habe ein paar Jahre in Hannover bei VW gearbeitet!«, antwortet er uns auf Deutsch! »Ich liebe Deutschland, die deutsche Literatur! Kennt ihr Friedrich Nietzsche? Ich habe alles von ihm gelesen, ein genialer Mensch!«, fährt er fort.

»Ja, haben wir von gehört ...«, antworten wir, verlegen um unsere schlechten Literaturkenntnisse. Er erzählt und berichtet weiter.

»Eines seiner bedeutendsten Werke ist »Also sprach Zarathustra«, kennt ihr das? Zarathustra war ein iranischer Priester und Gründer des Zoroastrismus. Wart ihr in Abarkuh? Habt ihr die Zypresse gesehen? Die hat Zarathustra dort gepflanzt!«

Wir atmen durch und sind überwältigt von dem Wissen, das dieser Mann in sich trägt.

»Und jetzt fahrt ihr nach Schiras, richtig? Das ist der Geburtsort von Hafis, dem größten persischen Dichter! Kennt ihr ihn?«

Wir antworten, dass wir auch von ihm noch nichts gelesen haben.

»Ihr müsst Hafis lesen! Ihr kommt doch aus Deutschland! Goethe war ein großer Verehrer von Hafis!«

Als wir ein paar Minuten später weiterfahren, beschließen wir, dass wir unsere Literaturkenntnisse etwas auf den neuesten Stand bringen sollten. Hafis wurde 1315 in Schiras geboren. Sein richtiger Name ist eigentlich Mohammed Schemseddin, aber den hat kaum jemand genutzt, selbst er nicht. Bereits im Kindesalter konnte er nämlich den gesamten Koran auswendig und hat daher den Ehrennamen »Hafis« erhalten. Das ist persisch und bedeutet »Jener, der den Koran auswendig kann«. Hafis ist tatsächlich einer der bedeutendsten Dichter Persiens, seine gesammelten Werke gelten als die wichtigste persische Literatur und sind in jedem Haushalt zu finden. Auch heute noch werden seine Texte und Gedichte von den Menschen auswendig gelernt, zitiert und in Sprichwörtern und Weisheiten im alltäglichen Leben verwendet.

»Der Diwan« ist das bekannteste Werk von Hafis und dieses wurde erstmals zu Lebzeiten von Goethe ins Deutsche übersetzt. So kam es, dass Goethe ein hingebungsvoller Leser der Werke von Hafis wurde. So sehr von den Dichtungen inspiriert, schrieb Goethe seine Gedichtsammlung »West-östlicher Diwan«, welche 1819 veröffentlicht wurde. Ein Vers aus diesem Werk lautet:

„Und mag die ganze Welt versinken,
Hafis mit dir, mit dir allein
Will ich wetteifern! Lust und Pein
Sei uns, den Zwillingen, gemein!
Wie du zu lieben und zu trinken,
Das soll mein Stolz, mein Leben sein.“

Quelle: West-östlicher Diwan, Johann Wolfgang von Goethe.

Und genau dort fahren wir jetzt hin, in die Geburtsstadt von Hafis. Allerdings sollten wir vorwegnehmen, dass diese kurze Begegnung dann doch unser vorerst letzter Ausflug in die persische Literatur war. In Schiras selbst haben wir uns den verschiedenen Märkten, Moscheen und dem Relaxen in unserem Hostel gewidmet. Trotzdem hat uns dieser Mann einen interessanten Input gegeben und wir waren echt erstaunt, wie viel er über Literatur wusste. Und dann hat er uns das Ganze auch noch auf Deutsch erzählt!

Gespannt fahren wir die letzten Kilometer bergab in das Tal, in dem die Stadt Schiras liegt. Es herrscht wieder wilder Verkehr auf den Straßen und so brauchen wir doch ein bisschen länger, ehe wir in unserem Hostel ankommen. Meistens buchen wir unsere Hostels nicht online, sondern fahren direkt hin und verhandeln vor Ort einen besseren Preis. Als wir ankommen, geht Olga ins Hostel und klärt alles ab. Ich warte draußen und hole Hertha aus ihrem Korb heraus. Neugierig erkundet sie den Platz vor dem Hostel, doch plötzlich sehe ich eine Katze, die in einigen Metern Entfernung anfängt, sich dichter und dichter heranzuschleichen. Schnell nehme ich Hertha in meine Arme, um sie zu beschützen. Das kann manchmal doch echt ganz schön anstrengend sein. Man muss jede Sekunde genau aufpassen, was „unsere Kleine" anstellt und ob wieder ein paar Katzenfeinde in der Nähe sind!

Olga kommt mit dem Besitzer zusammen heraus und er erklärt auch mir seine Preise und welche Zimmer er hat. Anscheinend war ihm nicht ganz geheuer, dass Olga die Organisation dafür in die Hand nimmt und nicht der Ehemann. Aber wir machen das im Iran tatsächlich absichtlich so, da müssen sich die Männer hier halt langsam mal dran gewöhnen. Unser Zimmer ist wieder in einem alten Wohnhaus mit tollem Innenhof. In der Mitte steht ein großes Doppelbett und die hohen Fenster sind aus kleinen, verschiedenfarbigen Glasscheiben zusammengesetzt, die in einem Metallgitter eingearbeitet sind. Die Mittagssonne scheint gerade genau auf die Fensterfront und verwandelt unser Zimmer in einen leuchtenden, bunten Raum. »Sieht doch ganz nett hier aus!«, stellen wir beide zufrieden fest.

Da wir von der langen Fahrt gestern und der darauffolgenden Besichtigung von Persepolis doch noch ziemlich erschöpft sind, beschließen wir, für heute erst einmal im Hostel zu bleiben. Also setzen wir uns gemeinsam mit Hertha in die Sonne und genießen es, im sicheren Innenhof mit ihr zu spielen. In dem Hof stehen auch ein paar Taptschans, die zum Faulenzen einladen. Dabei handelt es sich um überdachte quadratische Holzgestelle in Bettgröße, die mit Kissen und Teppichen ausgelegt sind und zum Sitzen und Relaxen dienen. Da es gegen Abend jetzt doch schon ziemlich kalt wird, sind sie zusätzlich mit einer Plastikfolie umwickelt und auf dem Teppich, der auf dem Gestell liegt, befindet sich zusätzlich ein kleines Heizgerät. Eigentlich fast so wie der Korsi in Yazd! Jedenfalls setzen wir uns abends in eines der Taptschans und machen es uns mit ein paar Kissen richtig gemütlich. Auch Hertha freut sich über die warme und weiche Umgebung. Wir hoffen nur, dass niemand beobachtet, wie wir unauffällig die Spuren von Herthas Hinterlassenschaften mit unseren immer griffbereiten Feuchttüchern wegwischen ...

Wir spielen eine Runde Schach, was sich im Iran großer Beliebtheit erfreut. Aus Nordindien kommend, war es hier schon Teil der Kultur, bevor das Spiel erst Jahrhunderte später auch in Europa ankam. Im Moment spiele ich noch etwas besser als Olga und alle Partien, die wir spielen enden mit meinen Worten »Schachmatt«. Tatsächlich kommt dieser Begriff, der das Schachspiel beendet, aus dem Persischen. Chāh māt bedeutet »Der König bzw. der Schah ist geschlagen«. Als es langsam später wird, legen wir uns ins Bett, da wir, wie gesagt, doch noch ziemlich erschöpft sind und morgen früh in die Nasir-ol-Molk-Moschee gehen möchten.

Ungefähr um 6:45 Uhr geht die Sonne auf und wir wollen unbedingt vorher bei der Moschee sein, denn hier gibt es gerade zum Sonnenaufgang etwas einzigartig Schönes zu sehen. Die Moschee hat, genauso wie unser Zimmer in dem Hostel, Fenster mit unterschiedlich gefärbten Scheiben. Natürlich etwas größer als bei uns und daher noch deutlich beeindruckender! Als wir uns ungefähr um 6:30 Uhr auf den Teppich des etwa 30 Meter langen und 10 Meter breiten Raumes setzen, sind bereits einige andere Einheimische und Touristen hier, um das Spektakel ebenfalls nicht zu verpassen. In dem Raum befinden sich 12 Säulen, welche die Decke abstützen und genau wie diese in wundervoller Handarbeit verziert und bemalt sind. Nach Osten, an der langen Seite des Raumes befinden sich über die gesamte Länge sieben Arkaden, in die etwa vier Meter hohe Fenster eingearbeitet sind. Sobald die Sonne über den Häusern der Stadt aufgeht, scheint sie durch die bunten Fenster der Moschee und taucht den gesamten Raum in ein unglaubliches Farbspiel, ähnlich wie ein Kaleidoskop.

Darauf warten wir nun alle gespannt und sind zunächst enttäuscht, da kurz vor dem Sonnenaufgang dicke Wolken aufziehen. Aber wir warten ab und plötzlich, ohne Vorankündigung ziehen die Wolken weg und geben den Weg frei für die bereits am Himmel stehende Sonne. Binnen Sekunden verwandelt sich der Raum in eine andere Welt. Auf dem Teppich und den Säulen sind die bunten Schatten der kleinen Gläser zu sehen. Der Raum leuchtet in grün, blau, rot, gelb und es ist atemberaubend schön!

Dadurch, dass alle Leute herumeilen, um die schönsten Bilder zu machen, wird die Stimmung aber leider etwas getrübt. Dennoch machen auch wir Bilder, und so können wir niemandem etwas vorwerfen. Irgendwann hat aber jeder seinen Schnappschuss erfolgreich getroffen und wir können die Atmosphäre noch etwas genießen.

Zurück im Hostel ruhen wir uns noch ein bisschen aus und reparieren dann unser Zelt. Die Reißverschlüsse schließen nicht mehr richtig und wir müssen es sowieso mal wieder ordentlich saubermachen. Mit Zange und Wachs gehen wir an die Verschlüsse und können sie wieder ein bisschen gangbarer machen. Dann weichen wir das Zelt in der Dusche ein und waschen es einmal von innen mit Essig und etwas Seife. Danach trocknet es in der Sonne und wir legen uns wieder in einen der Taptschans. Am Nachmittag ziehen wir dann nochmal los, um uns etwas zum Abendessen einzukaufen. In einem Laden finden wir tiefgekühlte Falafel und Olga schlägt vor, sie auszuprobieren. Also kaufen wir uns dazu noch etwas Salat, Ketchup, Brote und Tomaten, um uns ein paar gute Falafel Sandwiches zu machen. Sie schmecken hervorragend und wir genießen jeden Bissen. Auf der Packung steht »Approximately 14«, also ungefähr 14. Natürlich sind in der Packung dann nur 13 und wir können uns darüber nur kräftig amüsieren. »Irgendwie ist das so typisch Iran, so Trallala schon wieder«, stellt Olga fest und wir fangen beide an zu lachen.

Später am Abend kommen wir mit ein paar anderen Reisenden ins Gespräch und ein Mann aus Neuseeland berichtet uns von seinem Schaf, welches er als Haustier hält. Als wir mit unserer Hertha kontern, ist er durchaus beeindruckt. Auch ein Spanier ist komplett in Hertha verliebt und macht zahllose Videos von und mit ihr. »Das muss ich meinen Eltern senden, ihr seid einfach nur genial!«, wiederholt er mehrmals und schießt fröhlich noch ein paar Fotos von Hertha, während sie von allen mit kleinen Obststückchen fleißig gefüttert und dabei gestreichelt wird. Fröhlich piepst sie dabei leise und hüpft zwischendurch, wenn es etwas zu viel wird, zu Olga unter ihren Arm – Mamas sicherer und warmer Flügel halt.

SCHIRAS, DIE STADT DER BÜROKRATEN

Neben der schönen Moschee und der Geschichte über den einflussreichen Dichter Hafis, lernen wir dann allerdings auch noch eine andere Seite von Schiras und dem Iran kennen – die Bürokraten.

Wie bereits geschrieben, müssen wir hier in Schiras zum zweiten Mal unser Visum verlängern. In Teheran hatte die erste Verlängerung problemlos funktioniert, aber nach einer kurzen Internetrecherche sind wir uns etwas unsicher, wie es hier werden wird. Es gibt Berichte von Verweigerungen, von unhöflichen oder nahezu bösartigen Bürokraten und der einheitliche Tenor lautet »In Schiras bekommt man keine Visa-Verlängerung«.

»Verdammt, die Herausforderung nehmen wir an!«, rufe ich lauthals aus, und da uns kaum eine andere Möglichkeit bleibt, machen wir uns auf den Weg in das Visa-Office der Stadt. Um halb 8 stehen wir vor den Türen und laut Internet soll das Büro um 8 Uhr aufmachen.

»Sieh es doch mal so, jedenfalls sind wir die Ersten«, sagt Olga um 8.15 Uhr, als das Büro immer noch dicht ist und sich hinter uns ein Iraner anstellt. Gegen halb 9 öffnet sich dann eine Tür in der meterhohen Steinwand und wir werden hereingebeten. Was das hier genau für ein Büro ist und was hier sonst gemacht wird, wissen wir nicht. Jedenfalls herrscht reges Treiben und am Eingang müssen wir unser Telefon abgeben. Dann werden wir in einen großen Büroraum geführt, in dem mehrere Schreibtische stehen und etwa 15 Angestellte fleißig Dokumente sortieren, irgendetwas am PC eintippen, Telefonate führen oder Kopien aus den Druckern abholen. Eine typische Büroatmosphäre, würden wir sagen. Ein Mann winkt uns zu sich und fragt, wie er uns helfen kann. Gut vorbereitet erzähle ich unsere Geschichte und lasse dabei verdächtige Details wie das Reisen mit dem Fahrrad aus. Schon bald unterbricht mich der Mann aber. »Moment mal, euer Visum ist noch acht Tage gültig! Ihr bekommt hier keine Verlängerung, ihr habt genügend Zeit, um das Land zu verlassen!« Die Worte treffen uns wie ein Schlag in die Magengrube. Das Land verlassen? Wir schauen uns ungläubig in die Augen.

»Nein, Nein, wir brauchen eine Verlängerung!«, versuche ich es noch einmal, aber der Mann antwortet nur, er könne nichts für uns machen. Wenn wir wollen, können wir auf seinen Vorgesetzten warten und ihn noch einmal fragen. Also setzen wir uns an einen kleinen Couchtisch und warten noch eine gute halbe Stunde auf den Oberboss. Dabei sehen wir auf dem Tisch eine Broschüre liegen. Auf dem Cover ist eine Faust zu sehen, die eine amerikanische Flagge zerschmettert.

»Uff, die sind hier vielleicht schon etwas konservativ!«, stelle ich ernüchternd fest.

Ein bisschen später kommt der Boss und wir grüßen ihm freundlich zu – er ignoriert uns. Dann werden wir aber von einem Sekretär in sein Büro geführt und ich erzähle nochmals von unserer misslichen Lage und dass wir unbedingt eine Visa-Verlängerung bräuchten. Auch er bleibt eiskalt und hört mir nach kurzer Zeit schon nicht mehr zu, sondern fängt an, andere Akten zu sortieren.

»Ihr bekommt hier keine Verlängerung, fertig! Fahrt halt nach Teheran, wenn ihr da vorher schon eine bekommen habt! Ist mir schei...egal!«, flüstert er uns schließlich zu und beendet damit unseren Besuch und unsere Hoffnung auf eine Visa-Verlängerung.

»Danke«, sage ich, stehe auf, nehme Olga leicht an die Hand und gehe mit ihr aus dem Büro und zurück auf die Straße.

»Verdammt, was machen wir jetzt?«

»Keine Ahnung ... Was für ein Typ!«

Gedankenverloren laufen wir ein Stück an der Hauptstraße entlang, erinnern uns dann aber, dass wir ein paar Kilometer von unserem Hostel entfernt und mit einem Taxi hergekommen sind. Also stellen wir uns an die Straße und halten den nächstbesten Fahrer an. Auf einem Zettel haben wir die Adresse und den Namen von unserem Hostel auf Farsi geschrieben. Der Mann sagt aber nur, er habe uns schon verstanden und fährt zielstrebig los. Nach ein paar Kilometern frage ich nach, ob er wirklich den Weg wisse, denn wir fahren mittlerweile auf einer Hauptstraße, die in die falsche Richtung zur Stadtgrenze führt. »No problem!«, ist seine kurze, aber immer noch

TAXI

bestimmte Antwort. Etwa 10 Minuten später fährt er dann auf den Parkplatz des nobelsten Hotels der ganzen Stadt, welches am Rande von Schiras auf einem Berghang liegt und von wo man einen wunderbaren Ausblick auf die ganze Stadt hat.

»Finish«, erklärt er stolz. Ich verliere leicht die Nerven und drücke dem Fahrer jetzt den Zettel mit der Adresse in die Hand.

»Da wollen wir hin! Ich habe dir das jetzt 10 Mal gesagt!«

»Oooh, no problem!«, wiederholt er fröhlich und fährt mit uns zurück ins Stadtzentrum. Auf halbem Weg fragt er nochmal eine Frau auf einem Motorroller nach der genauen Adresse, aber nach weiteren 10 Minuten kommen wir dann endlich wieder in unserem Hostel an.

»Das war doch eine nette Stadtrundfahrt!«, stellt Olga, optimistisch wie immer, lachend fest.

»Jaa, war okay. Jetzt müssen wir uns aber einen Plan B überlegen! Und vor allem frühstücken! Ich habe echt Hunger!«

»Okay, ich hole Hertha aus dem Zimmer, dann gehen wir frühstücken!« Es gibt ein Buffet mit frischem Brot, Karotten-Marmelade und dazu eine Obstplatte.

»Wir könnten nach Yazd zurückfahren ...«

»Oder vielleicht doch mit dem Bus nach Teheran? Das dauert, glaube ich, ungefähr 14 Stunden«

»Oder direkt nach Bandar Abbas?«

»Oder in Isfahan? Obwohl, ich glaube, ich habe gelesen, dass es dort auch nicht möglich ist ...«

Verzweifelt schauen wir auf unsere Handys, suchen nach weiteren Möglichkeiten und sehen uns nach anderen Großstädten auf der Karte um.

»Was ist denn eigentlich mit Buschehr?«, steht dann auf einmal im Raum.

Wir finden einen Bericht von einem Reisenden, der in der Stadt am Persischen Golf sein Visum vor gut einem Jahr verlängert hat und bei dem es absolut problemlos möglich war.

»Okay, das sieht ganz gut aus! Allerdings sind es etwa 300 km bis dorthin und wir haben nur noch acht Tage auf unseren Visa. Wenn es dort dann nicht funktioniert, wird es wirklich eng!«, fasse ich die Situation zusammen.

»Lass uns doch den Hostelbesitzer fragen, ob er in Buschehr bei dem Visa-Office anrufen kann!«, schlägt Olga daraufhin vor. Eine wunderbare Idee und 10 Minuten später haben wir zumindest das Wort von einem der Beamten dort, dass es kein Problem sein sollte, unser Visum in Buschehr zu verlängern.

»Wow, also geht es jetzt an den Persischen Golf, dort ist es bestimmt viel wärmer, als hier! Das ist, glaube ich, auch für Hertha ganz gut!«, stellt Olga glücklich fest

»Stimmt, das hört sich gut an! Aber Olga, weißt du, was wir hier in Schiras am besten auch noch machen müssten? Wir brauchen doch noch Fährtickets von Bandar Abbas nach Dubai! Ich glaube, es wäre schlau, die hier schon zu besorgen, dann haben wir die sicher!«

Da Olgas Mutter uns Ende Dezember zu Silvester in Dubai besuchen möchte, wissen wir jetzt schon, wann wir mit der Fähre fahren wollen. Nach einer ausgiebigen Frühstückspause, die sich deutlich über zwei Stunden gezogen hat, machen wir uns dann mit gut gefüllten Bäuchen auf in das Stadtzentrum zu einer Reiseagentur, um dort unsere Fährtickets zu kaufen. Witzigerweise handelt es sich dabei um die gleiche Agentur, bei der wir für unsere Visa-Beantragung schon unsere »Visa-Referenz-Nummer« bekommen haben, mit der wir dann in der Botschaft unser eigentliches Visum beantragt haben. Da damals alles gut geklappt hat und der Preis für die Tickets auch in Ordnung ist, schlagen wir direkt zu.

»In etwa 30 Minuten könnt ihr wiederkommen und die Tickets abholen, ist das in Ordnung für euch?«, fragt uns die nette Mitarbeiterin und wir antworten, dass wir uns dann noch ein bisschen das Zentrum anschauen und etwa in einer Stunde wiederkommen werden.

Gesagt, getan und nach einem kleinen Spaziergang durch einen netten Park im Stadtzentrum, stehen wir wieder vor dem Büro der Agentur.

»Es gab ein Problem und ihr könnt die Tickets erst in drei Tagen abholen«, eröffnet uns die Dame, als wir eintreten.

»Drei Tage? Eben waren es noch 30 Minuten? Wir wollen Schiras morgen verlassen, wir können nicht so lange warten!«, antworte ich etwas zu hitzig und herausfordernd als notwendig. Wir diskutieren ein bisschen hin und her und schlussendlich einigen wir uns darauf, dass wir einen kleinen Discount bekommen und sie uns die Tickets per Email zusenden werden. Also zahlen wir den Preis von 160 $ in bar und geben unsere Email Adresse an, in der Hoffnung, dass alles funktioniert. Es sei vorweggenommen, zwei Tage später hatten wir die Tickets im Postfach, also alles kein Problem!

Dann schlendern wir zurück zum Hostel und kaufen auf dem Weg nochmal Zutaten für unsere Falafel-Sandwiches ein. Wieder im Hostel, sind wir erschöpft von diesem anstrengenden Tag, aber wir haben einen Plan – morgen geht es weiter nach Buschehr!

VISAVERLÄNGERUNG, DIE ZWEITE

Die kältesten Tage unserer Reise durch den Iran liegen jetzt vor uns, aber als wir an einem sonnigen Tag Anfang Dezember in Schiras losfahren, ahnen wir das noch nicht.

Schiras ist nämlich auch die Stadt, in der Faloodeh erfunden wurde. Das ist das Eis aus gefrorenen Nudeln, welches wir schon gemeinsam mit Nassir in Qom gegessen haben. Da wir von dem Geschmack echt begeistert waren und die Sonne uns mittlerweile schon ein bisschen aufgewärmt hat, holen wir uns zwei große Becher. Die Kombination aus Rosenwasser, Zucker, etwas Zitronensaft und den halb gefrorenen Nudeln schmeckt uns auch hier wieder hervorragend. »Das absolute Highlight in Schiras!«, rufe ich aus, ohne Rücksicht auf Hafis, Persepolis oder die wundervollen Moscheen zu nehmen, die wir hier gesehen haben. »Man muss halt Prioritäten setzen«, füge ich augenzwinkernd hinzu, während ich die letzten Nudeln aus Olgas Schale kratze, die ihre Portion nicht ganz geschafft hat.

Dann schwingen wir uns wieder auf die vollbeladenen Räder und fahren Richtung Westen aus der Stadt hinaus, immer geradeaus zum Persischen Golf. Da Schiras in einem Tal liegt, geht es bereits nach kurzer Zeit wieder kräftig bergauf. Je weiter wir hochfahren, desto mehr kühlt es sich auch ab. Die Sonne verschwindet irgendwann hinter den Bergen und gegen Abend ist es dann nur noch knapp über 0°C. Für Hertha haben wir zusätzliche Wärmeisolationen an ihren Korb gebaut. Zum einen legen wir ihr große Mengen an Stroh in den Korb, so dass sie sich ordentlich einkuscheln kann. Zumindest immer, wenn sie nicht auf dem kleinen Ast sitzt, der auf halber Höhe quer durch ihren ganzen Korb reicht, was im Übrigen ihr absoluter Lieblingsplatz ist. Zusätzlich zu dem Stroh haben wir auch noch meinen dicken Fleecepullover um den Korb gewickelt. Zudem haben wir meinen Regenponcho schon seit einiger Zeit zum festen Bestandteil des Korbs gemacht. Er bildet jetzt die äußerste Schicht und schützt somit auch hervorragend gegen kleine Regenschauer.

Falls das alles – vor allem auch nachts – nicht reicht, nimmt Olga Hertha in ihre Jacke hinein an den warmen Körper. Daran hat sie sich auch schon gewöhnt und auch wenn Olga dabei Fahrrad fährt, schläft Hertha nach einiger Zeit friedlich ein. Wenn sie raus möchte, fängt sie an zu piepsen und mit den Beinen zu strampeln. Dann setzen wir sie auf den Boden, sie verrichtet meistens ihre Geschäfte, anschließend gibt es noch etwas zu trinken und zu essen. Ja, mittlerweile haben wir den Dreh raus und wir würden sogar so weit gehen und uns als wirklich gute Hühnereltern bezeichnen!

Es ist jetzt schon fast Mitte Dezember und nach ein paar Tagen lassen wir die Berge wohlbehalten und ohne größere Vorkommnisse hinter uns. Es war zum Teil richtig kalt, aber jetzt liegt eine weite flache Ebene vor uns und es sind nur noch etwa 150 Kilometer bis nach Buschehr. Es wird jetzt deutlich wärmer und wir freuen uns, insbesondere wegen Hertha, sehr darüber. In den kleinen Dörfern und Städten sehen wir jetzt auch seit langer Zeit wieder Hühner herumlaufen. Bald werden wir ein schönes Zuhause für sie finden, da sind wir uns sicher.

Wie auch in den letzten Tagen und eigentlich fast jeden Tag im Iran, werden wir auch hier wieder von vielen Leuten angehalten und nach Fotos gefragt. Oft reden sie aber so wenig Englisch, dass keine der beiden Parteien irgendetwas über den anderen erfährt. Das fragwürdige Ergebnis ist dann ein Selfie, auf dem eine iranische Familie mit uns beiden drauf ist und niemand irgendwelche Informationen zu diesem Bild hat. Da die Leute auch vermehrt anfangen, ungefragt Bilder mit uns zu machen, sind wir langsam ein bisschen genervt von dieser tagtäglich wiederkehrenden Situation. Wir fühlen uns ein bisschen wie ein Tier im Zoo, von dem die Leute genauso ungefragt Bilder schießen und es einfach nur blöd angaffen. Ist beides doof und bringt niemanden weiter.

Vor uns und neben uns erstrecken sich jetzt riesige, kilometerweite Dattelpalmen-Plantagen. Der Anblick ist ziemlich krass, da wir bisher im Iran eigentlich immer viel Natur gesehen haben und Agrarwirtschaft immer nur im kleinen Rahmen vorhanden war. Hier kann man den Horizont vor lauter Palmen nicht sehen. Unsere Karte

auf dem Handy bestätigt unsere Vermutung und zeigt uns, dass vor uns ein etwa 40 km langes und bis zu 15 km breites Dattelanbaugebiet liegt. Da es schon spät ist und die Sonne bald untergeht, fahren wir von der Hauptstraße runter und dann auf einem kleinen Weg bis zum Rand einer der Plantagen. Niemand ist hier oder sieht uns und so bauen wir unser Zelt neben den ersten Dattelpalmen auf, so dass wir von der Straße nicht gesehen werden können. Es kühlt jetzt deutlich weniger ab und man könnte fast sagen, dass es warm ist. Wären nur die Moskitos nicht da – aber man kann halt nicht alles haben.

Wir ziehen uns lange Klamotten an und sind dann halbwegs geschützt. Ich heize den Benzinkocher vor und Olga schneidet einen großen Berg Gemüse klein – es gibt heute »Grün-Weiß-Rot-Nudeln«. Ob die Pasta aus Italien importiert ist oder ob sie die Farben der iranischen Fahne widerspiegeln sollen, wissen wir dabei allerdings nicht. Auf jeden Fall schmecken die Nudeln mindestens genauso gut wie in Italien! Nach dem Essen sitzen wir dann noch eine Weile draußen vor dem Zelt und genießen den schönen Sternenhimmel in dieser warmen Winternacht.

Internationale Bekanntheit hat Buschehr vor allem durch das dort gebaute Atomkraftwerk bekommen, da es das Erste im Iran war. Das Atomkraftwerk wurde bereits in den 1970er Jahren geplant und sollte von verschiedenen deutschen Firmen, unter anderem der Siemens AG errichtet werden. 1975 begann dann der Bau, wurde 1979 jedoch aufgrund der Revolution abgebrochen und das Kraftwerk wurde vorerst zur Bauruine. Erst 1995 sagte Russland seine Unterstützung zu und 2010 wurde das Kraftwerk schlussendlich offiziell in Betrieb genommen. Mittlerweile sind zwei weitere Reaktoren in Planung, die irgendwann in den nächsten 10 Jahren fertiggestellt sein sollen. Tatsächlich konnten wir einen Blick auf den Gebäudekomplex werfen, denn er befindet sich nur knapp 20 km südlich von Buschehr und da die Landschaft hier komplett flach ist, kann man die Umrisse auch aus dieser Entfernung sehen.

Es wird schon langsam dunkel, als wir am nächsten Abend an unserem ersehnten Campingspot ankommen. Diesen haben wir uns vorher schon auf unserer Karte ausgeguckt, denn wir wollten so dicht wie möglich an der Stadt campen, damit wir am nächsten Morgen direkt in das Visaoffice fahren können. Auf dem Satellitenbild waren eigentlich ein paar Bäume und ein verlassen wirkender Parkplatz zu sehen. Jetzt ist hier allerdings eine große Promenade im Bau.

Eine großzügige Parkanalage ist schon fast fertig angelegt und direkt am Wasser verläuft ein 10 Meter breiter Weg, der wohl bald zum Flanieren einladen soll. Direkt an dem Weg sind mehrere kleine Stände, die wohl irgendwann einmal zum Verkauf von Snacks und Kaltgetränken dienen werden. Jetzt haben sie aber die perfekte Größe für unser Nachtlager. Wir schieben unsere Räder in eine der kleinen Hütten, breiten unsere Zeltunterlage aus, legen unsere Luftmatratzen und Schlafsäcke darauf und fertig ist unsere Schlafstätte. Zum Abendessen gibt es heute etwas Einfaches. Eine Dose mit der Aufschrift »Eggplant Dish«, also eine »Auberginenmahlzeit« und dazu kochen wir uns einen Topf Reis. Nach dem Essen setzen wir uns noch ein bisschen an den Persischen Golf und genießen die Wellen des weiten Meeres. Als wir ein paar Stunden später dann in unserer kleinen Hütte liegen, hören wir immer wieder Menschen miteinander reden und lachen. Die Baustelle scheint ein beliebtes Ziel für junge iranische Pärchen zu sein, die sich in der Öffentlichkeit so nicht zeigen dürfen. Aber auch ein paar Familien mit kleinen Kindern machen gegen 12 Uhr nachts noch einen ausgiebigen Spaziergang am Meer. Ja, die Iraner sind halt wirklich richtige Nachtmenschen.

Die Sonne steht erst niedrig am Himmel, als wir unsere Fahrräder am nächsten Morgen wieder auf die Straße schieben. Wir wollen pünktlich bei dem Visaoffice sein und müssen jetzt noch etwa sieben Kilometer quer durch die ganze Stadt fahren. Dort angekommen, stellen wir unsere Räder gegen die große Mauer, die um das ganze Grundstück führt. Olga wartet gemeinsam mit Hertha hier und ich probiere mein Glück mit den Bürokraten. Um hineinzugelangen, muss ich erstmal durch eine Sicherheitsschleuse, dann über einen großen Platz und am anderen Ende des Grundstückes in ein kleines Gebäude mit Wartebereich und Glasscheiben, hinter denen fleißig tippende Mitarbeiter sitzen.

»Hallo, wie kann ich Ihnen helfen?«, fragt einer der Mitarbeiter freundlich. Wieder erkläre ich unsere Situation und reiche dem Mitarbeiter unsere Ausweise. Der Mann hört aufmerksam zu und blättert dann durch die Seiten der Ausweise.

»Das Visum ist ja noch drei Tage gültig! Ihr habt genügend Zeit das Land zu verlassen, ihr braucht doch gar keine Verlängerung!«, stellt er dann plötzlich in den Raum. Ein weiterer Schlag in die Magengrube; diesmal vielleicht noch kräftiger als in Schiras.

»Schei...«, denke ich, behalte aber die Ruhe und antworte: »Wir wollen noch nach Qeschm und danach Richtung Bandar Abbas, um mit einer Fähre nach Dubai zu fahren. Wir haben bereits unsere Tickets gekauft. Das Datum für die Überfahrt ist der 27.12., deshalb brauchen wir unbedingt noch eine Verlängerung«

Der Mann wartet ein paar Sekunden und es kommt mir wie eine Ewigkeit vor, bis die erlösende Antwort kommt: »Alles klar, überhaupt kein Problem!«

»Verdammt, warum sagst du das nicht gleich und machst es so spannend, du blöder Idiot!«, denke ich mir und bedanke mich dann überschwänglich bei dem Beamten.

»Okay, zuerst musst du zu diesen zwei Banken und eine Einzahlung machen. Einmal 5000 Rial und einmal 600.000 Rial pro Person« Dann schreibt er auf einen Zettel die Bankverbindungen und überreicht ihn mir.

»Olga? Wir müssen in die Stadt und bei den Banken Geld einzahlen! 5000 Rial pro Person bei der einen Bank! Das sind 10 Cent pro Person, sowas Beknacktes, oder?«, rufe ich während ich aus der Sicherheitsschleuse zurück zu den Rädern gehe und dann Olga und Hertha erspähe.

»Haha, sehr gut! Wir bekommen also eine Verlängerung? Wissen wir denn, wo wir hinmüssen?«

»Ja, alles kein Problem! Wir müssen kurz auf der Karte nachschauen!«

Tatsächlich müssen wir nochmals durch die ganze Stadt fahren, da die Banken jeweils am anderen Ende der Stadt sind. Aber alles klappt wunderbar und auch die Bankangestellten bearbeiten freundlich unser Anliegen, 20 Cent auf das Konto des Visaoffice einzuzahlen.

Zurück beim Office gehe ich wieder hinein und kläre die restlichen Dinge. Ich gebe das Dokumentenpaket aus Ausweis, Ausweiskopie, Passfotos, Verlängerungsantrag und den beiden Einzahlungsbestätigungen ab und dann müssen wir ungefähr eine Stunde warten. Zum Schluss nehmen die Beamten noch unsere Fingerabdrücke, dann bekommen wir die Ausweise mit Verlängerung bis Mitte Januar zurück – wir haben es geschafft!

EIN BESONDERES GESCHENK

Ungefähr einen Kilometer vom Visaoffice entfernt finden wir einen kleinen Park direkt am Meer. Dort setzen wir uns gemütlich in die Sonne und freuen uns über unseren Erfolg. Das verbinden wir auch direkt mit unserer Mittagspause und Olga holt die Reste vom gestrigen Reis aus der Vordertasche und dazu eine weitere Dose »Eggplant Dish«.

»Das Zeug schmeckt echt besser, als man denkt!«, stelle ich fest während ich mir einen großen Löffel Reis mit Auberginenstückchen in den Mund schiebe. Dabei genießen wir die frische Meeresbrise, denn die Sonne hat hier am Meer wieder richtig viel Kraft und die Temperaturen sind die letzten Tage deutlich gestiegen. Ein junger Iraner kommt zu uns und begrüßt uns auf Farsi.

»Salam, Khubi?«, antworte ich ihm selbstsicher. Doch dann redet der Mann weiter auf Farsi und selbstverständlich verstehen wir kein Wort. Ich versuche ihn zu stoppen, aber er redet mehrere Minuten so weiter und wir sitzen brav da und lächeln ihn unsicher an. Dann zückt er schlussendlich sein Telefon und fragt nach einem Selfie: »Axe?«

Abends werden wir ein längeres Gespräch darüber führen, dass wir von der ganzen Aufmerksamkeit und den Selfies doch langsam etwas genervt sind. Jetzt nicken wir ihm aber zu und lächeln zum tausendsten Mal im Iran in eine Smartphone-Kamera.

Nach der ausgiebigen Pause wollen wir jetzt zum südlichen Zipfel der Halbinsel, auf der sich Buschehr befindet. Dort ist zum einen das Atomkraftwerk, aber vor allem haben wir von einem Strand gehört, der für die ausländischen Mitarbeiter des Atomkraftwerkes bestimmt ist. Während das Atomkraftwerk gebaut wurde, haben tausende Familien aus dem Ausland hier gewohnt. Da der Iran das nötige Expertenwissen selbst nicht hatte, mussten die Ingenieure, Techniker, Physiker etc. zuerst aus Deutschland und dann aus Russland geholt werden.

Heute arbeiten nach wie vor russische Experten vor Ort und so hat sich der Name dieses im Iran einzigartigen Strandes etabliert, der Russenstrand. Aber was ist denn nun eigentlich das Besondere dort? Als einziger Strand im gesamten Iran ist es hier Männern und Frauen erlaubt, gemeinsam zu baden und das Verschleierungsgebot für Frauen ist hier nicht wirksam! Wohlgemerkt dürfen nur Ausländer an diesen Strand und so wollen auch wir unser Glück probieren, dort gemeinsam baden zu können. Auf unserer Karte haben wir schnell gefunden, wo genau wir hinmüssen. Die eingemauerte Anlage liegt etwa zwei Kilometer südlich des Kraftwerkes, am Rande des Dorfes Bandargaah. Auf der Karte heißt der Strandabschnitt »Buschehr nuclear power plant foreign workers swimming beach«, und schon da werden wir skeptisch, ob wir unser Ziel erreichen werden. Nachdem wir noch Geld gewechselt und ein paar Vorräte gekauft haben, verlassen wir dann Buschehr und fahren Richtung Bandargaah. Unsere heutige Erfolgssträhne soll aber nicht lange halten, denn nach ein paar Kilometern stehen wir vor einem Checkpoint und dürfen nicht weiter.

»Absolut kein Zutritt für Ausländer!«, betont der Polizist.

»Aber wir wollen zu dem Russenstrand, ich komme aus Russland!«, versucht Olga einen Trumpf auszuspielen, hat aber keinen Erfolg.

Ein Auto passiert die Schranke und bleibt dahinter stehen. Der Fahrer steigt aus und fragt uns, ob es ein Problem gebe. Wir erklären kurz, was wir vorhaben und der Mann fragt, wo wir denn herkommen. Auf Olgas Antwort fängt er dann plötzlich an gutes Russisch zu sprechen und Olga erklärt nochmals genauer, was wir vorhaben. Der Mann versteht unser Anliegen, erklärt uns aber, dass wir hier aufgrund des Kraftwerkes auf keinen Fall durchkommen werden.

»Mist, verdammt! Da wäre ich wirklich gerne gewesen!«, entfährt es mir energisch, als wir unsere Räder umdrehen und wieder zurückfahren.

»Ja, ich auch!«, antwortet Olga ebenso enttäuscht.

»Aber man sagt ja auch immer, »Man weiß nie, wofür es gut ist«, oder?«, antworte ich dann, als wir langsam wieder zurückfahren. Wofür es gut war, sollten wir etwas später aber noch herausfinden. Als wir auf die Hauptstraße biegen, die von hier aus bis ganz in den Süden des Irans führt, haben wir nämlich eine ziemlich denkwürdige Begegnung mit einem jungen Iraner.

Während wir am Rande der Straße gerade Pause machen, hält wieder mal ein Autofahrer an und der junge Mann mit stylischen Klamotten, kurzen Haaren, Drei-Tage-Bart und Sonnenbrille kommt lächelnd auf uns zu. Er fragt uns die drei Standardfragen: »Woher kommen wir, wohin fahren wir und wie gefällt uns der Iran?«

Danach gibt's noch ein Selfie und der Mann geht zurück zu seinem Auto. Aber er fährt nicht los, sondern wühlt in seinem Kofferraum umher. Nach ein paar Minuten kommt er zu uns zurück und hat die Hände voll. »Hier, das ist für euch!«, sagt er strahlend und reicht uns zunächst zwei Handtücher und dann zwei Unterhosen für Babys. Dankend und leicht irritiert nehmen wir diese an, ohne genau zu wissen, wofür wir sie brauchen. Aber dann überreicht er uns eine weitere Plastikverpackung mit dem wohl skurrilsten Geschenk was wir jemals bekommen haben – eine Brustpumpe, um Muttermilch abzusaugen.

»Ich hoffe ihr bekommt einen Sohn, Inschallah!«, ruft der Mann jetzt laut aus und wir kucken ihn sprachlos und wohl ziemlich blöd dreinschauend an.

»Danke!«, schafft Olga es irgendwann ihm knapp zu antworten. Glücklich und strahlend, dass wir seine Geschenke angenommen haben, verabschiedet er sich dann und düst mit seinem Wagen davon.

»Was zum Teufel war das denn gerade?«, frage ich, während ich mir überlege ob ich jetzt lachen soll.

»Zum Glück besucht meine Mama uns ja bald, da können wir die ganzen Souvenirs erstmal nach Deutschland schicken!«, antwortet Olga kichernd und nach ein paar Sekunden brechen wir gemeinsam in ein schallendes Lachen aus. Diese Iraner sind schon wirklich ganz besonders!

Da wir heute so früh aufgestanden sind und ein so ereignisreicher Tag hinter uns liegt, wollen wir heute etwas früher nach einem Platz zum Zelten Ausschau halten. Die nächsten Kilometer kommt jedoch kein größeres Dorf, wo wir uns Wasser für den Abend abfüllen könnten. Kurzerhand halten wir also einfach das nächste vorbeifahrende Auto an.

Der Mann spricht kein Englisch, versteht unsere Gesten mit der leeren Wasserflasche aber sofort. Er öffnet seinen Kofferraum und zu unserer Verwunderung befindet sich in diesem ein 50 Liter-Tank mit Trinkwasser.

»Hey Olga, da haben wir aber den richtigen angehalten!«

»Aber wirklich! Ziemlich witzig!«

Nachdem wir uns Wasser abgefüllt haben, bedanken wir uns bei dem Mann und fahren weiter. Allerdings nur kurz, denn nach ein paar Metern habe ich einen Platten. Neben der Straße bauen wir mein Rad auseinander und flicken den Reifen. Währenddessen halten mindestens drei Autofahrer an und fragen uns, ob wir Hilfe bräuchten. Zwei Männer steigen sogar aus und fragen mehrmals nach, ob wirklich alles okay sei. Aber da wir den Reifen mittlerweile schon geflickt haben und wieder am Zusammenbauen sind, versichern wir, dass alles in Ordnung sei. Nach einem kurzen Smalltalk gehen die Männer zurück zum Auto und fangen an das Handschuhfach zu durchsuchen.

»Oh, Michel, es gibt wieder Geschenke!«, sagt Olga lachend, während ich die Taschen zurück aufs Rad packe. Aber diesmal haben die beiden nur was zu Schreiben gesucht und jetzt kommen sie mit einem Zettel zu uns zurück.

»Das ist für euch, wir lieben euch, danke dass ihr hier seid!« Einer der beiden überreicht uns den Zettel, auf dem zu lesen ist: »We are Iranian people, we love Russian people and Germany. We are no terrorists!«

Erwartungsvoll schauen sie uns an und als ich mich auf Farsi bedanke, freuen sie sich riesig. Genauso, wie wir es tun! Wir sind so glücklich darüber, wie großartig wir in diesem Land von allen Menschen aufgenommen werden. Die Nachricht von den beiden hört sich vielleicht ziemlich drastisch an, aber die Menschen tun hier wirklich alles, um zu zeigen, dass sie eben nicht in diese Schublade passen, in die sie von internationalen Medien öfters gesteckt werden. Nochmals bedanken wir uns und versichern ihnen, dass wir unseren Freunden und Familien in Deutschland erzählen werden, dass die Iraner keine Terroristen sind, was wir jetzt also erledigt haben. Damit sind sie zufrieden, drücken uns lächelnd noch eine Flasche Wasser und ein paar Orangen in die Hand und steigen dann wieder in ihr Auto und fahren winkend von dannen.

Wir setzen uns ebenso wieder auf die Räder und ein paar Minuten später finden wir dann einen kleinen Weg, der von der Hauptstraße ab in die flache Landschaft führt. Nach ein paar hundert Metern

können wir die Hauptstraße zwar noch sehen, aber wir sind zufrieden mit dem Platz. Kaum sind wir von den Rädern abgestiegen, klingelt mein Telefon.

»Hey, Mehmet ruft wieder an!«, sage ich lachend und gehe ran.

»Hello, Mr. Michel! Hier ist Mehmet, vom Ende der Welt! Erinnerst du dich? Wie geht es dir und Mrs. Olga? Wo seid ihr jetzt?«

Nach kurzem Smalltalk mit Mehmet ist aber alles gesagt und wir verabschieden uns von ihm.

»Das ist schon so lange her, dass wir bei Mehmet waren, echt nett, dass er immer noch anruft, um zu fragen, ob alles okay ist!«

»Ja, die Menschen hier sind einfach klasse! Wow, was für ein verrückter Tag. Was heute schon wieder alles passiert ist!«, antworte ich erschöpft, aber fröhlich.

Dann nehmen wir Hertha aus ihrem Korb und ich spiele mit ihr, während Olga ein wunderbares Abendessen kocht. Wir haben uns mittlerweile so sehr an sie gewöhnt und ihre Anwesenheit ist einfach selbstverständlich für uns. Das beschert uns zwar oft auch fragende Blicke der Iraner, aber wir sind so glücklich, diese wundervolle Erfahrung mit ihr machen zu können. Hertha hat uns schon so viel gelehrt und insgeheim betrachten wir uns irgendwie auch als ihre Eltern und wir denken, dass wir unseren Job ganz gut machen. Es ist auf jeden Fall eine ziemlich interessante Lehrstunde in Sachen Erziehung, die wir hier im Iran unerwarteter Weise bekommen haben.

Als es langsam dunkel wird, können wir in ein paar Kilometern Entfernung noch die blinkenden Lampen des Atomkraftwerkes Buschehr sehen. Kurze Zeit später legen wir uns dann erschöpft in unser Zelt und schlafen ein.

KEIN TAAROF

Die letzte Etappe unserer Reise durch den Iran geht jetzt entlang des Persischen Golfes bis zu der Stadt Bandar Abbas, von wo aus wir mit der Fähre nach Dubai fahren werden. Bis dorthin sind es jetzt noch etwa 700 km und unsere Fähre geht in knapp zwei Wochen.

Die Landschaften sind relativ trist, aber dennoch durchaus spannend anzuschauen. Auf der rechten Seite ist es meistens flach und man kann das Meer sehen. Manchmal in ein paar Kilometern Entfernung, aber von Zeit zu Zeit auch etwas näher. Die wüstenähnliche Ebene wird zwischenzeitlich von kleinen Oasen unterbrochen, in denen vorwiegend riesige Dattelpalmen stehen und in deren Schatten saftige Graswiesen sprießen. Links erstreckt sich wieder ein Gebirgszug aus Sandstein, der hier an der Küste durch den starken Wind zum Teil sehr abstrakte Formen angenommen hat. Es gibt dünne Bergspitzen, auf denen wiederum größere Steine stehen, Wälder aus hunderten von dünnen Bergspitzen, diverse große Aushöhlungen und dann wieder ganz flach geschliffene Bergketten.

Die Straße, auf der wir fahren, ist zwar die Hauptverkehrsader hier am Persischen Golf, aber der Verkehr hält sich zum Glück trotzdem in Grenzen. Nur ab und zu werden wir von einem schwer beladenen Zamyad Truck überholt oder bekommen von einem der großen LKW ein Hupkonzert zur Begrüßung. Natürlich auch hier wieder so laut, dass wir bei dem ersten Ton fast aus unseren Sätteln springen. Aber ansonsten ist die Straße ganz nach unserem Geschmack, guter Asphalt und breiter Seitenstreifen. Mittags legen wir uns in den Schatten einer Dattelplantage und genießen unser Mittagessen; eine Packung bester iranischer Datteln und dazu ein paar Orangen.

Als wir nach einiger Zeit gerade weiterfahren wollen, kommen zwei Männer neugierig auf uns zu. Sie begutachten zuerst unsere

Fahrräder und stellen uns dann auf Farsi ein paar Fragen, die wir aber nicht verstehen. So geht es ein bisschen hin und her und wir nutzen wieder mal die weltweit beste Universalsprache: Ein gemeinsames Lachen. Die beiden haben zwei große braun-gelbe Pflanzenteile in der Hand, an denen sie immer mal wieder abbeißen. Ich zeige darauf und frage: »Was esst ihr denn da eigentlich?«

Die beiden zeigen hoch zu den Palmen und schenken uns sogleich ihre beiden Stücke. Es schmeckt faserig, muffig und ehrlich gesagt einfach nur schlecht. Lächelnd nicken wir den Männern zu, während sie aus ihrem Auto am Straßenrand noch zwei größere Stücke holen und uns diese lachend in die Hand drücken. »Lachen die jetzt, weil wir so blöd sind, das zu essen, oder warum?«, fragt Olga ebenso lachend, während wir beide auf dem holzähnlichen Palmenstamm herumkauen. Schlussendlich stehen wir zu viert unter den Palmen und lachen einfach nur mit vollem Herzen. Keine Ahnung, was hier wieder passiert ist ...

Später gegen Nachmittag sitzen wir wieder auf unseren Rädern und fahren entlang der ruhigen Straße weiter gen Süden. Ein paar hundert Meter vor uns sehen wir, wie ein Autofahrer, der uns gerade überholt hat, rechts heranfährt und wartet. Insgeheim schließen wir schon Wetten ab, ob er unseretwegen angehalten hat. Als wir dichter kommen, bestätigt sich unsere Vermutung, denn der Mann steht überschwänglich winkend am Kofferraum und seine Frau lächelt uns ebenso freundlich entgegen. Die beiden sprechen ein bisschen Englisch, so dass es für eine kleine Konversation durchaus reicht. Beeindruckt von unserer bisherigen Tour gratulieren sie uns und drücken uns ein paar Flaschen Wasser in die Hand. Dann fragt der Mann, der sich uns als Hehdi vorgestellt hat, ob wir heute Nacht nicht bei ihm zuhause schlafen wollen; er würde uns gerne einladen. Den Regeln des Taarof folgend, lehnen wir die Einladung zunächst einmal höflich ab. Hehdi wiederholt seine Einladung aber sofort und wieder danken wir ihm überschwänglich, sagen aber, dass wir uns wirklich nicht aufdrängen wollen.

Er wendet sich an seine Frau und fängt an auf Persisch zu reden. Das einzige was wir verstehen, ist dass er die ganze Zeit das Wort »Taarof« benutzt.

»Hey Olga, vielleicht will er uns klar machen, dass seine Einladung kein Taarof ist, oder? Ich glaube er fragt seine Frau was Taarof auf Englisch heißt!«

Dann wendet sich Hehdi zum dritten Mal an uns und fragt nochmal, ob wir nicht bitte seine Gäste sein wollen – wir sagen sofort zu. Das Haus der Familie ist noch etwa 30 km entfernt, in dem Dorf Rostami, direkt am Persischen Golf. Also tauschen wir unsere Telefonnummern aus und kündigen an, dass wir in etwa zwei Stunden da sein werden und ihn dann anrufen.

Gespannt fahren wir weiter und freuen uns schon auf einen weiteren Abend mit einer iranischen Familie. Wie vorhergesagt, kommen wir dann nach etwa zwei Stunden in Rostami an. Am Rande des Dorfes nehmen wir das Telefon zur Hand und wählen Hehdis Nummer. Er geht direkt ran und wir sagen, dass wir am Rande des Dorfes sind. Dann versucht er uns den Weg zu beschreiben, aber wir können ihn nicht genau verstehen und andersherum auch nicht genau erklären, wo wir jetzt gerade sind. In dem Moment hält aber ein anderer Autofahrer an und fragt uns ob wir Hilfe bräuchten. Kurzerhand drücke ich ihm den Hörer ihn die Hand, damit er erklären kann, wo wir sind. Nach ein paar gewechselten Worten gibt er mir das Smartphone zurück und sagt, dass wir ihm folgen sollen. Fünf Minuten später stehen wir dann vor dem Haus und werden herzlich von Hehdi und seiner ganzen Familie empfangen. Es ist Donnerstag, also der erste Tag des Wochenendes im Iran.

»Das hier ist unser Wochenendhaus, ihr habt Glück, dass wir hier sind!«, erklärt Hehdi uns, während er uns den großen Garten mit Orangenplantage zeigt und uns in das kleine Haus führt, was aus nur einem großen Raum besteht. Das ganze Haus ist ausgelegt mit großen weichen Teppichen, Matratzen, Kissen und Wolldecken. In einer Ecke gibt es eine kleine Küchenzeile und in der anderen einen großen Röhrenfernseher. Die ganze Familie ist hier und sitzt und liegt auf den Teppichen und Matratzen. Neben Hehdi und seiner Frau sind diverse Brüder, Schwestern, Cousins, Schwager, Onkel, Tanten, Omas und Nachbarn da. Wir verlieren, ehrlich gesagt, den Überblick. Nach einer ausgiebigen Vorstellungsrunde kommt von Hehdi die Frage, die wir hören wollen: »Wollt ihr eigentlich duschen?«

Blitzschnell antworten wir im Chor »Ja, das wäre super!« Die letzte Dusche ist nun doch schon ein paar Tage her und der Sand und Staub der letzten Tage hat sich mittlerweile in unseren Gesichtern und Haaren abgesetzt.

»Wir haben bei uns leider keine Dusche, aber ihr könnt die von unserem Nachbarn benutzen. Das Wasser braucht jedoch etwa eine Stunde, bis es heiß ist. Solange können wir Tee trinken. Wollt ihr auch etwas essen? Wir können jetzt einen kleinen Snack haben. Abendessen gibt es später!«, erklärt Hehdi uns in seinem einfachen, aber durchaus verständlichen Englisch.

So legen wir uns auch auf eine der Matratzen und machen es uns gemütlich. Es gibt einen starken und vor allem süßen Tee und dazu eine große Schale Obst und Karotten. Hertha haben wir mittlerweile auch aus ihrem Korb geholt und sie ist natürlich der Star der Stunde. Alle wollen Fotos machen und sind gerührt von der Geschichte, wie sie von uns gerettet wurde. Sie bekommt eine große Schale Wasser und springt fröhlich piepsend durch den ganzen Raum. Zwischendurch kommt sie bei uns vorbei und fordert laut piepsend ein Stückchen Banane oder Mandarine.

»Wow, sie ist so schlau!«, stellt eine der Cousinen beeindruckt fest. Auch wir sind ehrlich gesagt ziemlich überrascht, wie intelligent Hertha ist. Sie kann unsere Stimmen mittlerweile ohne Ausnahme erkennen und kommt sofort zu uns, wenn wir sie mit ihrem Namen rufen.

»Wisst ihr schon, was ihr mit ihr macht? Ihr könnt sie ja nicht mit aus dem Iran nehmen, oder?«, fragt uns einer der Onkel.

»Wir suchen nach einem guten Zuhause für sie, haben bisher aber nichts gefunden. Gibt es hier im Dorf vielleicht jemanden, der ein paar Hühner hat?«, fragen wir hoffnungsvoll, werden aber leider enttäuscht.

»Wir kennen hier niemanden, der noch Hühner hat, das war nur früher so ...«, antwortet Hehdi uns, fügt aber hinzu, dass wir bestimmt noch einen perfekten Ort finden werden.

»Ja, da sind wir uns auch sicher, dass müssen wir!«, antwortet Olga selbstbewusst.

Gute eineinhalb Stunden später ist das Wasser für die Dusche bereit und wir gehen hinüber in das Haus des Nachbarn, um dort die ersehnte Dusche zu nehmen. Auch hier bekommen wir einen Tee und Datteln serviert und werden sofort zum Abendessen eingeladen. Wieder sind wir fasziniert von den Iranern. Da werden zwei staubige Ausländer, ohne irgendwelche Fragen zu stellen, in das eigene Haus geholt, damit sie sich waschen können und um sie zu Tee und Abendessen einzuladen. Nachdem wir beide gemütlich geduscht haben, bedanken wir uns vielmals für die Gastfreundschaft und die Einladung zu Tee und Datteln. Dann verabschieden wir uns und gehen wieder zu Hehdi. Es ist jetzt ungefähr 19 Uhr und nach wie vor sitzt die ganze Familie gemütlich in dem Haus, schaut Fernsehen und trinkt Tee.

»Möchtet ihr nachher eigentlich mit uns zu Abend essen? Was esst ihr denn, was mögt ihr?« Wir erklären Hehdi, dass wir am liebsten Gemüse und Reis essen und dass wir wirklich nichts Besonderes brauchen. Das nimmt er aber so nicht hin und es wird umgehend ein Menü mit mehreren veganen Speisen erstellt.

»Gut, dann müssen wir gleich noch einkaufen! Und Brot brauchen wir auch unbedingt, aber dafür müssen wir ins nächste Dorf fahren! Michel, willst du mitkommen?«

So verläuft der weitere Abend mit dem Einkauf von Brot und Gemüse, der Zubereitung eines exquisiten Abendessens und einem darauffolgenden Lagerfeuer im Garten. Was uns den ganzen Tag schon aufgefallen ist, dass sich niemand so richtig um die Oma zu kümmern scheint. Sie ist schon ziemlich alt und nicht mehr so richtig mobil, möchte aber immer gerne dabei sein. Im Haus war das natürlich kein Problem, aber als wir jetzt draußen am Lagerfeuer sitzen, hat niemand Oma mitgenommen. Nach einiger Zeit sehen wir wie sie sich auf dem Boden kriechend aus dem Haus zieht und langsam

zu uns ans Feuer kommt. Irgendwann auf halber Strecke gibt sie aber auf und legt sich seitlich auf den gepflasterten Weg. Alle sehen es, aber niemand hilft ihr. Zumindest bringt ihr einer der Onkel dann eine Decke und ein Kissen, so dass sie wenigstens gemütlich liegen kann. Seltsam ist dieser Anblick aber doch für uns, da die Familie und vor allem die Alten eigentlich immer mit sehr viel Respekt behandelt werden. Wer weiß, welche Geheimnisse die Familie hat, die sie uns natürlich nicht verraten ...

Am Lagerfeuer berichten wir dann aber von unserer Reise und all den Abenteuern, die wir bereits erlebt haben und insbesondere einer von Hehdis Cousins ist absolut begeistert. Er fragt uns aus übers Zelten, Kochen, und die Routenplanung. Dann erzählt er uns, dass er schon so lange den Traum hat, mit dem Motorrad durch den Iran zu fahren und auch überall zu zelten. Wir ermutigen ihn dazu, sich seine Träume doch zu erfüllen und er nickt uns eifrig zu und beschließt, »Das werde ich machen!« Tatsächlich werden wir etwa ein Jahr später Bilder von Hehdi geschickt bekommen, die seinen Cousin auf Motorradreise durch den Iran zeigen – klasse!

Morgens wachen wir als Erste auf, da Hertha uns wie gewohnt fröhlich piepsend aufweckt. Schnell gehen wir aus dem Häuschen, in dem wir gemeinsam mit der ganzen Familie geschlafen haben, damit wir niemanden aufwecken. Draußen spielen wir mit Hertha, indem wir mit ihr durch den ganzen Garten laufen und bereiten ihr Haferlocken zum Frühstück zu. Ungefähr zwei Stunden später trinken wir dann mit der ganzen Familie noch einen Tee und verabschieden uns danach von allen. Wieder bekommen wir noch ein großes Fresspaket mit Reiseproviant geschenkt und fröhlich winkend fahren wir vom Hof.

DIE LUFT IST RAUS, DIE LUFT IST GELB

»Ich glaube langsam freue ich mich schon sehr auf Dubai und auf meine Mama«, sagt Olga nachdem wir heute zum fünften Mal angehalten wurden, um Fotos zu machen und die Fragen der neugierigen Iraner zu beantworten. »Ich meine, die sind ja alle immer so super nett, aber langsam wird mir das doch zu viel. Und außerdem will ich das blöde Kopftuch loswerden, es ist super heiß die letzten Tage!«

»Ja, kann ich verstehen und sehe ich auch genauso. Aber lass uns die letzten Tage noch genießen, bald ist diese einzigartige Erfahrung vorbei!«

Leider kommt ein heftiger Wind von vorne und so bessert sich unsere etwas angespannte Stimmung vorerst nicht. Trotzdem treten wir in die Pedalen und fahren Kilometer um Kilometer weiter. Die Landschaften sind das einzige, was uns jetzt gerade fröhlich stimmt. Weiterhin gibt es diese kleinen Oasen mit grün leuchtendem Rasen, Palmen und anderen kleinen Büschen. Ansonsten ist es nach wie vor eher wüstenähnlich, aber wir haben jetzt fast immer einen Ausblick auf die hellblauen Wellen des Persischen Golfs und seine goldgelben einsamen Traumstrände. Abends finden wir an einem dieser schönen Strände einen wundervollen Campingspot in den Dünen. Wir befinden uns etwa 100 Meter vom Wasser entfernt und von den Dünen haben wir einen einzigartigen Ausblick auf den kilometerlangen Strand und den orange leuchtenden Sonnenuntergang.

Hertha hat jetzt so gut wie keine gelben Federn mehr und wächst von Tag zu Tag in immensen Tempo. Sie läuft vor uns durch den Sand und die Sonne reflektiert sich auf ihren glänzenden weißen Federn.

»Wow, ist das nicht wundervoll?«

»Ja, absolut! Der Tag ist doch gar nicht so schlecht!«

Gemütlich sitzen wir noch lange draußen und genießen zunächst den Sonnenuntergang und dann den Wandel zu einem wunderschönen Sternenhimmel. Auch Hertha ist noch lange aktiv und spielt wie verrückt in dem weichen Sand und sucht fleißig nach kleinen Käfern. Immer mal wieder wird sie fündig, schnellt dann zielgenau mit ihrem Schnabel in den Sand und pickt sich den Leckerbissen.

Morgens weht uns direkt wieder der Wind entgegen und nach ein paar Kilometern bleibt Olga stehen.

»Die Luft ist raus, ich kann nicht mehr! Dieser verdammte Wind, das Kopftuch! Ich will was anderes, ich will nach Dubai!«

»Dann lass uns erstmal eine Pause machen. Wir sagen unserem Couchsurfing Host in Asaloyeh für morgen ab, dann können wir etwas entspannter fahren«, antworte ich beruhigend und nehme dabei mein Smartphone aus der Tasche. Vor ein paar Tagen haben wir uns in der nächsten großen Stadt Asaloyeh um einen Couchsurfing Host gekümmert. Allerdings war unser Ziel, dort morgen anzukommen, wohl doch etwas zu ambitioniert. Und so schreibe ich ihm jetzt eine Nachricht, dass wir wegen des Windes einen Tag später ankommen. Dann setzen wir uns an den Straßenrand und schauen uns unsere Optionen an.

»Okay, also, bis Asaloyeh sind es noch 150 km. Dann können wir heute noch 30 machen und dann morgen und übermorgen jeweils 60 km, was meinst du?«

»Dann wird es aber danach bis Bandar Abbas stressig!«

»Da haben wir aber vielleicht keinen Wind mehr von vorne! Da können wir uns dann immer noch etwas überlegen, wenn wir sehen, dass es doch knapp wird«

»Aber wir müssen auch noch eine Bleibe für Hertha finden! Ich möchte sie nicht einfach so jemandem in die Hand drücken ...«, antwortet Olga sichtlich bedrückt.

»Das schaffen wir, das verspreche ich dir! Vielleicht ja schon in Asaloyeh ...«

»So bald schon? Ich glaube, ich muss weinen. Sie hat sich so an uns gewöhnt und vertraut uns!«

»Ja, aber es war von Anfang an unsere Aufgabe, sie zu retten. Es war klar, dass wir sie irgendwann abgeben müssen. Wir werden ein gutes Zuhause für sie finden!«, antworte ich und nehme Olga in den Arm. »Wir schaffen das!«

Nachdenklich sitzen wir noch ein paar Minuten Arm in Arm am

Straßenrand, hinter der Leitplanke, und folgen unseren Gedanken an die Erlebnisse mit Hertha. Was für eine einzigartige Zeit hinter uns liegt, ist kaum in Worten zu beschreiben. In diese Stimmung hinein hört der Wind auf zu wehen und als wir weiterfahren, sind wir wieder voller Zuversicht, alles hinzubekommen, was jetzt noch anliegt.

Auch am nächsten Tag ist es komplett windstill und wir schreiben mit Jella, einer Frau aus Bandar Abbas, die wir über Couchsurfing kontaktiert haben. Sie freut sich riesig, uns zu beherbergen, aber das Beste kommt ein paar Minuten später. Wir haben ihr auch von Hertha geschrieben und wie sich herausstellt, ist Jella Vegetarierin und setzt sich aktiv für den Tierschutz ein. Sie schreibt uns folgenden Satz, für den wir ihr immer dankbar sein werden: »Ich werde etwas für Hertha finden, macht euch keine Sorgen!«

Überglücklich fahren wir weiter und machen schnell unsere geplanten Tageskilometer voll. Etwa 40 km vor Asaloyeh finden wir dann neben einem Parkplatz einen richtig schönen Picknickplatz direkt am Meer, an dem wir unser Nachtlager aufschlagen.

Den ganzen Tag über sind wir schon an riesigen Raffineriekomplexen entlanggefahren und Asaloyeh bildet das Herzstück dieses kilometerlangen Industriegebietes. Direkt vor uns im Persischen Golf liegt das South-Pars-Gasfeld, das größte Erdgasfeld der Welt und dementsprechend haben sich hier diverse Energiekonzerne mit unzähligen Raffinerien, Lagerungsstätten, modernen Gashäfen und Tankern angesiedelt. Als es abends dunkel wird, erleuchten im Süden langsam die Konturen einer Stadt. Zunächst sind wir uns unsicher, doch ein Blick auf die Karte bestätigt unsere Vermutung. Dort hinten in etwa 40 km sehen wir Asaloyeh. Und der Grund, warum wir es sehen, sind hunderte von feuerspeienden Schornsteinen, die den gesamten Himmel und die Stadt in ein feuriges Rot tauchen.

»Boah, das ist echt krass!«

»Und schau mal aufs Meer, siehst du die ganzen Lampen? Das sind alles die Gastanker, die auf ihre Ladung warten!«, antworte ich und zeige dabei auf die hunderten von grellen Lichtflecken, die in weiter Ferne auf dem Wasser leuchten. »Unglaublich, was für riesige Ausmaße!«

Morgens schlafen wir ganz gemütlich aus und frühstücken Brot mit Karottenmarmelade, während das Meer uns dazu eine wunderbare Geräuschkulisse von verschiedenen Wellentönen komponiert.

Dann packen wir unser Zelt zusammen, waschen das Geschirr im Meer ab, packen alles in unsere Radtaschen, schieben unsere Räder zurück auf den Parkplatz und fahren von dort wieder auf die Hauptstraße. Schon bald taucht der nächste Raffineriekomplex auf und als wir an diesem vorbei gefahren sind, beginnt direkt der nächste Zaun, der eine weitere Raffinerie ankündigt. Ab jetzt beginnt das vermutlich größte Industriegebiet, was wir jemals gesehen haben. Es reiht sich Raffinerie an Raffinerie. Insgesamt zieht sich diese gigantische Anlage über eine Länge von über 100 km. Überall wird dazu neu gebaut und es entstehen bereits die ersten Raffinerien in zweiter Reihe. Es liegen riesige Pipelines am Straßenrand, die darauf warten, das gewonnene Gas zum nächsten Hafen zu leiten. Es ist ein unglaubliches, unbeschreibliches Ausmaß. Tatsächlich fühlen wir uns ziemlich unsicher, da wir echt nicht wissen, ob wir hier sein dürfen. Wir erinnern uns, dass wir schon in der Nähe des Atomkraftwerkes in Buschehr abgewiesen wurden, nur weil wir dort an den Strand wollten. Wenn man das mit den Anlagen hier vergleicht, ist es eigentlich absolut undenkbar, dass wir hier sein dürfen. Dementsprechend halten wir uns mit Foto- und Videoaufnahmen auch sehr zurück und versuchen so schnell wie möglich nach Asaloyeh zu kommen.

Links und rechts direkt neben der Straße tauchen jetzt auch riesige Schornsteine auf. Wir vermuten, dass hier die Abfallprodukte aus dem Gas-Gewinnungsprozess verbrannt werden. Die Schornsteine sind riesig und am oberen Ende brennt eine Flamme, die um die 10 bis 20 Meter in die Luft ragt und dabei erstens einen ohrenbetäubenden Lärm verursacht, der an einen startenden Jet erinnert und zweitens die ganze Umgebung aufheizt. Wenn wir an einem dieser Schornsteine entlangfahren, sind wir vermutlich über 100 Meter von der Flamme entfernt, aber trotzdem merken wir, wie die Hitze auf unsere Haut strahlt und uns gefühlt direkt in eine Sauna katapultiert. Die Luft hat sich mittlerweile gelb gefärbt, wodurch sich unsere Nervosität nicht wirklich verringert. Wir wickeln uns jeder einen Schal über das Gesicht, um uns vor den vermutlich toxischen Abgasen wenigstens ein bisschen schützen zu können. Dann treten wir ordentlich in die Pedale, um so schnell wie möglich aus dieser gelben Hölle zu entfliehen. Entgegen unserer Befürchtungen kommen wir ohne Zwischenfälle oder Polizeikontrollen gegen Mittag am Hafen des ehemaligen Fischerdorfes Asaloyeh an.

COUCHSURFING AM PERSISCHEN GOLF

Asaloyeh hat sich in den letzten Jahrzehnten vermutlich zu einer der herausgeputztesten Städte des Irans entwickelt. Der Reichtum der Stadt ist nicht zu übersehen. Wir fahren vorbei an langen Alleen mit Grünstreifen, akkurat angelegten Beeten mit bunten Blumen und hinter den Zäunen und Hecken der Grundstücke erspähen wir prunkvolle Privathäuser. Die Straßen sind breit und frisch geteert und es gibt sogar Fußgänger- und Radwege. Am Hafen finden wir eine große Parkanlage und wir setzen uns erstmal auf den frisch gemähten Rasen, um unsere Mittagspause zu machen. Olga geht kurz zum nächsten Laden und kauft uns ein bisschen Obst und dazu eine Packung Datteln, die wir gleich als Gastgeschenk für unseren Couchsurfing Host mitnehmen werden.

Wir lassen unsere Blicke über die Bäume, die grünen Wiesen und die lachenden Menschen schweifen und sind fasziniert von dieser Stadt. Sie ist eine richtige Oase in diesem ansonsten dreckigen und riesigen Industriegebiet. Die Stadt Asaloyeh ist dabei der Mittelpunkt dieses Industriegebietes. Von hier aus werden alle organisatorischen Dinge wie der Handel mit dem Gas, die Logistik und die Planung neuer Raffinerien durchgeführt. Um Asaloyeh herum besteht eine Sonderwirtschaftszone, die PSEEZ, um den internationalen Handel mit dem Gas zu vereinfachen. PSEEZ steht für »Pars Sonderwirtschafts- und Energiezone«. Pars, oder auch Fars heißt die Provinz im Südwesten des Irans, an deren Rande wir uns jetzt befinden und deren Hauptstadt Schiras ist. Eigentlich sind wir jetzt in der Provinz Buschehr und kommen von hier aus direkt nach Hormuzgan. Warum diese Zone den Namen der Nachbarprovinz trägt, wissen wir ehrlich gesagt nicht. Allerdings genießen wir es jetzt auf jeden Fall erstmal, der gelben Hölle entkommen zu sein und nun in diesem grünen Paradies zu sitzen und eine große Melone zum Mittag zu essen.

Nachdem wir uns ausgiebig ausgeruht haben, kontaktieren wir Mohammed, unseren Host. Er schreibt uns, dass er noch bei der Arbeit sei, aber sein Bruder uns gleich im Park abholen könne. Kurze Zeit später taucht sein Bruder mit einem Motorrad auf und geleitet uns zum Haus der Familie. Mohammed ist einer von fünf Geschwistern, die hier mit ihren Eltern in einem großen Haus direkt am Meer wohnen. Es scheint uns so, dass außer Mohammed keiner so richtig englisch sprechen kann und so ruhen wir uns erstmal in unserem Zimmer aus, nehmen eine Dusche und warten bis Mohammed von der Arbeit zurückkommt.

Das dauert auch gar nicht mehr so lange und dann werden wir herzlich von ihm begrüßt. Er fängt an zu erzählen, dass seine Familie arabischer Abstammung sei und sein Vater früher Seemann war und zwischen Saudi-Arabien und dem Iran hin und hergefahren sei. Er selbst arbeite jetzt als Informatiker in einer der Raffinerien, was ihm ein gutes Einkommen sichere. Davon spare er einen Großteil, um jedes Jahr auf Reisen gehen zu können.

»In den letzten Jahren war ich in Georgien, Serbien, Malaysia und Thailand«, schwärmt er. »Ich liebe das Reisen und vor allem trinke ich immer viel Alkohol! Das ist hier leider verboten und meine Eltern würden das auch nicht verstehen«, erzählt er uns mit einem Zwinkern in den Augen. Wir sitzen draußen auf einer Terrasse im Innenhof des großen Anwesens. Mohammed hat einen Bruder und drei Schwestern, die alle jünger als er sind. Mohammed ist 22, aber das vergesse er immer, sagt er uns lachend. »Wir feiern hier im Iran eigentlich keine Geburtstage. Das fing erst an mit Instagram! Da muss man jetzt natürlich ein Bild mit Kuchen posten und seitdem feiern wir Geburtstage!«, erzählt er uns fröhlich weiter und wir fangen an zu lachen.

Mohammeds Vater treffen wir nur kurz und seine Mutter bekommen wir aus kulturellen Gründen auch nur einmal ganz kurz zu sehen. Im Haus laufen alle Frauen mit bunten Gewändern umher, aber sobald sie das Grundstück verlassen, tragen sie eine schwarze Burka. Mohammed erzählt uns, dass er nicht wirklich religiös sei und seine Eltern ihn manchmal deshalb nerven würden. Am liebsten würde er einfach reisen und Party machen.

»Der Iran nervt einfach! Alles was Spaß bringt, ist hier verboten, so kann es nicht weitergehen!«, stellt er dann schlussendlich fest.

So unterhalten wir uns den ganzen Nachmittag mit ihm und erzählen von unserer Reise und den Erfahrungen, die wir im Iran gemacht haben. Als wir von unseren Alkoholerfahrungen im Iran erzählen, staunt er nicht schlecht.

»Scheint ja doch noch nicht alles total am Ende zu sein!«, stellt er zufrieden fest. »Soll ich euch eigentlich die Stadt zeigen? Wir können einen Spaziergang zum Hafen machen!«, wechselt er dann abrupt das Thema und wir stimmen sofort zu.

Die Sonne geht gerade unter und taucht den Hafen und die dortigen Fischer- und Transportboote in einen goldenen Schein. »Mit solchen Transportbooten aus Holz ist mein Vater früher auch gefahren«, erklärt Mohammed uns und zeigt auf die etwa 20 Meter langen Schiffe im Hafen. »Heutzutage werden mit denen vor allem Lebensmittel im- und exportiert. Aber wenn keine Saison ist, wird viel geschmuggelt. Vor allem Alkohol und Elektroartikel wie Satellitenschüsseln und Fernseher! Das kommt alles aus Dubai!«, führt er weiter aus, während wir an der Promenade entlanglaufen. Wir machen eine schöne Runde am Wasser entlang und laufen dann irgendwann wieder nach Hause.

Dort bekommen wir von Mohammeds Mutter einen köstlichen Gemüseeintopf mit Reis und frisch gebackenem Brot serviert – ein weiteres Festmahl im Iran. Wir lieben die Küche hier und obwohl wir weder Fleisch noch Milchprodukte essen, haben wir immer und überall etwas Leckeres zu essen bekommen. Jedes Mal waren unsere Gastgeber glücklich und zuvorkommend, unsere veganen Wünsche zu erfüllen.

»Wollt ihr noch einen Kaffee?«, fragt Mohammed als wir gerade die letzten Reste von unseren Tellern mit einem Stückchen Brot zusammengesammelt und in den Mund geschoben haben.

Glücklich und satt nicken wir ihm zu, »Gerne!«

Er ruft einer seiner Schwestern etwas auf Arabisch zu und legt sich dann gemütlich zurück auf sein Kissen. Tja, die Geschlechterrollen im Iran haben wir ja schon ausgiebig besprochen. So läuft das hier ...

Der Kaffee ist etwas anders, als wir ihn uns vorgestellt haben, aber wir ertragen es mit einem Lächeln. Dass es sich um Instantkaffee handelt, ist ja noch einigermaßen zu ertragen, aber dass es anstatt heißem Wasser nur Schwarzen Tee zum aufgießen gibt, ist uns dann

doch etwas zu abgefahren. Mohammed gießt uns fröhlich den Tee über das Kaffeepulver und als wir probieren, schmeckt es natürlich scheußlich. Was soll man auch anderes erwarten von Instantkaffee mit schwarzem Tee?

Zum Frühstück bekommen wir Asch serviert, wie wir es schon in Isfahan gegessen haben. Asch ist ein traditioneller Eintopf aus ganz viel Grünzeug und Kichererbsen und dazu gibt es wieder frisch gebackenes Brot und schwarzen Tee – diesmal ohne Kaffeepulver. Es schmeckt vorzüglich und auf Nachfrage bekommen wir noch eine zweite Portion gereicht.

»Meine Mutter ist sehr glücklich, dass es euch schmeckt, ich danke euch!«, sagt Mohammed zu uns und wir antworten, dass wir uns doch eigentlich bedanken müssten.

»Nein, ihr seid unsere Gäste und es ist unsere Aufgabe, euch zufrieden zu stellen. Ihr wurdet von Gott geschickt!«, erklärt er uns und wir stellen fest, dass er vielleicht manchmal doch noch etwas religiös ist. Gerne wären wir hier noch eine Nacht länger geblieben, aber unser enger Zeitplan lässt nun keine ungeplanten Zwischenstopps mehr zu. Wir müssen zusehen, dass wir nach Bandar Abbas kommen und vorher wollen wir noch die Inseln Qeschm und Hormus besuchen, die beide vor der Küste in der Nähe von Bandar Abbas liegen.

Also setzen wir uns, nachdem wir uns fleißig bedankt und verabschiedet haben, wieder auf unsere Räder und fahren aus der grünen Oase zurück in die gelbe Hölle des Industrieparks. Mohammed hat uns jedoch eine kleine Straße gezeigt, die abseits der Hauptstraße und der Raffinerien durch schöne Landschaften und entlang der Küste führt. Also müssen wir nur ganz kurz über die Hauptstraße fahren und biegen dann nach rechts ab auf eine kleine, aber gut geteerte Straße. Nach ein paar Kilometern kommen wir an einem wunderschönen Sandstrand an, von wo aus wir einen letzten Blick auf Asaloyeh und die Raffinerien dahinter werfen können. »Wow, ist das krass!«, wiederholt Olga und ich nicke zustimmend.

Danach fahren wir weiter auf der kleinen Straße und die sandige Wüste verwandelt sich in eine riesige, grüne Oase. Den ganzen Tag radeln wir entlang von saftig grünen Wiesen, auf denen Schafe, Ziegen und Rinder weiden. Dazwischen sind überall Palmen und Obstplantagen und von Zeit zu Zeit passieren wir kleine Dörfer, in denen wir unsere Wasserflaschen auffüllen können. Begeistert von dieser unerwarteten Änderung der Landschaft fahren wir fröhlich weiter und machen ab und zu eine kurze Pause, um Hertha durch das grüne Gras hüpfen zu lassen, damit sie sich ein paar Käfer sammeln kann.

Am Abend haben wir dann über 100 km gemacht und sind sehr zufrieden. Unsere Fähre nach Dubai geht schon in acht Tagen, aber da wir uns jetzt ziemlich sicher sind, dass wir eine gute Bleibe für Hertha finden werden, ist das alles auf jeden Fall machbar.

Unser Zelt bauen wir hinter einem der kleinen Dörfer, direkt am Strand, in den Dünen auf. Wieder beobachten wir einen der schönsten Sonnenuntergänge, die wir jemals gesehen haben und bereiten uns dabei einen großen Linseneintopf zum Abendessen zu. Als wenn sie unsere Gedanken gelesen hätte, schreibt Jella aus Bandar Abbas uns an diesem Abend eine Nachricht. Ein Freund von ihrem Vater hält bei sich zu Hause ein paar Hühner und er würde Hertha bei sich aufnehmen.

»Dort hat sie ein gutes Leben«, verspricht sie uns. Wir fragen noch etwas genauer nach, und auch unsere Sorge, dass Hertha dort womöglich gemästet und geschlachtet wird, kann sie absolut ausschließen.

»Nein, der Freund hält sich die Hühner lediglich für die Eier. Sie hat dort viel Platz und kann frei herumlaufen!«

»Vielen Dank Jella, du weißt gar nicht, was für einen riesigen Gefallen du uns damit tust!«, schreiben wir ihr überglücklich zurück.

»Wow, wir haben es geschafft! Es wird ein Happy End geben!«, rufe ich freudig aus. Hertha piepst ebenso freudig und plötzlich werden wir traurig. Bald werden wir sie zurücklassen müssen. All die schönen Erlebnisse und Erfahrungen, die wir mit ihr hatten, tauchen vor uns auf. Es war eine unbeschreibliche Erfahrung. Hand in Hand sitzen wir am Strand und beobachten, wie „unsere Kleine" glücklich durch den Sand hüpft und ganz selbstständig nach Käfern sucht.

MENSCHENLEERE TRAUMSTRÄNDE

Die kleine Straße führt am nächsten Tag direkt entlang der Küste und wir können unseren Augen nicht trauen. Grüne Palmen, weiße Strände, leuchtend blaues Wasser und niemand ist hier. Absolut niemand! Es gibt hier weder Häuser noch Hotelanlagen und glücklicherweise auch keine Raffinerien. Es sind absolute Traumstrände, die sich kilometerweit direkt neben dieser kleinen Straße erstrecken. Uns kommt kein Auto entgegen, nirgendwo entdecken wir eine Gruppe Jugendlicher, die hier schwimmen oder eine Familie, die hier ein Picknick macht. Wir sind ganz allein im Paradies und können uns nicht erklären, warum. Vielen Dank Mohammed, für diese geniale Streckenempfehlung!

Nach der Mittagspause, die wir an einem dieser Strandabschnitte gemacht haben, kommen wir dann zurück auf die Hauptstraße. Die Raffinerien liegen jetzt zum Glück endgültig hinter uns, aber der Verkehr nimmt wieder zu. Die Traumstrände direkt rechts neben der Straße bleiben aber vorhanden. An einer kleinen Parkbucht steht ein Auto und zwei junge Männer winken uns wiedermal zu. Wir fahren zu den beiden, die allerdings kaum Englisch sprechen. Als einer von den beiden uns allerdings sein Telefon zeigt, müssen wir anfangen zu lachen. Er zeigt ein Bild von uns, was wir vor ein paar Tagen mit einem iranischen Radfahrer gemacht haben. Ein Freund habe ihm das Bild geschickt, erklärt uns der Mann. Die Menschen sind hier trotz aller Verbote auf jeden Fall gut vernetzt – das haben wir mittlerweile begriffen!

Abends stehen wieder über 100 km auf unserem Tacho und zur Belohnung kaufen wir uns bei einer Tankstelle, an der wir auch unseren Wassersack auffüllen, noch eine Limonade mit Basilikumsamen. Schnell und gierig kippen wir das erfrischende Zuckerwasser hinunter und machen uns dann auf die Suche nach einem Zeltplatz. Leider ist die Straße genau hier wieder etwas abseits vom Meer, so dass wir heute auf den Sonnenuntergang im Persischen Golf verzichten müssen. Trotzdem finden wir ein paar hundert Meter von der Hauptstraße entfernt wieder einen passenden Platz für unser Zelt. Zwischen ein paar Büschen haben wir einen guten Sichtschutz und können uns hier gemütlich ausruhen.

Der Wind wechselt endlich seine Richtung und mit leichtem Rückenwind fahren wir am nächsten Tag weiter in Richtung Südosten. Ein letztes Mal wollen wir unsere SIM-Karte aufladen, damit wir auch die letzten Tage im Iran noch Internet haben. Irgendwie ist das System etwas kompliziert und so richtig haben wir es bisher immer noch nicht begriffen. Die letzten Male, als wir das Guthaben aufgeladen haben, ging das Internet schon nach kurzer Zeit nicht mehr. Spannend ist auf jeden Fall, dass der Aufladevorgang immer anders von statten geht. Mal geht es über den Computer, mal am eigenen Handy, mal am Handy des Verkäufers, mal über Coupon Ausdrucke und mal über Rubbelkarten, auf denen man sich seinen Code freikratzen muss.

Diesmal steht der Mann an seinem Computer und ich sage freundlich, dass ich eine Irancell-SIM-Karte habe und ich das Internetguthaben aufladen möchte.

»No Problem«, ist die sofortige Antwort. Ich reiche dem Mann umgerechnet 5 € und mein Telefon. Ein paar Minuten später funktioniert alles und ich frage nochmal nach: »Internet okay? Internet good?«

»Internet good, no problem!«, ist wieder die zufriedenstellende Antwort.

Als wir ein paar Stunden später Mittagspause machen und ein wenig surfen wollen, funktioniert wieder nichts. »Ich habe den Typen doch zehn Mal gefragt, ob das Internet jetzt geht! Ich habe vollen Empfang hier, aber es kommt nichts rein!«, rege ich mich auf. »Ich weiß nicht, ob ich so blöd bin, dieser Iraner oder das verdammte Guthabensystem!«

Beim nächsten Laden probiert Olga es nochmals und hat Glück. Der Verkäufer spricht gutes Englisch und erklärt ihr, dass der Mann die 5 € lediglich auf das Guthaben-Konto geladen habe. Jetzt müsse man noch ein Internetpaket buchen. Da die ganze Menüführung dazu aber auf Farsi ist, waren wir dazu natürlich nicht in der Lage.

Wie sich auch herausstellt, haben wir auf unserem Guthaben mittlerweile 10 € angesammelt, da wir das Problem nicht zum ersten Mal hatten, weil wir ja dachten, dass wir einfach nur unsere Karte aufladen müssten.

»Na, dann bin ich aber wohl nicht der Blöde!«, stelle ich zufrieden fest. »Ich kann mit dieser Mentalität nicht umgehen. Ist doch klar, dass ich nicht nur das Guthaben brauche, sondern auch ein Paket. Wieso checken die Leute das hier nicht?«

»Ach, in Russland sind die Leute auch manchmal so, ich kenne das schon. Man muss halt immer hundert Mal nachfragen und alles doppelt absichern«, antwortet Olga gelassen.

Jetzt verläuft die Straße wieder entlang des Meeres und an einem Picknickplatz, der direkt am Meer liegt, wollen wir für heute Schluss machen. Wir fahren von der Straße ab und rollen dann langsam auf den fußballfeldgroßen Platz. Es stehen mehrere gemauerte und überdachte Terrassen zur Auswahl, auf denen man entweder seinen Teppich auslegen oder, wie in unserem Fall, sein Zelt aufbauen kann. Wir wählen die letzte Terrasse, ganz am Rande des Platzes und fangen an unsere Sachen auszupacken. Bald danach kommt jedoch ein Mann vorbei, der sich als Security vorstellt und uns sagt, dass es hier nicht sicher sei und wir hier nicht zelten könnten. Leicht genervt versuchen wir den Grund herauszufinden, aber der Mann spricht nicht so gut Englisch. Er wiederholt nur, dass wir hier nicht schlafen könnten. Da es jetzt schon langsam dunkel wird, fangen wir schnell an unsere Sachen wieder einzupacken, damit wir uns noch im Hellen etwas Anderes suchen können.

Als wir fast alles wieder verstaut haben, sagt der Mann plötzlich, dass es doch okay sei, wenn wir hier schlafen.

»Ach ja, diese Mentalität, wieso kann er das denn nicht gleich sagen! Ist doch klar, dass wir ansonsten unser Zeug wieder einpacken. Ist doch einfach nur nervig für alle!«, beschwere ich mich bei Olga, aber sie lächelt mich wieder nur gelassen an.

»Ist doch gut, jetzt lass uns das Zelt aufbauen und was essen. Ich habe Hunger!«

»Ja, du hast recht ...«

Was wir zu dem Zeitpunkt nicht wussten, wovor uns der Mann aber vielleicht warnen wollte, ist dass heute die Wintersonnenwende ist. Einer der wichtigsten Feiertage im Iran und traditionell geht man dazu abends auf einen Picknickplatz, hört laut Musik und macht ein großes Picknick. Und so kommt es dann, dass gegen 23 Uhr drei oder vier Gruppen und Familien mit ihren Autos vorfahren, laut Musik hören, dabei ein Picknick machen und sich lautstark unterhalten.

»Aaahhh, ich habe keine Lust mehr!«, rufe ich nach einer Stunde der Schlaflosigkeit laut aus. Wir hatten zuvor schon etwa drei Stunden geschlafen und wurden halbwegs aus unserem Tiefschlaf gerissen. Jetzt sitzen wir hellwach und irgendwie doch super müde im Zelt und hoffen, dass die Feierlichkeiten bald aufhören. Gegen 1 Uhr nachts wird unser Wunsch dann glücklicherweise erhört und wir hören, wie ein Auto nach dem anderen seinen Motor startet und langsam auf dem holprigen Weg zurück zur Hauptstraße führt.

Die Infos über die heutige Wintersonnenwende und die damit verbundenen Festivitäten, werden wir übrigens erst in ein paar Tagen in Bandar Abbas erfahren. Für heute dachten wir nur, dass wieder ein paar verrückte Iraner nachts picknicken, anstatt es tagsüber im besten Sonnenschein zu machen.

Die Küste ist wunderschön. Glasklares, azurblaues Wasser, weiße Strände mit feinstem Sand. Und nach wie vor ist niemand hier, weil es den Frauen verboten ist zu baden und auch die Männer wohl nie wirklich Lust daran gefunden haben, sich im Meer abzukühlen. Was für ein krasser, kultureller Unterschied zu Europa. »Olga, stell dir mal diesen Strand in Frankreich, Italien oder Spanien vor! Der wäre so dermaßen überfüllt! Und hier ist kein einziger Mensch! Echt abgefahren!«

So radeln wir entlang der menschenleeren »Côte d'Iran«, wie wir den Küstenabschnitt getauft haben, und fragen uns, ob sich das wohl bald ändern wird. Irgendwas wird sich ändern, da sind wir uns ziemlich sicher. Die Menschen im Iran sind unzufrieden mit der jetzigen Situation und durch die gute Verbindung über soziale Medien werden sich bald bestimmt neue Proteste ankündigen. Was dann passiert, wird man sehen.

Unsere Mittagspause machen wir wieder an einem der Traumstrände. Wir holen Hertha aus ihrem Korb und laufen zum Wasser, um uns etwas abzukühlen. Hertha rennt uns natürlich sofort hinterher und erkundet vorsichtig die leichte Brandung. Als wir etwa knietief im Wasser stehen und die Erfrischung genießen, macht Hertha plötzlich einen großen Sprung und kommt auf uns zugeflogen. Verwundert schauen wir sie an und retten sie dann aus dem Wasser.

Sie ist klitschnass und sieht ziemlich witzig aus.

»Ooh, jetzt ist sie wieder genauso groß wie früher!«, stellt Olga lachend fest. Ich nehme mein T-Shirt und trockne „unsere Kleine" so gut es geht ab. Dann setzen wir uns weit weg vom Wasser in den Sand und lassen Herthas Federkleid in der Sonnen durchtrocknen.

»Du stellst auch Sachen an, Hertha, das haben wir dir nicht beigebracht!«, sage ich lachend halb zu Hertha und halb zu Olga gewandt.

»Das war echt gut! Aber sie vertraut uns so sehr! Sie wollte halt unbedingt zu uns und dachte, dass es da, wo wir sind, immer sicher ist!«

Ein paar Minuten später ist Hertha wieder trocken und fängt an, sich wild durch den Sand zu wühlen, so dass sie bald von Kopf bis Fuß mit Sand bedeckt ist.

»Na, jetzt müssen wir sie nochmal baden?«, frage ich lachend.

»Neeiinn!«, ruft Olga ebenso lachend und wirft sich schützend vor Hertha.

»Ich glaube wir werden sie echt vermissen ...«, stelle ich nachdenklich fest.

»Ja, das wird glaube ich nicht einfach ... Lass uns die letzten Tage mit ihr genießen!«

FROHE WEIHNACHTEN, MEIN FREUND

Am nächsten Tag stehen wir gegen Mittag dann auf dem großen Parkplatz des Fähranlegers nach Qeschm, der voll mit riesigen LKW und wartenden Autofahrern ist.

»Morgen ist Weihnachten!«, ruft Olga plötzlich aus.

»Ja stimmt! Da suchen wir uns einen schönen Strand auf Qeschm! Das sollten wir wohl hinkriegen!«

An einem Schalter kaufen wir uns ein Ticket und füllen einen Zettel aus mit Infos zu unserem Aufenthalt auf Qeschm. Wir schreiben einfach den Hotelnamen von dem teuersten Hotel auf Qeschm in die Spalte »Adress« und geben den Zettel dann dem Mann zurück.

»Immer dieser unnötige Papierkram, den Wisch liest doch sowieso nie wieder jemand«, stelle ich dabei fest. Dann begeben wir uns mit unseren Rädern an den Fähranleger und warten etwa 30 Minuten auf die Fähre. Es wird wild hin und her rangiert, um so viele Autos und LKW wie möglich auf die Fähre zu bekommen, aber dann fahren wir endlich los und kommen nach einer kurzen Überfahrt auf der Insel an.

Wir fahren ein paar Kilometer durch die wunderschöne Sandsteinlandschaft der Insel, dann suchen wir uns an einem der Strände einen Platz für unser Zelt. Wieder genießen wir das Meeresrauschen und den Ausblick auf die untergehende Sonne. Dann legen wir uns in unser Zelt und schlafen erschöpft und tief in den 24. Dezember hinein.

»Uff, es ist super nass, was ist denn hier los?«, sagt Olga am nächsten Morgen leicht verschlafen und noch im Schafsack liegend.

»Es ist richtig nebelig«, rufe ich von draußen zurück. »Keine Ahnung, was hier auf einmal los ist, sowas hatten wir ja seit Ewigkeiten nicht mehr!«

Auch nach dem Frühstück verzieht sich der Nebel vorerst nicht. Als die Sonne dann langsam höher steigt, wird es von Minute zu Minute immer heißer.

»Das ist glaube ich schon mal ein Vorgeschmack auf Indien, oder? Boah, ist das heiß!«

»Echt krass«, erwidere ich nur und ziehe mein T-Shirt aus.

»Ich will endlich das verdammte Kopftuch loswerden und wieder was Kurzärmliges tragen!«, ruft Olga ärgerlich und genervt aus.

»Nur noch ein paar Tage, dann hast du es geschafft! Ich bin so stolz auf dich! Ich hätte das, glaube ich, nicht ausgehalten. Danke!«, antworte ich, halte dabei Olgas Hand und füge dann grinsend hinzu: »Und Frohe Weihnachten übrigens!«

Etwa um 10 Uhr fangen wir dann langsam an, unsere Sachen zu packen. Wir wollen heute nicht viel fahren, aber ungefähr 40 km wären schon gut, damit wir morgen mit der Fähre weiter Richtung Hormus und Bandar Abbas fahren können. Entlang der Küste geht es durch richtig schöne bergige Graslandschaften und interessante Sandsteinformationen. Gegen 13 Uhr ist die Luft wieder relativ klar und wir haben heute bereits um die 30 km gemacht. Wir befinden uns jetzt ca. 30 km entfernt von der Stadt Qeschm, ganz am Ost-Ende der Insel, von wo aus wir die Fähre nach Hormus nehmen wollen.

Also beschließen wir, im nächsten Dorf für unseren abendlichen Festtagsschmaus einzukaufen und uns zum Mittagessen ein paar Falafel-Sandwiches zu kaufen. Der einzige Falafel-Laden im Dorf ist leider geschlossen, aber der Mann aus dem Nachbarladen ruft kurzerhand den Besitzer an und sagt uns dann, dass dieser in etwa 30 Minuten hier wäre. Wir kaufen in der Zwischenzeit Gemüse, Soja-Bolognese-Soße aus der Dose, Spaghetti, ein paar Süßigkeiten und Cola ein. Dann kommen wir etwa 30 Minuten später zurück zum Falafel-Laden und müssen tatsächlich nur noch ein paar Minuten auf den Besitzer warten.

In der Zwischenzeit ruft mich der Mann aus dem Nachbarladen in sein Geschäft hinein. Eine Art Schneiderei, aber nebenbei verkauft er auch diverse Souvenirs und Plastikarmbänder mit einem Metallplättchen, auf das man einen Namen eingravieren kann. Der Mann möchte mir unbedingt eines schenken und reicht mir einen Zettel, auf den ich meinen Namen schreiben soll, damit er ihn dann auf das Plättchen eingravieren kann. Mit geschickter Hand und etwas verschnörkelt graviert er das Armband, überreicht es mir dann und sagt: »Frohe Weihnachten, mein Freund!«

Fast zu Tränen gerührt danke ich ihm überschwänglich und wünsche ihm ebenso einen besonders schönen Tag: »Alles Gute, mein Freund, der Friede sei mit dir!«

Mittlerweile hat Olga im Nachbarladen schon vier große Falafel-Sandwiches organisiert. So fahren wir dann mit vollen Taschen und fröhlicher Stimmung aus dem Dorf hinaus, um unsere Falafel zu essen und nach einem schönen Zeltplatz zu suchen. An einem großen Rastplatz mit vielen parkenden Autos und durchaus vielen Menschen am Strand setzen wir uns auf eine Bank und essen. Wir schauen den Leuten beim Picknicken zu und sind irgendwie fasziniert, dass es hier für die Menschen heute ein ganz normaler Tag wie jeder andere ist. In allen christlichen Ländern der Welt wird jetzt gerade Weihnachten gefeiert und es ist für viele einer der wichtigsten Tage im ganzen Jahr.

Ein paar Kilometer weiter finden wir einen kleinen Pfad, der in Richtung Küste führt. Ein kurzer Blick auf unser Telefon zeigt uns, dass er vermutlich zu einem drei Kilometer langen Strand führen sollte.

»Sieht ziemlich gut aus, ich glaube, das ist genau, was wir suchen!«, stelle ich fest und schiebe motiviert mein Rad über den leicht sandigen Weg. Wir müssen unsere Räder ungefähr 500 Meter schieben, aber dann kommen wir an dem einsamen, weißen Strand mit wunderschöner Brandung an.

»Perfekt!«, ruft Olga glücklich aus, als wir den Strand sehen.

Und so verbringen wir unser Weihnachtsfest an diesem Traumstrand im Süden des Irans. Hertha erkundet fleißig die Gegend und wir bereiten uns Spaghetti mit Soja-Bolognese und einen großen Salat zu. Als wir uns dann irgendwann ins Zelt legen, können wir nicht so richtig einschlafen. Erstens haben wir natürlich viel zu viel gegessen, aber zweitens realisieren wir jetzt auch langsam, dass unser Iran-Abenteuer nun zu Ende geht und wir vor allem jetzt die letzten Tage mit Hertha verbringen. Wir denken darüber nach, wie wir sie gefunden haben, wie wir sie anfangs versucht haben, mit Ameisen zu füttern und wie sie irgendwann angefangen hat, unsere Stimmen zu erkennen. »Das war, glaube ich, die schönste Zeit in meinem Leben«, stellt Olga glücklich fest.

»Ja, da hast du recht. Es war unglaublich!«

Plötzlich werden wir jedoch aus unseren Erinnerungen gerissen, da wir laute Motorengeräusche hören. Schnell schauen wir aus dem Zelt und sehen am anderen Ende des Strandes ein Auto fahren. Es ist jedoch etwa einen Kilometer entfernt und scheint auch nicht in unsere Richtung zu fahren. Dann sehen wir, wie vom Wasser eine starke Taschenlampe auf den Strand scheint. Ein Schnellboot nähert sich dem Auto und einen kurzen Moment später treffen sich beide Gefährte am Rande des Meeres in der schwachen Brandung. Ein paar Männer laufen umher und wirbeln mit ihren Taschenlampen durch die Nacht. Wir können natürlich nicht genau sehen, was dort passiert, sind uns aber sicher, dass gerade »Nebensaison« ist, wie Mohammed, unser Couchsurfing Host, die Schmuggelaktivitäten beschrieben hat. Tatsächlich sind Qeschm und Hormus schon immer Schmuggelinseln gewesen und wie wir jetzt sehen, kommen auch heutzutage noch immer viele Waren illegal auf diesem Wege ins Land.

Gegen Mittag des 25. Dezembers kommen wir in der Stadt Qeschm an. Die Stadt sieht sehr sauber aus und quillt über mit Shoppingcentern, Juwelierläden und Mode-Boutiquen. Sie ist voll auf den boomenden Tourismus auf der Insel ausgelegt und ist für uns daher nicht wirklich interessant. Wir fahren also direkt zum Hafen und fragen nach, wann die nächste Fähre nach Hormus geht. Ein paar Fischer erklären uns, dass die nächste Überfahrt erst in etwa drei Stunden sein werde. Das ist uns eigentlich ein bisschen zu spät, da wir heute auch in Bandar Abbas ankommen wollten. Kurz überlegen wir, was wir machen, dann entscheiden wir uns dazu, Hormus ausfallen zu lassen und jetzt direkt mit dem nächsten Schiff nach Bandar Abbas zu fahren. Die Fähre legt auch schon 30 Minuten später ab und nach einer schnellen Überfahrt laufen wir dann in den größten Hafen des Irans ein – Bandar Abbas.

DIE LETZTEN TAGE IN BANDAR ABBAS

Wir werden herzlich von Jella und ihrer Familie empfangen. Alle sind froh, uns zu sehen und endlich auch Hertha kennen zu lernen, deren Geschichte sie begeistert verfolgt haben. Gemeinsam mit Jellas Mutter, Vater, Schwester und Bruder sitzen wir im Wohnzimmer am Esstisch und genießen ein letztes Mal unsere geliebten Spaghetti mit Sojabolognese. Dabei erzählen wir ausführlich davon, wie wir Hertha gefunden und gerettet haben und wie wir sie die letzten Wochen großgezogen haben.

In einer Ecke des Wohnzimmers befindet sich eine Art Lüftungssystem. Durch eine Glastür kommt man auf eine etwa 2 m^2 große Fläche die komplett mit einer Fensterfront umrandet ist. Vom Wohnzimmer aus kann man diese Tür aufmachen und steht dann quasi draußen. Allerdings in der Mitte des Hauses und so sieht man nur ganz oben ein kleines Stück vom Himmel. Diesen Raum legen wir mit Zeitungen und Stroh aus und stellen Herthas Korb mit ihrem Lieblingssitzstock hinein. Hier kann sie sich jetzt übergangsweise frei bewegen, während wir unsere Sachen sortieren, uns informieren, von wo genau die Fähre geht und uns auch noch ein bisschen die Stadt anschauen. Zwei Nächte bleiben wir insgesamt hier und gehen jeden Tag für mehrere Stunden mit Hertha in einen nahen Park, um dort die letzte Zeit mit ihr zu verbringen.

Wir erzählen Jella alles, was wir über die Hühneraufzucht gelernt haben, und sie verspricht uns gut für sie zu sorgen. In etwa einer Woche wird sie dann zu dem Freund von ihrem Vater fahren, um Hertha in ihr neues Zuhause, etwa 150 km nördlich von Bandar Abbas, zu bringen.

Die Stadt kann uns ein bisschen von unserer Traurigkeit ablenken, da es wirklich viele spannende Dinge zu sehen gibt. Hier gab und gibt es ganz andere kulturelle Einflüsse und das sieht man vor allem an der Kleidung der Frauen. Die Gewänder sind farbenfroh und mit wilden Mustern versehen. Dazu tragen viele Frauen Masken, die an venezianische Maskenbälle erinnern. Die Masken, Battoulahs genannt, ebenfalls in allen erdenklichen Farben gehalten, bedecken Augen und Nase. Für die Augen sind kleine Schlitze eingearbeitet und die Nase wird durch eine lange, schnabelähnliche Form bedeckt. Staunend laufen wir durch die Gassen des Hauptbasares in der Innenstadt. Es sieht ziemlich ungewöhnlich aus und wir müssen uns wirklich zusammenreißen, bei den Verhandlungen um die Gemüsepreise, nicht allzu sehr zu lachen. Die ganze Stadt ist voll mit Frauen mit Vogelmasken, da kann man doch nun wirklich nicht ernst bleiben!

So laufen wir mit einem großen Grinsen im Gesicht weiter durch die Gassen. Hier gibt es neben Obst, Gemüse und Fleisch vor allem auch viele Spielsachen, Elektroartikel und billige Plastikartikel aus China. Wie gesagt, Bandar Abbas ist der größte Hafen des Irans. Hier kommen die Schiffe zuerst an! Die Märkte sind so bunt und haben aufgrund der ungewohnten Kulisse etwas so Neues für uns und wir sind uns einig, dass wir hier einen leichten Vorgeschmack auf Indien bekommen; eines unserer nächsten Reiseziele. Am späten

Nachmittag gehen wir dann wieder zurück zu Jellas Haus.

Ihr Bruder begrüßt uns freundlich, als wir ins Wohnzimmer kommen und fragt uns interessiert über unsere Erfahrungen im Iran aus. Er ist ziemlich witzig drauf und betont immer wieder, dass der Iran unbedingt moderner werden sollte. Während seine Mutter uns Tee serviert und uns fragt, ob alles gut sei und wir noch was bräuchten, ruft er ihr nur zu: »Bitte kein Taarof Mama, relax dich, alles ist gut!«

Dabei grinst er ihr zu und sie grinst ebenso zurück, »Jaja, schon gut!«

Abends bereiten wir ein russisch-deutsches Abendessen zu, um uns bei allen zu bedanken. Es gibt Kartoffelsalat, wie wir ihn auch in Yazd gemacht haben und einen großen Topf russischen Borschtsch. Ein letztes Mal genießen wir die Gastfreundschaft im Iran und unterhalten uns lange mit der ganzen Familie über unsere Abenteuer, Hertha, Hühneraufzucht und den Iran.

Am nächsten Morgen bereiten wir uns dann auf unseren letzten Tag im Iran vor. Wir haben uns gestern bereits von Jella und ihrer Familie verabschiedet, denn heute Morgen mussten alle früh los zur Arbeit. Jetzt steht der Abschied von Hertha an, dann müssen wir unsere Sachen packen und durch die Stadt bis zum Fähranleger fahren.

GOODBYE HERTHA, GOODBYE HIJAB, GOODBYE IRAN

Wir weinen und Hertha sitzt abwechselnd auf meinem und auf Olgas Schoß, während wir sie ununterbrochen streicheln.

»Mach es gut, Kleine«, sage ich.

»Tschüss Hertha«, kommt von Olga.

Wir sitzen ein paar Minuten mit ihr auf dem Wohnzimmerteppich, dann bringen wir sie zurück zu ihrem Korb und dem mit Stroh ausgelegten Platz in der Ecke des Wohnzimmers.

»Wir haben unsere Aufgabe erfüllt. Wir haben sie gerettet. Sie hat jetzt ein gutes Leben vor sich. Sie ist jetzt kein Küken mehr, sondern schon ein richtiges Huhn. Schau doch, sie passt gar nicht mehr in die Dattel-Boxen und ihre Federn sind jetzt komplett weiß! Wir haben einen guten Job gemacht«, sage ich andächtig und nehme Olga in den Arm. »Das wars, lass uns los, okay?«

»Ja«, antwortet Olga unter Tränen. »Tschüss, Kleine!«

Insgesamt haben wir uns etwa 6 Wochen lang um Hertha gekümmert und es war für uns eine unglaubliche Lebenserfahrung. Sie hat große Teile unsres Alltags bestimmt und den Verlauf unserer Reise stark beeinflusst.

Das tägliche Aufstehen früh am Morgen, das kontinuierliche Piepsen, die verwunderten Blicke der Menschen, die wir getroffen haben, das Zusammenstellen eines kükengerechten Speiseplans, die schützende Wärme in Olgas Jacke oder durch den heißen Wassersack unter ihrem Korb, das Zusehen wie sie langsam größer wurde, das Vertrauen, das sie uns gegenüber entwickelt hat, die Erweiterung unserer Empathie gegenüber anderen Lebewesen und schlussendlich die hunderten von witzigen Situationen, in die sie uns immer wieder gebracht hat. Sei es beim Couchsurfing, an Rastplätzen oder bei der Taxifahrt.

DATES

Wir hatten eine so wundervolle, witzige und lehrreiche Zeit mit ihr. Es war einfach unbeschreiblich. Wir sind so froh, dass wir diese Erfahrung sammeln durften und dass die Geschichte ein Happy End gefunden hat. Wenn jeder nur so glücklich piepsen würde wie Hertha, wäre unsere Welt vielleicht ein besserer Ort.

Ein paar Stunden später sitzen wir wieder auf unseren Fahrrädern, ohne Herthas Korb auf Olgas Gepäckträger. Bedächtig, nachdenklich und etwas traurig, fahren wir durch die Stadt in Richtung Fähranleger. An der Straßenseite taucht plötzlich ein riesiger Busch auf, der in Form eines Huhns geschnitten wurde. Auf einem Supermarkt sehen wir als Logo ein Huhn. Auf einem Werbeschild laufen drei Hühner glücklich über eine grüne Wiese. Hertha ist plötzlich überall, – und in unserem Herzen wird sie für immer einen Platz haben.

Ein paar letzte blaue Zamyad Trucks überholen uns, dann rollen wir auf das Gelände des Hafens. Wir treffen direkt auf drei andere Radreisende, die ebenfalls mit der Fähre nach Dubai fahren wollen. Überschwänglich tauschen wir uns über unsere Erlebnisse aus und finden so etwas Ablenkung von unserem Abschied von Hertha. Wir haben alle großartige Geschichten zu berichten, aber der Grundgedanke und die Aussagen sind bei allen gleich:

»Der Iran ist unglaublich!«

»Die Gastfreundschaft und Fröhlichkeit der Menschen!«

»Die Lebensfreude, mit der sie jeden neuen Tag starten!«

»Das Doppelleben, das die Menschen hier aufgrund der harten Gesetze führen müssen! Und dass sie trotzdem so glücklich sind!«

Ein paar Stunden später kommen wir nach der Pass- und Gepäckkontrolle dann auf die Fähre.

»Endlich!«, ruft Olga aus und reißt sich den Hijab von ihrem Kopf. Wir stehen am Heck des Schiffes, winken Hertha und dem Iran zu. Olgas Haare wehen in der abendlichen Brise.

Danke, ihr lieben Menschen im Iran, für diese wundervolle Erfahrung.

HORMUZ-12

EPILOG

Nach wie vor befinden wir uns auf Fahrrad-Weltreise. Über die Vereinigten Arabischen Emirate ging es in den Oman und von dort per Flugzeug nach Indien. Über den Landweg sind wir nach Südostasien, China, in die Mongolei und bis Russland gefahren. Von Wladiwostok sind wir mit einer Fähre nach Südkorea gefahren. Dort befinden wir uns zum Zeitpunkt der Buchveröffentlichung. Jetzt geht es weiter nach Mittel- und Südamerika sowie Afrika.

Im Iran sind im Dezember 2017, kurz nach unserer Abreise, erneut Proteste ausgebrochen. Es wird von über 40.000 Teilnehmern berichtet, die gegen die Regierung protestierten und den Tod von Ali Khamenei forderten. Die Proteste wurden gewaltvoll von der Regierung niedergeschlagen. Es gab Tote, Verletzte und viele Verhaftungen. Im Jahr 2019 gibt es im Persischen Golf Spannungen wegen Angriffen auf Öltanker. Die USA beschuldigen den Iran, die Stimmung geht Richtung Konflikt.
Zum Schutz aller beteiligten Personen wurden daher die Namen und einige Ereignisse in diesem Buch abgeändert.

Hertha ist nach etwa zwei Wochen in Bandar Abbas von Jella Richtung Norden gebracht worden. Etwa 6 Monate später haben wir ein Bild von ihrem ersten Ei bekommen. Sind wir jetzt also Großeltern? Hertha lebt nach wie vor glücklich und zufrieden im Iran. Wir haben regelmäßig Kontakt zu Jella.

DANKSAGUNG

Danke an die netten Menschen im Iran, die uns die Vorlage für diese Geschichte ermöglicht haben. Vielen Dank an alle unsere Gastgeber, Bekannten und Freunde die uns mit Hertha geholfen haben. Allen voran natürlich ein besonders großes Dankeschön an Jella.

Ein ebenso großer Dank geht an Michels Vater und Onkel, die uns tatkräftig bei der Umsetzung dieses Buches geholfen haben – vielen Dank Papa, vielen Dank Ebe!

Der größte Dank geht aber natürlich an alle Leserinnen und Leser dieses Buches, denn was wäre eine Geschichte ohne die richtigen Zuhörer?

Vielen Dank

MEHR ÜBER OLGA UND MICHEL

Mehr Infos, Texte, Bilder und Videos über uns und unsere Fahrrad-Weltreise gibt es auf unseren Social Media Kanälen:

Rausgefahren - Um die Welt mit Rad und Zelt

www.rausgefahren.de
www.facebook.com/rausgefahren
www.youtube.com/rausgefahren
www.instagram.com/rausgefahren

Printed in Germany
by Amazon Distribution
GmbH, Leipzig

29173384R00133